François-Xavier Ménage

LES OUBLIÉS

Enquête aux racines de la colère française

Robert Laffont

ISBN : 978-2-221-28255-7
Dépôt légal : octobre 2025
Éditions Robert Laffont – 92, avenue de France 75013 Paris
serviceclients@lisez.com

OUBLIÉ
Qui n'est plus connu.
Synonyme : ignoré, inconnu, innomé, méconnu, négligé, obscur, perdu.

(Larousse)

Avant-propos

À chaque campagne, ils reviennent comme objet de convoitise. Une masse de citoyens à capter de toute urgence. Des électeurs ? Pas tous. De moins en moins, même.

Ils sont difficilement définissables, n'ont pas de porte-parole, encore moins de cadre à l'intérieur duquel ils pourraient se déterminer. Et pour cause : le silence les entoure. La plupart du temps, ils ne lèvent pas le doigt pour prendre la parole. Leur vie paraît intransitive.

Cet ouvrage est le fruit de quatre ans de reportage dans des territoires délaissés, voire méprisés. Cette notion dépasse une simple lecture géographique. Loin d'être cantonnés à la périphérie, au monde rural, les oubliés se trouvent aussi sur les grands boulevards, au sommet des administrations.

Certains sont impétueux, d'autres, résignés. Ils ont la cruelle impression de donner plus qu'ils ne reçoivent. Problème conjoncturel ? Constat d'une époque, bien davantage, où émotions et raison s'empoisonnent.

Les oubliés ont sans doute un problème avec la manière dont ils sont présentés, plus encore, avec la façon dont ils sont représentés. La force du reportage est de donner à voir. Et de tenter d'expliquer. Mille fragments d'une réalité aux reflets souvent insaisissables. Or *saisir* est la première étape pour tracer des perspectives. Sans cela, pas de réflexion possible.

*

Est oublié celui qui développe un sentiment d'abandon.

Cet abandon, c'est d'abord celui d'un État jugé – parfois arbitrairement – comme moins protecteur. Cet abandon, c'est le sentiment profond de décrocher, de manquer des marches. L'abandon, encore, quand les piliers de l'État tricolore – santé, éducation, justice – ne semblent plus en mesure de corriger quoi que ce soit.

« L'oubli est une gêne », écrivait Julien Green. Le même ajoutait : « L'oubli est une grâce. »

Ici, il est un continent, sans gêne ni grâce.

*

Aucun misérabilisme dans ce tableau d'une France en mouvement. Mais des moments saisis, des immersions, parfois des échanges impromptus, d'autres obtenus après de longues négociations, pour dépeindre, auprès des « soldats en première ligne », un large pan d'un pays qui vit, bouillonne. Un pan que, de « là-haut », on ne voit pas. Ou plus.

Derrière cette photographie, une question panoptique est posée : comment faire société aujourd'hui ?

PREMIÈRE PARTIE

LA LONGUE GLISSADE DES PREMIERS DE CORDÉE

Caissières, conducteurs de bus, agents de sécurité... Applaudis durant le Covid, ils ont très vite été oubliés ensuite. Les travailleurs « sur le front » savaient que les marques d'amour à leur égard ne dureraient pas. Alors qu'ils continuent de tenir le pays, eux tiennent de moins en moins. Sentiment têtu d'être relégués ailleurs, là où rien ne compte. Une zone grise, mal éclairée, peu reconnue.

Leur situation financière empire. Depuis près d'un quart de siècle dans l'Hexagone, les travailleurs pauvres sont de plus en plus pauvres. Plus d'un million de Français exercent une activité tout en ayant un niveau de vie inférieur au seuil de pauvreté. Temps partiel, taux horaire faible... Certains dorment dans la rue tout en bossant le jour.

Dans la pratique quotidienne de leur travail, ces premiers de cordée affrontent une incivilité new-look, *débridée, assumée.*

Même les producteurs du vivre-ensemble que constituent les associations sont aujourd'hui devenus des cibles, parfois violemment pris à partie. De quoi renforcer un sentiment d'oubli désormais profondément enraciné.

1

Quand les SDF travaillent

Ils sont invisibles, dorment dans la rue tout en faisant – le jour – tourner une partie de l'économie française. Conducteurs de bus, agents d'entretien... Ils ont pourtant des contrats de travail, cotisent, décrochent parfois des CDI. Mais pas de logement.

« Voilà ma vie. » Il ouvre le coffre. À l'intérieur : une grosse valise noire. Un sac à dos. Un sachet de courses, jamais rempli.

Hiver 2023. Déjà seize mois que Patrick Harnais dort dans sa voiture gris métallisé. Ses lunettes fumées s'assombrissent alors que le soleil ce jour-là s'évanouit. La météo, un ennemi. « Quand les températures tombent sous zéro degré, je dois faire plus souvent le plein. » Le moteur tourne toute la nuit, pour alimenter la clim.

Patrick a été expulsé de son logement voilà presque un an et demi. Juste avant la trêve hivernale. La faute à un parcours cabossé, à une rupture avec sa compagne. L'escalier dévalé, plus vite encore qu'il ne l'aurait cru. La « glissade », il dit. Elle emporte tout, cette glissade.

Les enfants, qu'il ne voit plus mais avec lesquels il garde de timides contacts. Les amis. Emporté aussi, le confort relatif d'une vie bricolée qui permettait un toit et des repas chauds.

Il a 57 ans. Une carcasse démolie, mais Patrick demeure un grand gaillard, imposant. À l'intérieur, c'est une cathédrale de douleurs. « Je suis perdu... perdu parce que dans la nature », résume-t-il.

Sa voiture reste sur le parking Auchan du lundi au dimanche. Exception faite d'une virée mensuelle dans un hôtel Formule 1. Une chambre dont il parle comme d'un « paradis ». Une quarantaine d'euros la nuit. « Celle du dimanche au lundi, parce que c'est la moins chère de la semaine. »

Patrick est « respectueux du paraître ». De fait, un seul poste de dépense est sanctuarisé : le pressing. Sur la banquette arrière de sa voiture, on observe une chemise immaculée, sous une fine enveloppe en plastique. Le logo de la RATP brodé sur la pochette avant, en vert clair, couleur emblématique du transporteur public parisien. C'est pour lui qu'il travaille.

Le matin, il marche deux minutes vers le « Centre de bus des bords de Marne », juste en face du parking Auchan. Les lignes 113, 203 et 214 passent par là.

Tôt le matin, Patrick entame sa « première journée ». Celle-ci consiste à trouver des toilettes publiques aux alentours. Un bar, un PMU, les W.-C. du supermarché. Peu de choix. Il alterne avec l'espoir de ne pas être repéré. De l'eau sur le visage. Sur le corps aussi, le plus vite possible. Pourvu que personne n'entre. Puis commence la deuxième partie de la journée. Le « vrai boulot ». Aux manettes d'un bus. « Je mets de côté les soucis. J'assume. » Sa ligne l'emmène vers Vincennes. À chaque arrêt, il s'essaie à deviner le pouvoir d'achat des usagers. Il inspecte les vêtements, les attitudes. La manière aussi de saluer et remercier. « Les vieux disent encore bonjour. » Ça le réjouit.

Lors de notre rencontre, Patrick est embauché en CDI depuis plusieurs mois. La RATP, qui connaît sa situation, tente de lui trouver un logement. L'employeur s'appuie sur une « filière sociale » constituée d'un parc de 9 144 habitations, dont un tiers revient à ses agents. Patrick est sur liste d'attente.

La troisième partie de sa journée, c'est la lutte – contre le froid, contre lui-même, contre la solitude. Dans sa voiture.

*

Année après année, la Fondation pour le logement des défavorisés – ex-fondation Abbé-Pierre – enregistre une hausse ininterrompue du nombre de personnes sans domicile fixe. Ils et elles sont 350 000 actuellement à la rue. Le chiffre a doublé par rapport à 2012.

Un quart de ces sans-abri se trouvent être des travailleurs pauvres. « Nous savons depuis trop longtemps déjà qu'un emploi ne protège plus de la rue, rappelle Christophe Robert, le délégué général de l'association. Mais l'offre de logements est catastrophiquement faible. Et la situation s'accélère à un rythme qui nous dépasse. En 2018, 125 000 logements sociaux sortaient de terre. Six ans plus tard, le chiffre n'est plus que de 80 000. » Christophe Robert décrit la politique de l'habitat comme une machine malade, « un problème structurel ». Il parle du « manque de considération des gouvernements successifs pour le logement ». « La crise politique actuelle[1] nous empêche d'avoir le moindre interlocuteur à même d'écouter nos demandes. » En haut de l'échelle, les géants du BTP livrent le même constat. « Pas de volonté politique. »

*

Paris, à 100 mètres de la place de la Bastille, 21 heures. Deux fois par semaine, sur un parvis mal éclairé, les Restos du cœur organisent une distribution alimentaire. Le quartier ? Un carrefour bobo avec restos primés par *Le Fooding* et caves à vin en biodynamie. On caricature à peine.

Dans ce décor, la file d'attente, en ce mardi soir glacé, est imposante. Plus d'une centaine d'individus. Aucun ne parle. Un cortège de silence. Ils sont au moins une quinzaine à dire « jongler entre la rue et le taf ». Des travailleurs invisibles.

Sami est originaire du Maghreb, vit en France depuis des années. La cinquantaine, un sourire qui ne souffre aucune baisse de régime, même quand le moral flanche. Ce sourire, dit-il, c'est son assurance vie. Il porte une grosse veste par-dessus un sweat gris à capuche. Face à lui, sur les étals, des viennoiseries au chocolat et des brioches à la praline livrées gracieusement par un boulanger du quartier.

Sami se sert un peu de café chaud. Dans son sac en plastique Carrefour presque aussi fatigué que lui, il dispose de quelques remontants : des compotes et du pain. Puis il s'éloigne de la distribution et s'assied sur un muret aux pierres blanches, dos à un jardin

1. Référence à l'absence de majorité présidentielle claire à l'Assemblée nationale, à la suite de la dissolution de juin 2024.

public fermé. Personne alentour. « Je nettoie Paris tous les matins. Mon employeur est privé, c'est un sous-traitant, il trouve que je bosse bien. » La journée de labeur commence vers 5 heures. L'après-midi, sa tâche achevée, la douleur reprend ses droits. « Quand on ne sait pas où dormir, ça fait d'abord mal au ventre. » La nuit, c'est pire. Allongé sur des planches en carton. Le bitume comme compagnon de route. Près de la coulée verte, dans le 12e arrondissement. « Heureusement, je ne picole pas. » Les autres camarades de rue peinent à garder leur boulot. Pas Sami. Cinq mois déjà qu'il possède le même contrat. Son objectif : décrocher un logement, « une pièce, ou deux max ». « Je rêve de prendre une douche, de me poser sur un canapé tout neuf et de regarder le journal télé. »

Pas d'argent pour fournir une caution. Pas d'ordinateur pour lancer une demande d'aide. Pour un logement social, par où commencer ? À qui parler ? Avec quelle énergie ? Sami touche l'équivalent du Smic. Il avale les dernières gouttes de son café. « Faut pas penser que je vais avoir du mal à m'endormir. La fatigue, ça fait tomber. » Les réveils en pleine nuit, c'est autre chose.

Sami ne cache pas à ses collègues de travail la situation qui est la sienne. Les réactions de ces derniers sont partagées. Pudeur de ne pas trop poser de questions, gêne, indifférence. « Parfois les trois en même temps. »

Rendez-vous est donné pour le lendemain, afin de poursuivre la conversation. Sami veut nous montrer ce qu'il abat comme boulot. « Vous verrez, je donne beaucoup. » À 5 h 30, devant un square prêt à être nettoyé, celui qui encadre l'équipe de nettoyage nous invite à partir. « Ça ne donne pas une très bonne image de l'entreprise si vous parlez de Sami. »

Chaque jour 2 900 kilomètres de trottoirs parisiens sont balayés, astiqués. L'équivalent d'un Paris-Moscou. Une course de fond quotidienne à laquelle participe Sami. Et c'est sur ces mêmes trottoirs lavés qu'il dort, le soir venu.

La capitale sait parfois être inhospitalière. Trois mille cinq cents sans-abri y sont recensés[1]. Quatre fois plus que dans les 30 communes du Grand Paris.

Alors à l'occasion, Sami se rend, une nuit, un week-end, dans le département limitrophe de Seine-Saint-Denis. Là-bas, côté pile, une « Déclaration des droits des personnes sans-abri » existe. Signée des mains du président du conseil départemental. Côté face, quand 443 personnes à la rue sollicitent l'aide du 115 pour bénéficier de la mise à l'abri, 10 seulement voient leur requête aboutir[2].

*

Des nouvelles de Patrick, le chauffeur de bus ? Le lendemain de la diffusion de son portrait au 20 heures, il reçoit un coup de fil des équipes de Cyril Hanouna. Une invitation à se rendre en plateau sur *Touche pas à mon poste*, sur C8, en *access prime time*. Une quinzaine de minutes pour un échange en live.

CYRIL HANOUNA : Vous avez honte, de demander à vos enfants de vous aider ? Vous dites : « Moi je vais me démerder tout seul » ? « Chaque jour c'est une épreuve » ?

1. Décompte effectué par la ville de Paris lors de la huitième édition de la Nuit de la solidarité, 23 janvier 2025.

2. Fondation pour le logement des défavorisés, communication du 24 mars 2025.

PATRICK : Je suis en épreuve tous les jours [...]. Je ne demande rien. On m'a toujours appris à me démerder par moi-même.

CYRIL HANOUNA : Ce soir, je voudrais vous proposer un petit coup de pouce. Je me suis permis de réserver un hôtel jusqu'au mois de mai. Avec le petit déjeuner tous les matins. Vous serez au Parchamp Marriott de Boulogne. À partir de ce soir, votre chambre vous attend, dans cet hôtel quatre étoiles magnifique. Je vous souhaite beaucoup de bonheur. Vous serez à côté du studio, venez quand vous voulez.

PATRICK : Je veux pas vous embêter.

CYRIL HANOUNA : Le seul qui embête les gens, c'est moi.

Quelques mois plus tard, fini l'hôtel, le conducteur de bus a décroché un logement à son nom. Les pièces sont décorées avec soin par des entreprises privées qui acceptent de mettre la main à la poche en échange d'un nom cité à l'antenne, dans l'émission du même Cyril Hanouna.

Novembre 2024, quand on reprend contact avec Patrick, les lumières des plateaux télé sont un lointain souvenir. Le chauffeur de bus est « fatigué », atteint par les soubresauts d'une vie qui en comportait déjà trop auparavant. Certes, son appartement, à moins de 400 euros par mois, lui convient. « C'est très beau pour moi, trop, même. J'y dors et puis c'est tout. » Mais Patrick est toujours cassé à l'intérieur. La lumière braquée sur lui par deux fois dans *TPMP* ne l'a ni guéri ni brûlé. Son travail ne l'aide plus à tenir. Il envisage « un départ anticipé », ajoute qu'il aimerait que parfois, les « passagers de bus [comprennent pourquoi] les conducteurs sont aigris ».

*

Réaction sur les réseaux sociaux, après diffusion de ces témoignages :

@ASMADAIRE7 : Courage je faisais mes études et je bossais alors que j'étais hébergé par le 115 et malgré ça je gardais toujours le sourire pour qu'on ne sache pas mais j'ai réussi à m'en sortir.

@CHRISTOPHETREBOUTTE2656 : Bientôt ils vont lui mettre une amende parce que sa voiture n'est pas électrique.

@BRANDONGREDNER : Des étrangers qui n'ont jamais travaillé en France et ne foutent rien sont logés avec ses impôts.

@DOMINO8901 : J'ai vécu 13 ans dans une chambre de bonne, je n'avais pas droit à un logement social bien que je travaillais presque à plein temps de petits boulots... Les Français devraient être prioritaires pour les logements sociaux.

@DAVID-IF5HW : À quoi bon travailler pour être au même niveau de galère que sans travail...

@COCO67250 : Il faut mieux choisir les mots ce ne sont pas des travailleurs pauvres mais des travailleurs MAL PAYÉS !

@PETERPAN-LX6WS : Les travailleurs devraient être prioritaires sur les logements sociaux.

@SMDDSI : Qui a dit « fin 2017 plus personne ne dormira dans la rue » ?

@ANNICKOTIO700 : J'ai 71 ans et j'ai toujours entendu parler de la crise du logement.

@KOOLIO4997 : Astuce pour les SDF qui travaillent, prenez un abonnement à une salle de sport ouverte

24 h/24 7 J/7, vous pourrez y prendre vos douches tous les jours, mettre vos affaires dans un casier fermé et dormir la nuit dans les douches au chaud, il n'y a personne.

2

L'ingratitude au bout de la rue

Les éboueurs ? Essentiels et invisibles à la fois. Leur métier – considéré comme l'un des plus dangereux, tous secteurs confondus – consiste de plus en plus à réparer les incivilités, chaque jour, dans les rues de France.

La tournée commence à 6 h 10, dans l'Est parisien, non loin de la place de la Nation, devant l'institut de beauté Escale de la détente dont les grilles sont encore fermées. La vue de l'établissement fait sourire Grégory. La détente, pas vraiment le mot qui colle avec l'ambiance de ce matin-là. « Vous allez voir les trésors de civisme des Parisiens », dit le jeune homme. Combinaison verte, gilet réfléchissant jaune fluo, il est un curieux mélange de Kendji Girac et de Justin Timberlake. La trentaine, barbe impeccable, mèche sur le côté, beau gosse et sourire de circonstance. Un collègue, sur le ton de la blague : « Ah, ils vous ont filé la plus belle gueule pour la caméra. »

Chaque matin, Grégory soulève 6 tonnes de déchets. Il fait partie des 5 000 agents déployés tous les jours dans la Ville Lumière qui, à certains égards, est aussi une ville crasse.

6 h 45. Le soleil se lève paresseusement dans cette rue très commerçante où l'on dénombre une dizaine de restaurants type *fried chicken* et kebab. Des conteneurs verts à roulettes de 1 100 litres sont vidés. Une première poubelle de rue est jetée dans la benne. Grégory nous demande de mémoriser avec attention les lieux. « On va revenir dans une heure, vous constaterez par vous-même si c'est toujours propre ou pas. » La tournée se poursuit.

Soixante minutes passent. On revient à l'emplacement d'origine. L'endroit est méconnaissable. Comme si les poubelles de rue régurgitaient. Autour, sur l'asphalte, une dizaine de sacs noirs remplis d'ordures ménagères. Des cagettes de légumes vides. De l'huile de friture dans des bacs, ça déborde, le bitume est imbibé. Des chaussures aussi. Explication principale : plusieurs restaurateurs ont attendu le matin pour décharger sur le trottoir les restes de la veille. Des sacs à dos plus gros qu'eux sur les épaules, trois jeunes élèves enjambent les détritus pour se rendre à l'école juste à côté.

« Vive Paris », ricane Grégory. Trois ans et demi qu'il est éboueur. On lui demande comment il vit ce « spectacle ». Il ne met pas une seconde pour répondre. « Suis dégoûté. Quand j'ai démarré mon job, j'étais déjà énervé de voir que personne n'en avait rien à foutre. J'essayais de leur glisser des remarques. Mais je suis pas éducateur propreté. C'est peine perdue. Maintenant, je fais mon boulot et j'enchaîne. Point. » Non, ce métier n'est pour Grégory « ni un rêve ni un idéal ». Oui, c'est « alimentaire ». Mais derrière, il y a aussi l'idée d'être utile. Ce qui rend moins éprouvant le quotidien. Le problème, c'est le retour sur investissement. Le rendement est en baisse, en son for intérieur.

« Je savais que je n'allais pas recevoir une considération dingue. Mais là c'est pire, j'ai l'impression qu'on me marche dessus. »

*

Paris : 500 000 dépôts sauvages par an. Mille trois cents objets abandonnés dans la rue au quotidien.

L'association écolo Surf Rider organise souvent des opérations flash dans les grandes villes de France pour, un, nettoyer des espaces publics et, deux, rendre compte de la saleté des Français.

Ce dimanche, alors que le printemps frappe à la porte de la capitale, ils sont une centaine à arpenter pendant une heure, montre en main, la place Stalingrad et ses embranchements : rues et canal adjacents. On passe sur les pipettes à crack (plus de quarante ans que le lieu est un marché du crack à ciel ouvert) et les canettes de bière qui pullulent. En 60 minutes sont récoltés : 26 chaussures, une friteuse, 2 pneus, 1 canapé repêché dans l'eau, 350 bouteilles en verre, 56 000 mégots de cigarette. Les victuailles sont déposées sur le parvis. On trie par matériau. Quelques touristes disent que, vraiment, les Parisiens sont des gros dégueus. Les Parisiens répondent qu'il ne faut pas mettre tout le monde dans le même sac. On prend des selfies devant les déchets amassés par thème, pour oublier ou pour ironiser, c'est finalement assez flou.

Une photo de famille avec les bénévoles et leur prise de guerre est ensuite organisée. « C'est le festival de Cannes des déchets », annonce un participant.

L'opération terminée, pour louable qu'elle soit, les éboueurs se retrouvent à nouveau, le lendemain, seuls au front, afin d'offrir à Paris un visage présentable.

*

En France, le quotidien d'un ripeur[1] signifie – en moyenne – ramasser des déchets durant 401 minutes – quasiment 7 heures. Temps de pause quotidien ? 33 minutes. Quantité ? 4,7 tonnes. Parcours ? 44,6 kilomètres. Nombre de pas ? 12 238.

Dans une société où l'on dénonce à l'envi toutes sortes de « coûts », en voici un, passé sous les radars : le « coût cardiaque » des éboueurs. Soit la différence entre la fréquence cardiaque au travail et celle au repos. Vingt-huit virgule huit battements par minute. Le seuil où l'on commence à parler d'« astreinte physique excessive » se situe à 30 battements par minute[2].

*

Lorsque la vague de coronavirus a secoué la France, quand il restait des miettes après les bravos au personnel soignant, les éboueurs ont eu droit à quelques applaudissements. « Premiers de cordée », ou plutôt « derniers de cordée », les deux expressions voulaient alors dire la même chose : les héros du printemps, c'étaient eux. Les envolées lyriques suivaient : le bien collectif, l'intérêt des autres, la justice... Finalement, l'épisode de grâce a duré quelques semaines. Guère davantage.

---

1. Le ripeur est chargé de la collecte des déchets sur la voie publique, et de leur transport jusqu'à un centre de tri.

2. Étude universitaire menée par Jean-Yves Juban, professeur de sciences de gestion, et Isabelle Salmon, médecin du travail collaborateur de l'université Grenoble-Alpes (UGA).

Printemps 2023, les éboueurs font grève à Paris. Déjà 10 000 tonnes de déchets non ramassées. Onzième jour de manifestation dans les rues de la capitale. À côté du bassin de l'Arsenal, un après-midi de ciel bleu, une femme, la quarantaine, grande gueule, une dizaine d'années de poubelles au compteur. Depuis plusieurs mois, un arrêt maladie l'empêche de poursuivre son boulot. Son dos broyé. Elle est – dans l'ordre – « syndiquée CGT » et « écœurée ». « Fini, l'époque Covid. On est redevenus des pestiférés, on nous gueule dessus matin, midi et soir parce qu'on ralentit la circulation. »

Autour d'elle, trois collègues éboueurs listent les parties du corps qui lâchent le plus. Lumbago, hernie discale. Certains touchent plus de 2 000 euros net ; hors Paris, c'est souvent 1 500 euros. Il y a des bonus aussi : la prime panier, la prime salissure, la prime-quand-on-est-à-l-arrière-de-la-benne-à-ordure. Quelques dizaines d'euros à chaque fois. Sur le bulletin de salaire : il est mentionné « équipier de collecte ». « Pourquoi ne pas dire les choses ? Je vais quand même pas m'excuser d'être éboueuse. » La syndicaliste enrage. « On soigne les mots plus que les salariés. » Elle et le petit groupe voudraient une « mini-révolution ». « [Que les Parisiens] suivent un stage obligatoire de vingt-quatre heures à nos côtés. » En toile de fond, ce jour-là, il y a la réforme des retraites. « On va pas encore jeter des poubelles dans les bennes à 64 ans ? » Pour l'heure, il est question pour eux de passer de 57 à 59 ans. Bruisse la rumeur d'une durée de cotisation pour un départ à taux plein équivalent à 43 annuités. « Comme les salariés du privé. » Du dégoût, chez les grévistes.

Alors que la fronde des éboueurs s'installe, les Parisiens (re)découvrent que la capitale est scindée en deux. D'un côté, les arrondissements où les collectes d'ordures sont réalisées par l'action publique. De l'autre, celles gérées par les entreprises privées. Dans le 15e arrondissement, qui appartient au second clan, le groupe Pizzorno, « spécialiste dans les métiers de l'environnement et de l'économie circulaire », appelle des agents du sud de la France et de la région lyonnaise à rejoindre la capitale, pour prêter main-forte dans les rues et casser, *de facto*, la logique de grève.

Sur les réseaux sociaux, les images de Notre-Dame « assiégée » par des monticules de sacs poubelles font le tour du monde. Parmi les plus angoissés : les fans d'*Emily in Paris*. Ils se demandent si les prochains tournages auront bien lieu.

3

Nourrir la France, mais à quel prix ?

Chez les agriculteurs, plus que dans beaucoup d'autres secteurs, les différenciations sont à ce point frappantes qu'elles interdisent toute généralisation. D'un côté, les premiers de la classe, à la tête d'exploitations ultra-modernes, performantes, qui investissent lourdement pour continuer de faire la course en tête. De l'autre, ceux qui bataillent pour exercer leur métier, ne se paient pas, ou si peu. Bossent parfois soixante-dix heures par semaine sans partir en vacances plus de trois jours dans l'année. Et qui, en silence, souffrent. En silence, se noient. Alors, quand une épidémie vient tout dérégler...

Ceux que l'on rencontre aujourd'hui tentent modestement, depuis plusieurs mois, de relancer la ferme familiale. Soixante brebis rassemblées sous un hangar type aviation, le toit en forme de demi-cercle métallique. La structure est flambant neuve. Nous sommes en Bourgogne-Franche-Comté. Le marché des terres et « prés libres » est le moins cher de métropole : 2 930 euros l'hectare. En dix ans, les prix n'ont pas bougé.

Florent Auguste est vétérinaire. La bonhomie anime son visage. Contraste singulier avec l'éleveur face à lui : mine sombre, poids sur les épaules. «Je crois que j'ai un cas. » Une brebis probablement atteinte par la fièvre catarrhale, qu'on nomme aussi maladie de la langue bleue. L'épidémie arrive des Pays-Bas et de Belgique. Et, en cette rentrée 2024, prend la forme d'une hécatombe. Dans toute la France, du nord vers le sud, des centaines de sites agricoles sont touchés. Des milliers de cas. « En quelques jours, la moitié d'un troupeau peut mourir », prévient le vétérinaire.

Florent s'approche de la brebis qui n'arrive pas à marcher. Il inspecte la bouche, repère *illico* plusieurs lésions. La muqueuse, les paupières gonflées, les sécrétions autour du nez. « Ça sent pas bon. » Le gérant s'était préparé. Il encaisse en silence, même pas un petit frisson. L'enjeu pour lui est simple : sa survie professionnelle. « On a mis toutes nos économies dans les installations. » Les deux – très jeunes – filles du propriétaire se tiennent debout, juste à côté, comme des digues de protection. L'éleveur soigne son expression pour ne pas faire pleurer la plus petite. « Si on perd des bêtes, y a un enjeu financier important. » L'aînée serre sa petite sœur dans ses bras. Premières larmes. Intervient le grand-père, qui coopère bénévolement au quotidien de l'exploitation. « On a attendu quinze jours des vaccins qui ne venaient pas. Il y a un petit problème d'anticipation. » Le grand-père ne s'en prend pas au vétérinaire, mais à l'État, se gardant cependant de taper sur qui que ce soit. Le nouveau ministre de l'Agriculture ? Il ne se rappelle plus son nom. Il ajoute, comme pour s'excuser d'être allé trop loin : « Le gouvernement dit qu'il fait le maximum. » Dans la famille, on laisse les vagues aux autres. L'art de se plaindre n'est pas enseigné à table. Valeur : travail. Point barre.

Depuis qu'il bosse, Florent, le vétérinaire, a observé des centaines de scènes comme celle-ci. Il le sait déjà. « Si le père tombe, toute la fratrie tombe avec. »

La langue bleue est une inconnue de plus sur un millefeuille d'incertitudes. Partout, les éleveurs appellent les cabinets de vétérinaire pour obtenir des doses. Deux prises, à trois semaines d'intervalle. Quatre euros trente l'unité. Dans certaines exploitations, le chèque dépasse facilement les 3 000 euros. En face de l'exploitation où se trouve Florent, une autre ferme a agi trop tard. « Dix bêtes mortes. »

Un veau, une fois sevré à 6-7 mois, peut se revendre dans la région près de 1 500 euros. Dans l'exploitation familiale que visite Florent Auguste, les bêtes sont précieuses non pour leur viande mais pour la production de fromage, 80 kilos toutes les semaines.

Une flopée de croûtes fleuries attend dans une chambre froide. C'est là que travaille la femme de l'exploitant. À son tour informée du cas de fièvre catarrhale, la voilà qui plonge son regard par terre. « On n'a pas le choix, on subit. » Demander des subventions ? Appeler l'assureur pour voir si des indemnités sont envisageables ? À peine évoqué. Il y a ceux qui connaissent les circuits pour rebondir, et ceux qui réfléchissent plutôt à comment se serrer la ceinture autrement. « On va voir sur quoi on appuie. » Traduction : quels postes de dépenses compresser plus encore. Ce serait, ici, presque une faute de lever la main pour appeler au secours. Pourtant, la maladie de la langue bleue s'apprête à renverser bien des choses dans cette exploitation familiale où les plans B n'existent pas.

On offre quand même – « C'est non négociable » – deux gros morceaux de fromage au journaliste. « Merci de vous intéresser à nos problèmes. »

Sur le chemin du retour, Florent est foudroyé par la détresse rentrée de ces exploitants qui se battent sans armes. « Si je comptais le nombre d'éleveurs en détresse... Le vétérinaire est parfois le seul interlocuteur que les agriculteurs rencontrent dans la semaine. On n'a pas envie que des catastrophes humaines viennent s'ajouter aux catastrophes animales. »

Dans le monde agricole, un suicide tous les deux jours.

La route bourguignonne défile, comme une longue phrase remplie de silences, ceux des petits villages éloignés les uns des autres. « Ici, on est en plein désert médical vétérinaire », déplore Florent, qui avale parfois 150 kilomètres pour se rendre d'une ferme à l'autre. Comme les éleveurs, il travaille soixante-dix heures par semaine. Sur l'écran de veille de son smartphone, la photo de ses trois jeunes enfants, sourires, cheveux bouclés. Ils posent dans un décor de... ferme. « Cet univers, c'est aussi le mien. La souffrance, les agriculteurs l'expriment avec le regard plus qu'avec la bouche. »

Quand on demande aux Français la manière dont ils perçoivent les agriculteurs, les réponses évoquent immédiatement : leur place majeure dans l'alimentation des citoyens, leur rôle dans la biodiversité, la confiance vis-à-vis des consommateurs, le bien-être animal... Le capital sympathie est là, intact. Mais sur le terrain...

Le long de la D91 arrive le village de Hauterive. Le panneau a été retourné. Plus personne ne sait depuis quand. Les écriteaux à l'envers constituent un signe de colère employé depuis plusieurs années par le monde paysan. Comme une boussole cassée.

Sur le bord de la route, une vaste exploitation. Cent vingt vaches et des champs de céréales à foison. Le blé ? Un fardeau, depuis que « le dérèglement climatique s'acharne, *dixit* le proprio. Les pires récoltes enregistrées dans le pays depuis quarante ans. » Les vaches ? « On attend le nouveau virus, on ne sait même plus comment l'appeler, ça change tout le temps. » Chacune de ses phrases produit le même bruit qu'une claque. On est en septembre, le gérant est « énervé et fatigué ». Un manque d'énergie jusque dans sa manière de se mouvoir. Pourtant, il a « sacrément profité cet été ». Trois jours de vacances. « Pour que nos enfants profitent de leurs parents. » Un an qu'avec son épouse, Alexandra, il ne s'était pas offert la moindre pause.

Cette dernière est occupée dans une chambre froide jouxtant la maison familiale. Elle découpe la viande ensuite vendue aux particuliers, qui viennent toquer à la porte après avoir passé commande. Circuit court. Mais le modèle économique ne fonctionne plus comme avant, plus comme espéré ni comme promis. « Avec le Covid, le monde entier parlait du retour de la consommation responsable, d'acheter au coin de la rue. C'était le triomphe annoncé de l'autosuffisance alimentaire française, au moins dans les discours. Et puis les masques chirurgicaux ont été enlevés. On s'est pris dans la gueule un sacré retour à la normale. Fini la consommation locale. » L'agriculture souffre de ses modèles friables.

Pourtant, le secteur se modernise. Il attire 21 000 reconversions professionnelles tous les ans[1]. Et, contrairement aux idées reçues, 91,4 % des élèves de l'enseignement agricole ne sont pas issus du monde paysan.

1. Association nationale pour l'emploi et la formation en agriculture, données 2025.

*

Sans conteste, l'agriculture est l'une des branches économiques ayant connu le plus de transformations ces cinquante dernières années. Durant les Trente Glorieuses, le pays comptait un chapelet de 1,5 million d'exploitations. Elles sont moins de 400 000 aujourd'hui.

Pour résister, il faut investir. Matériel. Temps. Espérance. Quand les agriculteurs atteignent la soixantaine, deux sur trois n'ont pas la moindre idée de qui pourrait reprendre l'entreprise. Alors ils s'épuisent encore plus à la tâche. Les corps s'abîment de façon accélérée. Pareilles expressions pourraient sembler exagérées dans beaucoup de secteurs, même ceux à forte pénibilité. Chez les paysans, c'est une *doxa* communément admise. Subie.

*

Pour décrire l'époque dans laquelle s'enferrent les éleveurs, Florent, le vétérinaire, observe souvent les dentitions des agriculteurs. Sans mépris aucun, il dit : « Certains manquent cruellement de soins dentaires. Ils dépensent tout ce qu'ils ont pour assurer le bien-être de leurs animaux. Leur santé, ce n'est pas grave, ça attendra. Ils manquent de considération vis-à-vis d'eux-mêmes. »

Avec ses collègues, le vétérinaire est le témoin de l'évolution rapide d'une profession à bout de souffle. Lui a inventé un sigle : SPP. « Salarié pas payé. » « Pensez à ces papys qui, malgré la fatigue, fournissent des coups de main du matin au soir à leurs enfants exploitants. Ils s'occupent des livraisons, de la vache en chaleur, du taureau à nourrir. » Quand les SPP meurent, « les fermes s'éteignent, les éleveurs mettent la clé sous la porte ».

Les plus précaires dans la profession sont les éleveurs bovins et ovins – 25 % d'entre eux vivent sous le seuil de pauvreté. À eux, Florent propose parfois gracieusement ses services. Il ne facture pas, reçoit en échange un pot de confiture, de la viande, parfois une bouteille de liqueur « faite maison ». Tout cela est accompagné de longues conversations où l'on préfère parler de la souffrance du voisin, lui-même agriculteur, que dévoiler ses propres ténèbres. La pudeur comme écran.

Sur les toiles cirées, le vétérinaire voit les factures qui s'accumulent. À l'occasion, il apporte son aide. Il y a ce jeune homme de 30 ans, iPhone 16 Pro dans les mains. Qui n'arrive pas à effectuer les démarches administratives pourtant essentielles afin de profiter des aides de la PAC. Sans elles, beaucoup d'exploitations s'écroulent. L'Europe contraint autant qu'elle soutient. Florent suggère au jeune éleveur de télécharger une application censée faciliter, en quelques clics, la paperasse. « Je sais pas faire, bredouille l'intéressé. J'ai jamais téléchargé quoi que ce soit. »

On a beaucoup parlé de la montagne administrative dont se dit victime le monde agricole. Une montagne à gravir, en plus des semaines de « deux fois trente-cinq heures », sans dimanche de *farniente*, sans pause, sans mer l'été. En janvier 2024, les blocages se multipliant sur les routes de France, le gouvernement avait promis un « choc », comme sur la table d'opération aux urgences au moment de sortir le défibrillateur. Ledit choc consistait alors en 70 engagements. Une sorte de calendrier de l'Avent. Pour chaque fenêtre, un cadeau censé rendre la vie des paysans plus facile. Concernant la paperasse, les autorités tablaient sur des « contrôles administratifs uniques ». Une loi, potassée au Sénat, allait même déclarer l'agriculture « intérêt général majeur » sans que personne comprenne le sens concret de la formule. Au lieu de cela, la dissolution de l'Assemblée a dissous jusqu'aux engagements. Le Mercosur, bête noire du monde agricole, a été adopté par la Commission européenne. Paris a protesté, mais Bruxelles ne s'est pas même donné la peine de répondre au président Macron. Une clé de bras, même pas de bras de fer. D'ailleurs, qui joue encore au bras de fer ? Sûrement pas les éleveurs que côtoie Florent.

Depuis tant d'années, la profession et la grande distribution peinent à dialoguer. Pourtant, les promesses ne manquent pas. Ça a commencé – comme souvent – avec des états généraux. En l'occurrence : les « états généraux de l'alimentation », histoire d'englober tous les Français dans l'aventure. Dans les faits, les discussions ont été très techniques, arides, batailles à la virgule, clauses, alinéas... Combat juridique aussi. Comme au football, ça marche par saison. La loi EGalim 1 en octobre 2018. Puis EGalim 2 trois ans plus tard, sans oublier EGalim 3 et EGalim 4 en 2023. Bilan : plus de normes encore, plus de textes... Quand la bonne volonté se mue en bêtabloquants. L'un des effets produits ? L'augmentation des importations. On résume : face au mur administratif, c'est tout bénef pour les producteurs de viande à l'étranger.

Depuis, la Fédération nationale des syndicats d'exploitants agricoles (FNSEA) compare la France à l'Ukraine et parle d'un besoin urgent de « réarmement agricole ». Mettre les Français face à leurs contradictions, explique, micros éteints, le puissant syndicat. « Nos compatriotes pensent que nous sommes encore une grande nation agricole. Dans les faits, nous importons plus de 50 % de nos volailles et 40 % de nos légumes. » Lorsque l'on demande ses pronostics au syndicat, pour lui, c'est très net : l'agriculture va suivre le même chemin que l'industrie tricolore.

*

Eux ne croient plus aux discours généralistes pessimistes. Ils disent que ça ne fait plus rien avancer. Ils ont donc mis leur réveil à 2 heures du matin, le temps de passer prendre les camarades en périphérie du Puy-en-Velay. Puis ils ont roulé toute la nuit, malgré l'alerte orange verglas, serrés dans un van Ford Transit, loué chez Super U pour la virée aller-retour à Paris.

Dans le véhicule, chacun a pris son bonnet jaune, ainsi que la veste foncée brodée à l'effigie de la Coordination rurale. Le syndicat agricole, fondé en 1991, est proche de la droite souverainiste ainsi que du RN, même si les cadres dirigeants disent ne bosser « que pour les sans-voix » et se revendiquent « sans étiquette ».

Et dans le van, on a assez peu parlé politique en effet. D'ailleurs, personne ne semble se rappeler le nom du nouveau ministre de l'Agriculture. Six personnalités ont défilé en sept ans. « On s'en fout, du ministre. On monte à Paris pour parler au Premier ministre. On lui donne jusqu'à 13 heures demain. »

Quand ils arrivent sur le périphérique, c'est un dimanche de janvier gris qui les accueille. L'année 2025 vient de commencer. Le petit collectif improvisé s'offre un café dans un bistrot. Presque 3 euros, certains toussent. Puis ils découvrent le quartier, près du parc Monceau. C'est là qu'est situé le point de protestation, à 17 heures, place du Brésil. « La Coordination nous a dit de venir ici, c'est un symbole. L'Élysée est juste à côté, à quelques centaines de mètres », développe Gaëtan, une carrure de demi de mêlée. En réalité, le palais présidentiel est à trente minutes de marche. Découvrant la distance exacte, le jeune homme de 31 ans paraît abattu. À côté soupire un collègue éleveur, physique à la Guillaume Canet à qui on aurait ajouté une barbe désordonnée. Un peu en retrait, deux jeunes filles à peine majeures, membres elles aussi du collectif. Leur première mobilisation agricole. Elles s'excusent, elles sont encore en études. « On y croit », disent-elles sans qu'on sache si elles parlent de la mobilisation dans les jours à venir ou de leur futur métier.

Ils sont une douzaine d'agriculteurs, 17 heures approchent et les voilà tout d'un coup ceinturés par un dispositif trois fois plus important : des forces de l'ordre, déterminées à ce que le *happening* soit tué dans l'œuf. Une policière s'avance. Elle vient d'être désignée par son supérieur pour jouer les porte-parole. Vu son visage, ça ne la réjouit pas.

– Vous allez enlever vos bonnets jaunes et quitter les lieux. On vous ramène jusqu'au véhicule et vous allez repartir, OK ?

– Vous nous interdisez de porter nos bonnets, j'ai bien entendu ? gronde Jérôme Batret, le représentant départemental de la Coordination rurale.

– La manifestation n'est pas autorisée par la préfecture, réplique la policière que la situation n'amuse décidément pas. Vous dormez où ce soir ?

Un autre agriculteur, bonnet dans les mains, cheveux désordonnés, lunettes bleues lui mangeant la moitié du visage :

– Comment ça, on va repartir ? Vous croyez qu'on est venus pour le plaisir ? On bosse 3 euros l'heure pour produire du lait, et vous allez vérifier où on va pioncer ce soir, comme des petits gamins qu'on va border au lit ? Mais vous rigolez ?

Un cadre du syndicat avait promis au collectif que les murs allaient bouger, que ce dimanche soir marquerait le début d'un mouvement d'ampleur, que retentirait un « Prenez garde » bien senti. Mais rien ne semble fonctionner comme attendu. Interdiction est donnée aux tracteurs de circuler autour de Paris. À Rungis, les CRS bloquent les copains qui ont fabriqué un cercueil blanc avec la mention « Enterrés sous les normes ». Rien à voir avec le précédent sursaut, survenu un an plus tôt. C'était le joyeux bordel autour de la capitale, donc des dizaines de kilomètres de ralentissement. On avait même fait venir sur les points de blocage des présentateurs de chaînes d'info pour des « éditions spéciales délocalisées ». Karine Le Marchand était de la partie, apportant des palettes de croissants, prenant la défense de ces agriculteurs « avec de grands cœurs ».

Ce dimanche soir, par contraste, le maigre collectif venu en van fait le pied de grue devant une colonne Morris dont l'affiche vante une exposition au musée Carnavalet sur… le Paris révolutionnaire.

« C'est les discours qui ruinent la France », éructe Gaëtan, l'agriculteur au look de rugbyman. Il voudrait, dans une même phrase : que le climat social monte de plusieurs degrés, une prise de conscience, des barricades, un pouvoir exécutif qui ouvre les yeux, plus de pouvoir d'achat et de la considération. Pendant qu'un syndicat concurrent, Les Jeunes Agriculteurs, organise des rencontres entre citadins et paysans « pour casser les préjugés », lui souhaite que « les gens des champs » bousculent « les gens des villes ».

Il faut déguerpir, rappelle un autre policier. Tout le monde obéit.

Gaëtan Belly est donc contraint de rentrer chez lui, près du Puy-en-Velay, dans une petite maison qu'il loue avec sa femme. Landos, 800 habitants, 1 100 mètres d'altitude. « Commune rurale à habitat dispersé », pour reprendre la grille de classification de l'Insee. Ici, on compte plus de sentiers de randonnée que de commerces. À chacun sa manière de mesurer le déclassement. La nationale est devenue départementale. L'ancienne ligne de chemin de fer a été transformée en « vélorail ».

Quatre-vingt-huit pour cent des sols occupés à Landos sont des territoires agricoles.

Le couple a deux très jeunes enfants. Un nouveau-né de 5 mois. Une fille de 2 ans et demi. La femme de Gaëtan ne travaille pas. Congé maternité. Quatre cents euros par mois. Lui est saisonnier dans les champs. Il ensemence. Son rêve depuis qu'il a 4 ans. « Mes parents m'offraient des voitures de course. J'en voulais pas, je gueulais déjà. Il me fallait un tracteur. » À 11 ans, il en conduit un tout seul. À 14 ans, première campagne de moisson.

La suite, c'est un accident et l'amputation d'une jambe. « Je continue le boulot, ça ne change rien, les machines ont des télécommandes, ça se passe très bien. » Certaines semaines, il bosse, dit-il, cinquante-huit heures non-stop. « Tu attends que le mauvais temps s'arrête, et quand tu as une fenêtre de tir, tu fonces sans compter pour ensemencer. Puis tu dors trois heures, et tu recommences. »

Gaëtan Belly engueule son médecin quand celui-ci, ouvrant son dossier médical pour vérifier qu'il bénéficie du statut de grand handicapé auprès de la MDPH[1], lui parle d'arrêter de travailler dans les champs. Décrocher ? La pire des hontes. Impensable, pour lui. Et puis son employeur est censé toucher des aides, parce qu'il embauche un travailleur handicapé. « Gagnant, gagnant » sur le papier. Sauf que... l'administration en a une autre lecture. « Vu le chiffre d'affaires du patron, pas d'aides. » Quelques mois plus tard, autre déconvenue, plus grave : Gaëtan voit son allocation handicap de 1 035 euros par mois coupée. Motif invoqué par une conseillère : vous vous en sortez très bien dans les champs, visiblement.

Oui, il travaille. Non, il ne s'en sort pas. Et depuis des mois, il appelle sur les réseaux sociaux à la mobilisation du monde agricole. Parfois sur un parking pour poids lourds, ou dans une ancienne école, parfois encore lors d'un bal pour les jeunes paysans – 5 euros l'entrée à la salle polyvalente de Rosières, avec DJ. « Venez chercher votre bonnet jaune, tout corps de métier est le bienvenu. »

Dans les prairies, sur les places publiques, on déroule des banderoles en prenant soin de faire tourner les slogans. L'un des plus populaires : « Il faut rendre l'agriculture aux agriculteurs. »

Gaëtan s'investit sans compter. Une bouée.

Un boulanger fournit parfois gracieusement des en-cas pour nourrir l'agriculteur saisonnier et ses collègues, mobilisés le soir comme le week-end. L'ancrage est micro-local. Les discussions sont souvent les mêmes : les normes qui tuent, la concurrence des « travailleurs étrangers qui bossent pour moins de 10 euros l'heure et tuent le métier ». Puis on oublie toutes les revendica-

1. Maison départementale des personnes handicapées.

tions et on part aider le collègue Léo, qui veut remettre la main sur les trois veaux Aubrac volés dans la nuit de dimanche à lundi dans l'exploitation de son père. « Si vous avez vu une voiture vers le bâtiment agricole, merci de m'informer. »

Les semaines se ressemblent. Les revendications aussi. Pas de réponse de l'exécutif, englué dans une autre forme de crise, parlementaire celle-ci. Les mâchoires de la dissolution broient bien au-delà de ce qui était envisagé par l'Élysée. L'agriculture n'est une priorité qu'une fois les routes bloquées, se convainc Gaëtan.

Quelques mois plus tard, c'est – encore elle – Karine Lemarchand qui réussira à mettre autour d'une même table tous les patrons, ou presque, de la grande distribution. Bilan : un accord pour venir en aide aux petites exploitations, celles qui s'enfoncent dans la misère. « Elle y arrive, pourquoi pas nous ? »

L'État répond qu'il donne beaucoup, dans tous les sens. Sept milliards d'euros par an. L'Europe aussi donne beaucoup, même plus – quasiment 10 milliards –, ce qui fait de la France, et de loin, le premier bénéficiaire de la politique agricole commune.

Mais tout cela est jugé illisible, disent les syndicats alors que s'enchaînent les plans « pansements » visant la profession. Ces décisions format « SOS » s'accumulent au point qu'on ne comprend plus très bien quelle mesure est censée soigner quoi. Pour preuve : les dépenses d'indemnisations et de gestion de crise. Elles étaient auparavant limitées. Désormais, elles s'envolent. Contenues sous la barre des 100 millions d'euros annuels, les voilà multipliées par dix en 2021. Puis nouvelles secousses, nouvelles aides, liées au Covid, à l'Ukraine, à la multiplication des aléas climatiques. Les nuages s'absorbent entre eux, leur taille menace. On atteint les 2 milliards d'euros annuels de « médicaments financiers » pour les paysans. « Tout le monde est perdant [...], la puissance publique qui dépense davantage [...] et les agriculteurs qui préféreraient vivre du fruit de leur travail et ne pas le voir parfois entièrement perdu[1]. »

Perdue, la saison l'est aussi pour Gaëtan. En ce début janvier 2025, où les semences sont en pause, il est logiquement dans une période de repos. Il touche 700 euros d'allocation-chômage. Le loyer de la maison, 600 euros, a été versé le premier du mois. Un tour au supermarché, un Caddie « pour tenter de tenir jusqu'à la fin du mois entier ». Cinq janvier. « Il me reste 50 euros. » Gaëtan n'a pas honte, juste peur. « La maison est louée depuis trois ans. Je ne sais pas si on va tenir. »

Forcément, Gaëtan, qui espère toujours une rencontre prochaine à Paris avec « un interlocuteur d'en haut », prend mal la réponse de la ministre de l'Agriculture : « L'urgence qu'ils [les agriculteurs] mettent en avant pour être reçus maintenant, ici, tout de suite, ne se justifie pas vraiment[2]. »

*

Les agriculteurs sont les stars des *prime time* de M6. Dans l'opinion publique tricolore, leur capital humain est haut placé. Mais ces mêmes agriculteurs souffrent d'un manque flagrant de représentation. Pourquoi aussi peu d'études universitaires à même d'expliquer les transformations sociétales qui bouleversent cette profession ? La chercheuse Valérie Boussard, directrice du laboratoire

1. Rapport 2024 de l'Institut de l'économie pour le climat, sous l'égide de la Caisse des dépôts et de l'Agence française de développement.
2. Annie Genevard dans la *Matinale* de TF1 le 6 janvier 2025.

Institutions et dynamiques historiques de l'économie et de la société (Idhes), nous parle d'un effet « trappe ». « Les enquêtes sociologiques sur les agriculteurs et, plus largement, le monde rural, n'intéressent malheureusement pas ceux qui décident des financements. À l'opposé, l'administration, l'urbanité trouvent largement de quoi être financés. Je parle, à propos des agriculteurs et du monde rural, d'oubli sociologique. »

La représentation du bonheur n'est pas dans le pré.

4

La brigade du vivre-ensemble

Harcèlements, violences, irrespect s'enracinent dans les transports en commun, devenus un sismographe de la société actuelle. Parmi les cibles : les chauffeurs de bus. En Île-de-France, la RATP instaure des brigades dont l'objectif est de contrer ces phénomènes qui, bien plus que le mobilier urbain, détériorent le rapport des uns aux autres.

Il y a les individus qui s'emportent parce qu'on leur demande un ticket qu'ils n'ont pas, ceux qui veulent instamment que le bus s'arrête immédiatement, en pleine voie, parce que ça les arrange, d'autres animés par le souhait de se payer un agent public... Un coup de poing dans la gueule, des menaces verbales, on va retrouver ton adresse, fais gaffe à tes gosses.

Officiellement quatre agressions recensées par jour. Les conducteurs de bus du réseau francilien de la RATP dégustent au quotidien. Victimes d'« incivilités », disent les cadres du groupe. « Pushing-ball », corrigent les syndicats, qui notent un accroissement, chaque année, du nombre d'actes violents à l'encontre du personnel roulant – alors que les vols à la tire baissent.

Sur les 341 lignes de bus d'Île-de-France, dans les 4 700 matériels roulants, on installe donc des plaques de protection transparentes pour faire pare-feu si des coups venaient à être distribués – et, oui, ils le sont de plus en plus fréquemment. On généralise aussi la pose de boutons cachés que doivent actionner les conducteurs s'ils se sentent en insécurité. Ce bouton renvoie directement au centre de commandement, situé au siège de la RATP, en face de la gare de Lyon. La pièce est en sous-sol. Accès restreint et filtré. La salle ressemble à une petite cathédrale sécuritaire, une *war room* avec des écrans partout. Quinze mille caméras directement reliées au serveur. Trente-cinq mille autres, que l'on peut mobiliser par commande à distance. Jusqu'à 10 opérateurs, la main en permanence sur des joysticks, pour traquer les débordements. Cap Canaveral version sécurité-transport. Tout signalement est automatiquement relayé à la préfecture de police de Paris. Au premier appel à l'aide, les agents de sécurité de la RATP sont dépêchés, à moins que la police nationale ne soit plus proche.

Dans le rôle du superviseur : Didier Robidoux, directeur sûreté de la RATP. Son parcours raconte mieux que des colloques à l'École de guerre les virages pris ces dernières années par la France de l'insécurité. Ex-officier de la marine nationale, il a été chargé de la sécurité pour le groupe Carrefour, puis pour plusieurs boîtes privées spécialisées dans le domaine de la sécurité. Aujourd'hui, il veille sur la sûreté des 3 600 kilomètres de réseau. Quand on le rencontre, celui qui est aussi réserviste de la gendarmerie nationale bosse au sein du groupe de transport public d'Île-de-France depuis trois ans et demi. Il souhaite nous montrer un exercice d'appel à l'aide.

Dans le scénario envisagé, un conducteur de bus actionne son fameux bouton, afin que la géolocalisation soit activée. Dans la foulée, des agents à proximité, sur le terrain, doivent se déployer pour apporter de l'aide. « On est très réactifs », promet le patron. Afin de documenter les agressions, dès l'instant où un salarié au volant d'un bus appelle au secours le centre de contrôle, on peut enregistrer tout ce qui se passe autour de lui, notamment les insultes et menaces – des preuves vocales à transmettre ensuite à la justice, les auteurs des violences ayant souvent l'élégance de nier les faits. Comme nous avons le droit de rester, pour des questions de confidentialité, seulement vingt minutes tapantes, « on ne va pas attendre les hypothétiques réels débordements ».

Raté. Le scénario à peine lancé, un appel de détresse, un vrai, est émis. Un conducteur de bus près de Créteil : « Venez, tout de suite, je déconne pas... [Bruit inaudible.] Une agression. » L'opérateur : « Gardez votre calme, dites-moi où vous êtes exactement. » Sans même attendre une confirmation du conducteur, l'écran de contrôle renseigne la géolocalisation du bus. Des cris couvrent à présent la voix du chauffeur. « Non mais... euh... faut venir maintenant ! Maintenant. » En moins de cinq minutes, une équipe intervient. L'origine de l'incident ? Un usager contrôlé sans titre de transport et ayant perdu ses nerfs.

Comme la plupart du temps, le conducteur ne portera pas plainte. Interrogé à ce sujet, le porte-parole de la RATP est bien obligé d'admettre que passer par la case justice pour les agents agressés, c'est parfois la double peine. « Ils sont généralement affectés à une ligne et passent régulièrement aux mêmes endroits. Ils ont peur de déposer plainte parce qu'ils craignent des représailles. Il faut que l'on puisse garantir leur anonymat. » Le porte-parole de la RATP aimerait que la loi permette au groupe de déposer plainte en leur nom. Et épargner ainsi aux employés la paperasse et, surtout, les pressions individuelles.

Retour au centre de commandement où, les vingt minutes touchant à leur fin, une autre agression – une vraie, encore – survient. Même scénario, même débordement d'un usager sans titre de transport. Dans la plupart des cas, comment met-on fin aux agressions ? Avec les mains. « Ça s'appelle l'éviction *manu militari* et ça marche encore très bien, relate le directeur de la sûreté. À un moment donné, il faut pouvoir sortir les agresseurs de nos réseaux. » On recense 260 000 évictions en 2024. Souvent dans le calme. Parfois dans la douleur. Là encore, les agents – épaulés par les forces de l'ordre – sont sollicités. « On n'a rien trouvé de mieux, malheureusement, pour mettre fin aux incivilités. »

*

Dans une pièce tout en longueur se tient le briefing quotidien des membres du Groupe de protection et de sécurité du réseau (GPSR). Un terme technique pour désigner des agents de sûreté qui œuvrent au sein de la RATP. Un millier dans ses rangs.

« Petit rappel sur la vigilance accrue », commence un responsable à la tête de cette réunion, qui est obligatoire avant chaque début de tournée. C'est comme jeter un coup d'œil à la météo avant de se pointer dehors. « Hier, quartier ouest de la capitale, un individu en possession d'une machette. Des agents de contrôle se sont fait violenter. Coups de poing et morsures. Ça s'est terminé aux urgences à Auteuil. L'individu a été placé en garde à vue à Boulogne. » On s'étonne, et des faits et de la manière dont tout cela est expliqué, sans émotion. « Ah, les machettes ? rigole presque l'instructeur, comme pour justifier après coup son stoïcisme. Croyez pas que ça n'arrive jamais. »

Autour de la table, les agents qui s'apprêtent à entamer leur tournée paraissent tout aussi calmes. Dans l'équipe, il y a un ancien pompier de Paris, habitué s'il en est des agressions multiples et gratuites quand il venait en aide à des citoyens dans sa tenue bleu foncé. Il a des airs de colosse, larges épaules, un taiseux. Il y a aussi une ancienne de la police nationale. Cheveux plaqués en arrière, sourire discret. La trentaine, elle a décidé de rejoindre la RATP pour voir plus souvent ses enfants. Son poste précédent, dans les forces de l'ordre, avalait trop de week-ends.

Fin du briefing, on suit l'équipe sur le terrain. Ils sont trois. Configuration idéale. « Une femme par équipe, c'est précieux, notamment pour les palpations vis-à-vis du public féminin, glisse un cadre. Leur présence désenvenime beaucoup de situations. » Problème : la police de la RATP a bien du mal à recruter des profils féminins. On part de loin. « Objectif : 20 % pour 2026. »

Dans le tramway, près de Pantin, un jeune homme entre avec deux amis, il n'a pas de ticket. Les agents le repèrent instantanément. Le trio avance presque sur la pointe des pieds. Chacun se positionne de sorte à faire barrage si l'individu venait à lancer des coups. L'homme sans ticket regarde les agents. Ou plutôt, il les défie. Grosse doudoune noire, capuche sur la tête, il sait qu'il est en tort, pas question de se laisser faire, c'est écrit dans ses yeux.

– Vous avez des produits stupéfiants sur vous ?

– Non, siffle le jeune homme, comme on claquerait une baffe.

– Gardez les mains hors des poches le temps du contrôle, monsieur.

On a appris aux agents à dire « monsieur » et à ne surtout pas tutoyer. L'autre traîne pour obéir. Les mains enfin sorties, il continue de défier du regard le policier, celui avec les larges épaules, qui ponctue chacune de ses phrases par un lourd silence, comme pour asseoir son autorité. Le jeune homme sans ticket élabore alors une tactique. Il commence à s'agiter. Puis : « Hey, me touche pas ! », histoire que tous les passagers du tramway entendent bien l'appel au secours déguisé. L'agent : « Pour l'instant, monsieur, je ne vous ai pas touché. À partir de maintenant vous allez être filmé, d'accord ? » Ce n'est pas une option. Accrochée sur son gilet pare-balles, une petite caméra noire aux contours jaunes est actionnée. Obligation est faite aux agents de toujours mentionner pareille activation. « *Wallah*, arrête de me filmer, toi, trou du cul ! Sur le Coran ! » L'agent, comme le contrevenant, est de type maghrébin. Les deux collègues de la RATP se positionnent en mode rideau, pour parer d'éventuels coups. Le garçon sans ticket a été lâché par ses deux copains, descendus à l'arrêt précédent. Un contre trois. Le jeune homme laisse tomber toute velléité de résistance. Amende. « Cent euros, à régler dans les trois mois. Sinon, 180 euros au bout de quatre-vingt-dix jours. » L'individu ne veut pas payer tout de suite. Désormais sur le quai, le garçon à la capuche montre ses papiers. Là encore, la méthode est bien rodée. Jamais de carte d'identité sur soi, seulement une photographie de la carte. Les agents entrent le nom et l'adresse du contrevenant dans un serveur portatif. Un petit boîtier qui rame un peu, il faut patienter deux minutes, personne n'a très envie de faire la conversation en attendant. Le soir venu, la RATP recoupera ces informations avec les fichiers de l'Urssaf. Un recoupement devenu possible depuis janvier 2025 – avant, pendant des années, les services de l'État ne dialoguaient pas entre eux, malgré d'incessantes demandes de la RATP. « Bon, de là à dire qu'on va le pister pendant des mois, ce n'est pas gagné », avoue un des agents. Les chiffres sont accablants, sans que l'on puisse en vouloir aux employés de la RATP. En ce qui concerne les amendes dressées, le taux de recouvrement n'est que de 8,5 %, sur un total de 2,6 millions de procès-verbaux annuels, d'après un rapport sénatorial[1].

Perte sèche pour le transporteur public : autour de 170 millions d'euros par an. Soit l'équivalent de 23 rames de métro et 475 autobus qui pourraient être achetés neufs si la fraude n'était ce qu'elle est – fréquente et insuffisamment suivie.

Sur le plan national, l'Union des transports publics et ferroviaires (UTPF) chiffre à 700 millions d'euros les pertes annuelles liées à la fraude.

La suite de la « tournée » sécurité conduit les agents sur les quais de la ligne 5. Les voilà qui inspectent ce qu'on appelle dans le métier « le pied banquette ». Cent cinquante euros si un usager pose ses chaussures sur un siège. À la vue du trio, tout le monde se tient bien.

Place ensuite aux infractions liées à la fumée de cigarette sur les quais. Station Stalingrad, une cible est toute trouvée : un homme d'une cinquantaine d'années, visiblement légèrement éméché. « Non, on n'allume pas sa clope dans le métro », lance l'ancienne policière aux cheveux tirés. L'intéressé fait mine de ne pas avoir

1. Rapport sur la proposition de loi relative au renforcement de la sûreté dans les transports (n° 134), n° 636, déposé le 27 novembre 2024.

entendu. « Je vous ai vu ! La cigarette aussi. » L'usager n'a pas de titre de transport. Peut-être pas de logement non plus. L'ex-policière ne veut pas le brusquer mais pas non plus paraître laxiste. Elle zigzague entre les deux registres.

– Je vous ai observé fumer.

– Non, répond l'autre, regardez, je fumais pas, elle était derrière mon oreille.

Entre-temps, il a effectivement planqué l'objet délictueux derrière son oreille. « Non mais je vous jure. » Les deux coéquipiers armés[1] – ils ont le droit à la légitime défense – font une nouvelle fois barrage. L'autre part dans un fou rire : « On n'a plus le droit de rien faire. » Profil fragile : pas d'amende. Il est raccompagné jusqu'à la sortie. « On vérifie jusqu'au moment où il passe le portillon. »

L'équipe en profite pour se rendre vers un guichet « clients » de la station. Clin d'œil à la salariée, qui discute de manière musclée avec un usager en apparence perdu dans le métro parisien. « S'il y a quoi que ce soit : papa 56. » Le nom de code de l'équipe, à appeler *via* le canal interne, en cas d'urgence ou d'agression. « On se signale, ils savent qu'on est dans le coin, ça rassure. »

Les violences verbales, racistes, sont en forte augmentation. Entre voyageurs. Contre les agents aussi. Ce qui inquiète la direction de la RATP ? Pas tant le phénomène – ancien – que sa banalisation.

Dans les couloirs du métro, une femme et son enfant interpellent la brigade : un consommateur de crack assis non loin, posé sur des marches, est en pleine consom-

1. Les agents ont droit à la légitime défense ; ils sont assermentés et détenteurs de l'autorisation du port d'arme de catégories B et D.

mation. La mère n'est pas rassurée, trouve que c'est un spectacle effroyable offert à son enfant, elle est à bout, explique qu'elle en a marre de voir pareilles scènes – fréquentes sur les tronçons nord de la capitale. Longue doudoune noire, regard comme délavé, l'individu n'a pas le temps de réagir que les trois agents l'entourent déjà. Là encore, pas de brutalité. « Que faites-vous là ? Vous attendiez le dealer, on est d'accord ? Vous consommez tous les jours ? Vous savez bien que vous faites peur aux enfants en restant ici. » L'homme n'a pas de carte d'identité, s'en excuse. De sa poche, il sort un papier jauni, qu'il déplie. Domicile ? « Centre pénitentiaire, 42, rue de la Santé. » Régime de semi-liberté. Sur le document, un numéro écrit à la main, rattaché à un dossier administratif. L'équipe dresse un procès-verbal. « Si vous n'avez pas de quoi payer, vous pouvez parler à votre assistante sociale. » L'homme reprend son sac à dos et ses esprits, il nous supplie, nous, journalistes, de ne dévoiler aucune information sur son identité. « Ma famille sait pas, ils pourraient reconnaître le sac à dos et le manteau, floutez tout s'il vous plaît. » « L'amende, c'était pour marquer le coup, se justifiera plus tard l'agent ayant consigné le procès-verbal. On n'aura sans doute jamais de paiement, mais on montre qu'on est présents. »

Parfois les situations comme celle-ci débordent. À moins de 10 euros le caillou de crack dans le métro, dealers et usagers partagent la même casquette, les consommateurs vendent eux-mêmes, le trafic est chaotique. Des décennies que ça dure. Mais pour éviter que cela n'empire, en complément de ses propres agents de sécurité, la RATP recrute des sous-traitants issus d'entreprises privées de protection. On les repère à leurs tenues noires. Ils sont 700 agents déployés sur tout le réseau.

Quand ceux issus des rangs de la RATP, eux, sont un millier, assermentés, capables d'effectuer palpations – « sans autorisation » – et fouilles – « avec autorisation ».

Tous ces moyens coûtent évidemment des dizaines de millions d'euros chaque année au transporteur public et, *in fine*, aux usagers. « C'est le prix pour essayer d'atteindre la tranquillité dans les bus et le métro », légitime un cadre.

5

Quand même les associations sont incendiées

La France des associations ? Une des composantes majeures du vivre-ensemble. Notre pays compte plus d'un million de structures associatives actives. L'armée de bonnes âmes mobilisée est immense. Douze millions de bénévoles et près de deux millions de salariés.

Sauf que, dorénavant, comme peuvent l'être parfois des bâtiments des forces de l'ordre ou de l'administration, les associations sont parfois elles aussi... incendiées.

Le plus stupéfiant ? Ce qui se passe ensuite.

C'est à la fois déjà très loin et encore dans toutes les têtes. Les émeutes de juin 2023, après la mort de Nahel lors d'un contrôle de police à Nanterre, ont été une explosion de violence.

Le Sénat a dû compter et recompter pendant plusieurs semaines pour aboutir à un bilan : 50 000 « émeutiers » dans 627 communes ; 4 282 personnes placées en garde à vue ; 2 508 bâtiments incendiés ou dégradés dont 243 écoles. Les écoles, c'est un des éléments qui ont le plus choqué l'opinion publique. Voir des établissements scolaires calcinés après plusieurs nuits de violence indignait de nombreux citoyens.

On en oublierait presque que, durant ces quelques jours d'extrême violence, on a aussi brûlé des associations.

À Nemours, c'est le bâtiment le plus rutilant du quartier défavorisé de Mont-Saint-Martin qui a été pris pour cible.

Au départ, il s'agit d'un élégant cube fraîchement sorti de terre. Lors des émeutes, une grappe de jeunes tente de pénétrer par la force dans ce local qui héberge l'association culturelle La Scala. La première tentative est infructueuse. Le lendemain, l'équipe associative, emmenée par Anne Bonnet, décide d'investir les lieux pour éviter toute nouvelle intrusion. Le mot d'ordre : « On reste, on protège. » Archives et unités centrales sont mises de côté. « Au cas où. » Dix-huit heures, le climat se dégrade, il est demandé au personnel de La Scala de partir. Les jeunes ont un plan à achever, il faut quitter les lieux au plus vite. Des coups de pierres sur la façade. Le verre, épais, met du temps à s'abîmer. Les efforts sont alors concentrés sur la porte principale, qui finit par être forcée. Désormais à l'intérieur, un des jeunes allume un feu. Le mobilier est calciné en quelques minutes seulement. Les instruments de musique, obtenus grâce à de nombreuses subventions, sont avalés par les flammes. Puis c'est au tour de deux pianos. Le reste y passe : l'équipement de danse, celui des activités de cirque.

Le lendemain : de la cendre, partout. Dans ce quartier sensible assez éloigné de l'hypercentre, les bénévoles prennent des vidéos dans l'espoir de créer un électrochoc, pourquoi pas une campagne de dons spontanés. Mais sur les réseaux sociaux, l'indignation est sursollicitée partout ailleurs. Pour toute réponse, quelques émojis cœurs.

Le décor après l'émeute est charbonneux. Un immense cendrier en lieu et place d'un pôle culturel dernier cri qui cohabitait avec un centre social, dévasté dans les mêmes proportions. Anne Bonnet, la responsable de l'association, n'aime pas pleurer, pas devant ses adhérents, encore moins devant les profs qu'elle embauche. Larmes contenues. Colère également. « Pas question de craquer. » Des centaines de milliers d'euros à la poubelle. « L'argent du contribuable », râle un élu à propos de ce bâtiment qui proposait une offre culturelle dans un territoire populaire qui en manque cruellement. Et qui a fini incendié par quelques grands frères des bénéficiaires.

Personne n'avait imaginé que la violence l'emporterait. La mairie avait cependant placé des grilles et des planches de bois sur les fenêtres de sa propre structure. « Au cas où. » À chaque agent municipal, l'édile avait imposé de repartir avec son ordinateur. « Au cas où. » Plus tard, la maire Valérie Lacroute (Les Républicains) dira : « On se serait cru en temps de guerre. » Dans le quartier de Mont-Saint-Martin, après les premières échauffourées, on l'avait forcée à déguerpir. « On vous aime plutôt bien, mais là il faut se casser. » Avec son directeur de cabinet, l'élue de la République n'avait eu d'autre option que de décamper. Sous la contrainte. Laissant l'association et le centre social bientôt seuls face au brasier.

*

Le quartier de Mont-Saint-Martin compte 4 000 habitants. Construit entre les années 1960 et 1970, le lieu concentre 75 % du parc de logements sociaux de la ville de Nemours. Le trafic de drogue y est soutenu. Comment reprendre le pouvoir ? L'immeuble des Sorbiers, squatté par les dealers, doit être « à nouveau résidentialisé ». Les efforts financiers pour améliorer ce qui peut l'être sont nombreux. Le territoire n'est pas abandonné. Cent millions d'euros investis récemment pour rénover cette périphérie qui n'a aucun des attraits du centre-ville, pourvu de son château-musée et de son moulin.

« En politique, il ne faut jamais attendre de remerciements, ça ne marche pas comme ça », résume, défait, un membre du cabinet municipal. Depuis les émeutes, l'équipement pour barricader la mairie est resté sagement dans un coin. Les élus ne cessent de réclamer des patrouilles de police la nuit. Mais, à proximité, seule la ville de Fontainebleau possède ce « luxe ». En cas d'urgence nocturne, les forces de l'ordre mettent vingt-cinq minutes pour rappliquer à Nemours.

Devant le centre culturel ravagé, Anne Bonnet a du mal à encaisser cet « acte gratuit ». « On voit encore au sol des traces de voitures brûlées », note la responsable associative en regardant autour d'elle.

La Scala incendiée ressemble à une punition collective. Punition pour les bénéficiaires. Punition pour les bénévoles. Punition pour ceux qui croyaient au slogan d'une « culture pour tous » tel que vanté rue de Valois, au ministère de la Culture. Et comme toutes les punitions qui fragilisent, celle-ci s'éternise.

Dix-huit mois ont maintenant passé et le centre culturel n'a toujours pas retrouvé son lieu d'origine. Bataille d'experts judiciaires. On pinaille sur les clauses, les alinéas. Pendant ce temps, on ne répare pas. Reconstruire ? Quels moyens, quelles indemnités ? Comment rebondir ?

L'été suivant les émeutes, Anne tente de rassurer les familles des enfants inscrits. Oui, les cours de gym, de dessin sur chevalet, les sessions de batterie seront maintenus. « Nous allons revenir. » Mais derrière la formule toute faite, c'est le grand flou. La responsable et son équipe cherchent désespérément un point de chute. Retourner dans le quartier de Mont-Saint-Martin ? Un des jeunes menace directement la directrice. « Si vous revenez, on remet le feu. » Anne encaisse. Pincer les lèvres, pour tenir le coup.

Une solution bricolée est trouvée. Le club culturel déménage en périphérie de Nemours. L'autre périphérie – pas celle des quartiers sensibles, celle des ronds-points. Entre un Buffalo Grill, un Bricomarché et un Intermarché. L'adresse a le parfum d'une fuite. Route de Moret. La responsable de La Scala compte les points. « Les premiers perdants, ce sont les jeunes des quartiers pauvres, qui avaient un tel plaisir à venir faire de la musique et de la peinture chez nous. Eux ne se déplacent pas ici. » Trop loin. Trop hasardeux.

Le lieu de substitution se trouve être une salle des fêtes. Un gros sucre blanc planté loin de l'agitation du centre-ville. Pour pointer son nez, voiture obligatoire.

À l'intérieur, la souplesse est de rigueur. En déplaçant les tables, la salle de yoga se transforme en salle de musique, avec cours de batterie puis d'harmonie. Il y a aussi la couture pour les plus de 7 ans. Le théâtre pour les ados le lundi soir.

Après une longue bataille administrative, une subvention de 2 500 euros est décrochée. De nouveaux instruments de musique sont achetés pour remplacer ceux cramés par l'incendie. Dans une petite pièce, des trésors de guerre cohabitent. Chevalets, tapis, ballons de gym... Ça déborde, jusque dans l'évier.

Les adhésions repartent à la hausse : 342 au printemps 2025. Mais le scénario redouté s'est confirmé : les enfants du quartier sensible Mont-Saint-Martin ne sont pas réapparus. Un autre public a en revanche fait son apparition. « Ceux qui, avant, ne voulaient pas venir avec leurs enfants, de peur de se faire fracturer leurs bagnoles, se pointent désormais ici, parce que les lieux actuels ne leur font pas peur. »

Anne Bonnet n'arrive pas à se réjouir. En incendiant son association, on a aussi brûlé la mixité sociale.

*

Les premières productrices de lien social en France sont, et de loin, les associations. Elles œuvrent avec constance contre la fracturation et l'archipélisation – les termes font débat, le constat, curieusement, un peu moins. Mais il manque aux associations une forme de reconnaissance qui ne vient pas, ou du moins qui n'est pas à la hauteur de ce que nombre de bénévoles ou présidents d'associations souhaiteraient.

De quelle reconnaissance, de quel oubli parle-t-on ?

L'histoire qui suit rappelle à quel point la douleur attire l'attention sur ce qui ne va pas.

À Amiens existe l'un des clubs de boxe associatifs les plus respectés du pays. Mais, comme pour La Scala, une nuit d'émeute est venue tout bouleverser. Ici aussi, le local a brûlé. Depuis, rien ne bouge, rien n'est fait pour cette structure sportive pourtant indispensable, plantée dans un quartier à l'abandon.

L'ASC boxe française aime se présenter comme une « école de la vie ». Elle jouit d'une réputation presque insolente. « Ici, on fabrique des champions à la chaîne », aime dire son entraîneur sportif. Chaque exemple provient de la méritocratie sur ring. Maële Traoré. Double championne de France de savate boxe française. Porteuse de la flamme olympique quand celle-ci passe dans la ville d'Amiens, avant les Jeux olympiques de Paris. La jeune femme a commencé la boxe à l'âge de 4 ans.

Il y a aussi Elias Kanfouah, dans la catégorie des moins de 60 kilos. En finale des championnats du monde de savate. Que dire d'Anaïs, 16 ans, discrète et réservée en dehors du ring, « combattante déterminée une fois les gants enfilés », en finale des championnats de France premium de boxe française ?

À ces ados qui brillent, le président du club, Mohammed Oudji, offre parfois un repas au restaurant. « Le resto, c'est un menu, l'art d'être servi. Pour certains, la nappe blanche et les verres à pied, c'est une première. C'est aussi ça, le mérite à la française. Ils comprennent le sens de l'effort, la récompense. » Mohammed Oudji a lui-même emprunté l'ascenseur social tricolore. Quand une marche était défaillante, il l'enjambait et sautait à pieds joints sur la suivante.

Après une enfance à Oran, en Algérie, Mohammed arrive dans l'Hexagone à l'âge de 8 ans. Il prend racine dans le quartier d'Étouvie, à Amiens. Les week-ends sont bercés par le rythme des tombolas et lotos. « Les temps étaient durs, déjà, mais on savait se récompenser nous-mêmes. »

Depuis plus de quarante ans, son carburant se trouve être son club de boxe. Au sommet de sa gloire, ce dernier compte 600 licenciés. Mohammed veut des gosses qui bossent. Pas de distinction, pas de passe-droits. Un triangle, trois sommets : engagement, dureté de l'effort et accompagnement bienveillant.

Les premiers résultats sportifs impressionnent, des jeunes se qualifient au plus haut sommet de la compétition nationale en un claquement de doigts. La boxe, totem des banlieues, attire. Le bouche-à-oreille fait le reste. Même les « quartiers riches » viennent voir et s'y arrêtent. Le club se mue en laboratoire d'une certaine réussite. Mais aider ceux qui triment est un boulot à temps plein. Mohammed sort le carnet de chèques pour épauler Chloé, élevée par sa grand-mère. « La gamine a faim, il faut lui payer des courses. » Chloé a commencé à l'âge de 3 ans. Aujourd'hui, elle est championne de France. Il y a aussi Théone. Débarqué de la Martinique à 13 ans, désœuvré. Mohammed le prend sous son aile. Sur le ring, l'adolescent étincelle. Le responsable se démène pour lui trouver un logement. Il appelle le footballeur international Oscar Ewolo, ancien d'Amiens. Va pour la location du petit appartement qu'il possède en ville. Un bail est signé avec l'ex-star du ballon rond. « Prix d'ami. » Trois cents euros par mois. Théone jongle entre les études et la boxe. Du club, il dit que c'est sa seconde famille. En 2019, il est sacré champion du monde junior, catégorie moins de 70 kilos.

Année après année, les compétitions nationales et mondiales s'invitent au programme du petit club d'Amiens.

La débrouillardise fait des miracles. Jusqu'à cette nuit d'émeutes en juin 2023. En quelques minutes, le club est réduit en cendres. Sans motif apparent. Au même titre que des bus, du mobilier urbain et une partie de la future médiathèque qui allait être inaugurée quelques jours plus tard. Un an après, quand on rencontre Mohammed, l'amertume est impossible à contenir. Cinq millions sont sur la table pour la réhabilitation de la médiathèque alors que le club de boxe, lui, n'a pas ces honneurs.

L'association, l'un des seuls phares qui brillent dans ce quartier ultra-défavorisé, est contrainte de trouver refuge dans un dojo – ce qui ne plaît pas au club de judo, auquel la ville a forcé la main. Sur place, ni douche ni vestiaire. À l'intérieur, les murs font la gueule. Froid persistant, malgré le printemps qui s'achève.

Près du ring improvisé, un étudiant dentiste s'entraîne face à Mohammed, puis c'est au tour d'un groupe de filles entre 8 et 14 ans. Elles tapent avec rage et discipline. Plusieurs mamans observent, ébahies. L'une d'elles explique ne pas avoir de papiers mais de grands projets pour sa progéniture. « Pourquoi pas Las Vegas ? » Elle verrait bien sa cadette en résidence sportive à côté des machines à sous. « La boxe, ça paie trop bien. » Mohammed sourit poliment. Pas question de casser les rêves. « On jugera au mérite, madame. »

Celui de Mohammed est mis à rude épreuve. Le manque de solutions, c'est le nœud du problème. Rien ne vient. La mairie tarde à évoquer une date pour la reconstruction du club. L'adjoint chargé des sports est sollicité par Mohammed. Une pluie de textos. Le directeur sportif tend son smartphone, ouvre les SMS, pour nous montrer. Pas de réponse de la mairie.

Dans les rues d'Étouvie, ce « grand ensemble » de 7 000 habitants étiqueté « quartier prioritaire », on cherche les priorités. Déjà douze ans sans supermarché. Et maintenant deux ans sans salle de boxe dédiée.

Arrive en trottinette un jeune adulte en survêt blanc. Chevalière au doigt, barbe famélique, regard de préado. Il parle comme un caïd, insiste sur les syllabes avec des « r ». En guise de présentation, il déroule son casier judiciaire. Trafic de drogue. Prison en France. « Tranquille. » Trafic de drogue. Prison en Belgique. « Beaucoup plus chaud. » Dans la phrase qui suit, il assure avoir mis un terme aux conneries. Mais on comprend qu'il pourrait les reprendre très vite. « On n'a rien ici, vous voulez que je fasse quoi ? » Il pointe le bâtiment de l'autre côté de la rue. « La mairie veut rouvrir la médiathèque. Mais tu connais un jeune qui va aller à l'intérieur ? Ça fera plaisir aux vieux, c'est tout. » Mohammed écoute sans rien exprimer d'autre que de l'attention. Une fois le jeune parti, le patron du club de boxe décrypte : « La drogue, je suis le premier à trouver ça catastrophique. Sauf qu'aujourd'hui, ça nourrit les familles. » Il parle du combo coke-shit. Des marges substantielles réalisées par ceux qui s'improvisent distributeurs ou revendeurs.

Mohammed a peur que « ça » recommence. « Le moindre prétexte et ça peut s'enflammer à nouveau. Rien n'a été fait pour que l'on dise : “Les émeutes ne se reproduiront pas”. » Mohammed Oudji se désole du tableau général. « Ici, le taux de pauvreté est supérieur à 50 %. La classe moyenne est partie. On a ramené la misère vers la misère. Ce quartier est une bombe à retardement. »

Pour nous avoir tenu ces propos face caméra, Mohammed est, quelques mois plus tard, pris à partie par un élu lors d'une réunion publique. « Vous ne jouez pas pour votre camp, arrêtez de critiquer, arrêtez de remettre en cause Amiens. »

Quand on le recontacte six mois après les Jeux olympiques de Paris, une forme de dégoût émane des mots de Mohammed. Ces derniers temps, le responsable associatif a plusieurs fois été critiqué pour avoir dit ce que d'autres taisent. Quel paradoxe, quand on sait que le même Mohammed a été applaudi par le président Macron à qui il avait écrit une lettre en forme de SOS pour que son club puisse survivre après l'incendie. En retour, le président l'avait reçu à l'Élysée, avec d'autres éducateurs socio-sportifs en provenance de tout l'Hexagone. « Le sport a de nombreux pouvoirs, souligne dans son discours le chef de l'État. Il éduque et émancipe [...], il rassemble et casse l'inégalité liée à l'assignation à résidence dans nos quartiers. » À Mohammed Oudji, le président adresse alors ses vives félicitations. Il s'engage à « suivre personnellement » la reconstruction du club. C'était en octobre 2023, les boiseries de l'Élysées sur-éclairées rendaient le cadre encore plus chaleureux. « On m'avait dit après la lumière, tu vas retrouver l'obscurité. » « On » avait raison.

Début 2025, le club est dans le couloir de la mort. Le provisoire s'enracine. « Au mieux, on aura une reconstruction après les municipales de 2026, constate, déconfit, le patron qui, tous les matins en venant au centre sportif, contemple ce terrain vague qu'est devenu l'emplacement du club. On nous refuse même de la verdure ou une fresque pour combler le trou. » Partager la même salle que le dojo, avec des équipements insatisfaisants et une salle peu adaptée, a pour conséquence de faire fuir les licenciés. Ils ne sont plus que 200. Pourtant, Mohammed poursuit le combat. Il a embauché pour huit mois l'ancien dealer à trottinette. « Huit mois de service civique, ça te dit ? Allez viens ! Il me reste une place. »

Mohammed bosse « soixante-dix heures par semaine, comme un maçon : un mur après l'autre ». Et attendre encore beaucoup de la politique, même s'il estime en être un amoureux éconduit. Il fustige la culture de l'entre-soi, les barrières entre la ville et les périphéries. On dirait du Bourdieu. « Avant, la classe moyenne avait un commissariat à qui se rattacher. La mère, avec son job de secrétaire, pouvait solliciter son petit réseau. Tout cela est fini. Les verrous s'empilent, on ne sait plus ouvrir la porte. »

Les cordes vocales de Mohammed se contractent, il doit reprendre son souffle. Trop longtemps qu'il gère à l'intérieur de lui-même une colère de moins en moins contenue. Une longue respiration, Mohammed reprend : « La politique, c'est de l'irrationnel. Alors que mes demandes de subventions, l'avenir physique de mon club, c'est le concret incarné. J'aime ma France, mais quand elle est bloquée, c'est sur nous que ça retombe. Les familles ne comprennent pas pourquoi ça coince autant. Dès que tu as un rapport avec un politique, c'est compliqué. Et pour les parents, la faute, à la fin, ils considèrent que c'est la tienne. »

Dans les années 1990, Gilles de Robien, le baron local de la politique, a proposé à Mohammed de le rejoindre. Refus poli de l'intéressé. « Mais si, voyons, investissez-vous ! Allez serrer les mains des propriétaires de maisons Phenix qui ont toutes les difficultés du monde à boucler leurs budgets. » Pour toute réponse, Mohammed a regardé ses pieds.

Printemps 2025, un message de détresse de Mohammed nous parvient. « Help me », écrit-il. La situation du club empire drastiquement. « L'incendie nous a fait perdre trop d'adhérents, notamment ceux venant de l'extérieur du quartier, ce qui a entraîné des difficultés financières et une dégradation de nos conditions de travail. Nous n'avons plus de salle de réunion, plus de douche, plus d'espace pour accueillir les familles. Notre association est pourtant implantée dans un quartier PRIORITAIRE, classé 7e parmi les plus pauvres de France. »

Mohammed Oudji se décide à écrire au maire d'Amiens. Dans sa lettre, troisième paragraphe, est mentionné ceci : « Après une longue réflexion, je me résous aujourd'hui à jeter l'éponge [...]. Au-delà de ma propre lassitude, ce sont les Amiénoises et les Amiénois qui sont les véritables perdants. »

*

@FRANGINE16 : Dégoûtée de voir ça.

@GAMEVIXEN1.0 : Dans les années 80, il n'y avait rien pour les jeunes là où j'habitais et pourtant on ne mettait pas le bordel.

@JEANCHARLESB748 : Amusant d'entendre les clowns pleurnicher.

@CLEMENTBUTEL-XC3WR : Les voyous doivent payer à vie ainsi que leurs parents !

@ARCHANGEMOON2689 : Tu m'étonnes que la médiathèque n'est pas une priorité. La plupart ne savent pas lire, donc forcément.

@ZILOIS : Ça me fait mal quand on les appelle « jeunes », ce sont des animaux.

@RABAHOUARABAH1708 : Il faut créer des bagnes et des centres de travaux forcés.

@DADADADA3740 : L'assimilation, la valise ou le cercueil...

DEUXIÈME PARTIE

SILENCE, ÇA TRIME

En trente ans, la pauvreté n'a jamais atteint un tel niveau : 15,4 % de la population française est touchée, d'après l'Insee, qui parle de taux record. Pire, le mouvement s'accélère. Entre 2024 et 2025, environ 650 000 personnes ont basculé dans la précarité. Beaucoup d'autres, juste au-dessus de ce seuil, disent faire face à une forme de vulnérabilité. C'est cette notion qui nous intéresse.

Quand il est question de travailler toute une vie au salaire minimum. Quand on se bat avec un boulot alimentaire tout en gérant trois enfants seule. Quand le logement loué est insalubre mais que, faute de mieux, à part serrer les dents, rien n'est envisagé. Quand le silence est le seul compagnon et qu'on ne réclame rien... Dans tous les cas de figure, le sentiment d'oubli grandit.

Il menace, ce sentiment, d'abîmer jusqu'à la relation que peuvent avoir ces « rescapés » – ainsi que certains se vivent – avec la République. Enjeu immense de notre société.

Des solutions existent. Parfois, c'est un coup de sparadrap, parfois, cela nécessite un travail en profondeur... Ça trime, mais l'avenir est encore possible.

6

Une vie au Smic

Travailler toute sa carrière pour gagner l'équivalent du Smic ? En 1993, 8 % des Français percevaient le salaire minimum. Trente ans plus tard, ils sont plus du double.

« Toute ma vie professionnelle, le même objectif : si un jour je dépasse le salaire de base, j'aurai réussi. »

Renée a 59 ans. Voix douce, gestes mesurés. Pull *oversize* gris. Collier vert, sa couleur préférée. Celle de l'espoir.

Renée, c'est une vie entière au Smic. Un parcours professionnel bosselé, des déconvenues qui n'arrivent pas toujours à combler les petits bonheurs du quotidien. Mais chez elle, toujours, l'idée d'aller de l'avant prend le dessus. Renée est un moteur fiable, mis à rude épreuve. Un moteur autonome, qui ne demande l'aide de personne. On lui a appris depuis toute petite à fournir son propre carburant. Ne pas se retourner pour pleurer. Ne pas demander, ne pas implorer. Bosser. Juste bosser. Bosser tout de même. Bosser au Smic.

Au départ, il y a un CAP secrétariat. Premier travail, 17 ans et demi. Usine Yves Rocher, en plein cœur de cette Bretagne loin des côtes, où le niveau de vie n'est pas celui des stations balnéaires. Un endroit où les maisons se négocient aujourd'hui moins de 800 euros le mètre carré quand c'est parfois huit fois plus face à la mer.

À l'époque, ce sont les années 1980, on ne pense pas la région ainsi. On dit « les terres ». La fin des Trente Glorieuses, ça signifie partir à la chasse des opportunités professionnelles. Pour son premier poste, Renée a l'honneur de remplacer, deux mois durant, la secrétaire de direction de l'usine de cosmétique grand public. Un privilège, qui impressionne l'entourage de la jeune femme. Enchantée par cette première rencontre avec le monde du travail, elle voit la fin de son contrat poindre trop vite. Pour rester dans l'entreprise, prière de passer par la case manufacture. Avant, si tout va bien, de regagner les bureaux. « Mon erreur a été de dire non. »

En centre Bretagne, les usines Yves Rocher sont alors considérées comme des perles de culture dans un bassin d'activités où le reste est moins attrayant, notamment l'agroalimentaire. Tout juste majeure, Renée n'a d'autre option que de se tourner vers le travail à la chaîne. Elle cumule des contrats par le biais d'une agence d'intérim. Des missions pour une semaine, parfois une journée. Chez Manpower, les règles du jeu – horaires modifiables jusqu'à la dernière seconde, en fonction des besoins journaliers de l'entreprise – paraîtraient aujourd'hui intolérables, mais à l'époque, tout le monde ferme les yeux. « Je me levais à 4 heures du matin, 30 kilomètres de route pour aller à l'usine. Parfois, à 5 heures, au moment de démarrer, on nous disait : "Désolé, on n'aura finalement pas besoin de vous aujourd'hui pour les brochettes." » Renée n'a alors pas d'enfants, elle encaisse sans broncher. Elle remonte dans sa R 21 Nevada, « la même que dans *Les Tuche* ». Dans l'obscurité, avant de reprendre le volant, elle observe à côté des femmes intérimaires craquer. Elles ont économisé pour la nounou qui garde ce matin-là les enfants à la maison, et tout cela pour rien.

La plupart des matins, cependant, elle travaille d'arrache-pied dans des usines où la chaîne du froid glace jusqu'aux articulations. Renée est souvent assignée aux brochettes, qui seront ensuite présentées en barquette fraîcheur dans les supermarchés. Un morceau de viande, puis un morceau de légume, puis un de viande... Tout est transporté dans de gros bacs en inox. Les journées de travail dépassent rarement les six heures. L'usine agroalimentaire décide, impose. Elle manque de bras pour tourner à plein, mais n'arrive pas à embaucher plus de CDI, faute de visibilité sur les commandes. Renée touche le Smic.

Son mari, Patrice, est cariste. Un grand cœur, un taiseux, qui s'abîme au travail, et plus encore à force de voir ses horaires transformés. Il souffre physiquement sans s'autoriser d'autre solution que de continuer. Soulever des charges dans les camions, matin, après-midi ou nuit. Les trois-huit. Sommeil cassé, moral parfois aussi. Renée et lui se croisent, cohabitent. Les horaires de vie de couple en pointillé.

La naissance du premier enfant signifie jongler plus encore. Le matin, Renée monte dans sa Citroën deux-chevaux pour se rendre chez la nounou, puis elle repart vers l'usine. Au Smic.

La fratrie s'agrandit encore, deux autres enfants. Congés maternité, de maigres périodes de chômage. Un peu de travail au noir dans un café, avant ou après la fermeture, en fonction des appels du patron.

Puis Renée reprend de nouvelles missions intérimaires. Au Smic.

Survient ce qu'elle nomme « l'épisode du Caddie » : un jour, au supermarché, impossible de payer le montant de la facture présenté par la caissière. Plus assez d'argent sur le compte courant. De retour à la maison, Renée sort une boîte en fer dans laquelle dormaient auparavant des sucres. Avec ses ornementations composées de petites fleurs champêtres, cette boîte, c'est décidé, servira de tour de contrôle. À l'intérieur seront déposées des enveloppes blanches achetées par paquets chez Leclerc. Pour contrôler le budget. Tous les budgets de la fratrie. Chaque début de mois, le salaire reçu sera converti en argent liquide. Commence la ventilation des billets dans les enveloppes.

Une enveloppe alimentaire. De quoi remplir « un Caddie pour cinq par semaine ».

Une enveloppe pour le carburant.

Une enveloppe vêtements pour les enfants, avec dépenses priorisées en fonction des tailles qui changent.

Une petite enveloppe tabac pour Patrice.

Une autre encore, sur laquelle Renée a écrit à la main « plaisirs ». Les extras, quand il reste quelques dizaines d'euros à la fin du mois. Les « plaisirs », jamais pour elle, seulement pour les autres. Renée, elle, s'interdit toute virée entre copines, séance massage ou soin du visage. Pas de misérabilisme, « ce sont des renoncements très bien vécus, je sais pourquoi je l'ai fait ».

Pour l'anniversaire d'une amie, des noces, un baptême, il faut prévoir plusieurs mois à l'avance, et glisser, petit à petit, de l'argent liquide dans une autre enveloppe encore, celle dans laquelle on puise en cas de problème.

Ces enveloppes ont le poids des chaînes. Mais elles offrent aussi une protection budgétaire.

Au supermarché, pour que plus jamais « l'épisode du Caddie » ne se reproduise, Renée part, toujours avec son époux, armée d'une calculette. Le moindre produit déposé dans le chariot est immédiatement compté. On additionne tout. Avant la caissière. La seule crainte de Renée est d'être vue dans les rayons, en train de manipuler sa calculatrice. Les produits ? Pas de sous-marques ni de grandes marques. Les rayons du milieu. Un entre-deux, presque une résistance. On est, début des années 2000, aux prémices de la « nouvelle sensibilité aux premiers prix ». L'attrait pour le *low-cost* et les produits bas de gamme frémit à peine. Bientôt, il explosera.

Un autre problème concerne les frais liés à la scolarité. Les années passant, ces derniers grimpent. Il faut arbitrer. Moins de produits frais. La cadette rêve de monter à cheval le week-end. Ce sera cours de gym – c'est moins cher et déjà beaucoup. Renée et son mari ne font porter aucun poids sur les autres. Quand c'est dur, on sourit. Quand ça va, aussi. Le soir, de retour du boulot, dans la voiture, la musique fort – rock et chanson française.

Pour les enfants, le bonheur a une forme ronde. Une boîte de trois œufs Kinder déposée sur la table tous les dimanches. « Obligatoire et essentiel pour le bien-être des petits. »

Une seule fois, en hiver, Renée demande de l'aide. La raison ? Le chauffage, de plus en plus coûteux pour la maison familiale située en périphérie d'un bourg de quelques centaines d'habitations, le long d'une route de campagne qui serpente non loin d'un étang. La périphérie de la France périphérique. Comment remplir la cuve pour les semaines qui viennent quand le compte bancaire est à sec ? Renée ose ce qu'elle s'était toujours interdit : frapper à la porte du Secours catholique. « Un dépannage », glisse-t-elle à son interlocutrice qui la reçoit à un horaire où les bénéficiaires sont peu nombreux à venir. Après avoir consulté le montant des revenus du couple, la bénévole réclame une facture de chauffage encore non réglée, afin que l'association procède à son paiement. Renée admet qu'il n'y a pas d'impayés, que la famille a toujours honoré toutes ses factures, quitte à moins remplir le caddie. La bénévole du Secours catholique, voix posée, derrière le comptoir : « Vous appelez l'entreprise qui vous livre et vous ne payez pas. Je récupère la facture, et on vous paie. » La proposition équivaut, aux yeux de Renée, au franchissement d'une ligne rouge, quelque chose d'impensable.

Plusieurs semaines passent, René s'y résout et l'entreprise effectue sa livraison. La facture est éditée. Presque 300 euros. Le Secours catholique propose de les leur donner. Hors de question, répond Renée. « Il y a des personnes dans des situations tellement plus difficiles que la nôtre. » Ce sera un prêt. Elle et son mari mettront un an à le rembourser. Plusieurs sommes échelonnées.

Renée est recrutée dans un Ehpad. Son corps s'abîme au travail. Surtout, ne rien signaler à son supérieur qui lui promet depuis des mois, entre les lignes, un CDI. « Le prochain départ à la retraite, on pense à vous. » Puis, quand le futur retraité fait son pot de départ : « Pas pour l'instant, mais ça va venir. » En huit ans, jamais elle ne sera « titulaire ». Les contrats se ressemblent tous. « Du 1er janvier au 31 décembre. » Au Smic.

Renée administre des soins aux pensionnaires, gère le linge, nettoie. Au Smic. Jamais en râlant, toujours partante. Au Smic. Les plannings de travail, cinq jours par semaine, un week-end sur deux. Au Smic, auquel on ajoute 32 euros de prime le dimanche.

À force de courir dans tous les sens, Renée se bloque le dos, les hanches. Elle souffre jusqu'à se réveiller une dizaine de fois chaque nuit. Elle aime son travail, se considère « utile ». L'arrêt maladie décrété n'est rien d'autre qu'un crève-cœur. Plusieurs mois passent. Alors qu'elle s'apprête à reprendre son poste, la direction de l'Ehpad change. Le nouveau responsable des recrutements : « Vous n'avez pas de diplôme d'aide-soignante, désolé, on arrête là. »

Renée trouve la force de chercher ailleurs. Encore un contrat intérimaire. Encore au Smic.

Cette volonté de fer, elle la tient de son père, éleveur, qui a dû se réinventer, la quarantaine venue, lorsqu'une sécheresse mémorable l'a conduit à vendre toutes ses bêtes. Le père prend alors son vélo, 10 kilomètres tous les jours, puis une bonne heure et demie de bus. Travail à la chaîne à l'usine Citroën de Rennes qui pratique les deux-huit. Puis la même distance, le même chemin de croix pour retourner à la maison. Il disparaît de midi à minuit ou de 4 heures du matin jusqu'à 16 heures. À sa fille, il dit : « Profite de la vie. Plus que moi. Profite. Pour toi. » Un cancer l'attaque. Huit ans de souffrance avant de s'éteindre. Renée ne le dit pas à voix haute à ses enfants, mais elle travaille pour lui, ce père qui dévorait des livres d'histoire, qui a échappé à une rafle pendant la Seconde Guerre mondiale, en se cachant dans une forêt. Aujourd'hui encore, presque quarante ans après sa disparition, elle dit ne pas avoir réussi à faire le deuil. Une étoile en haut, dit Renée, celle qui éclaire ses choix.

La volonté ne fait pas tout. Renée souffre de plus en plus. Troubles articulaires, musculaires. Certains matins, plier les doigts est impossible. Quatorze ans que son corps lâche. Enfin, elle est diagnostiquée. « Ostéoporose très sévère », dit le médecin. Des tests sont entrepris. Ostéodensitométrie. Déjà 52 % de la masse osseuse attaqués.

Son fils, le troisième de la fratrie, le plus taiseux, appelle tous les spécialistes de la région pour que sa mère décroche un rendez-vous. Il obtient l'accord d'un docteur nantais qui garde religieusement les créneaux du mardi après-midi libres pour les naufragés de la santé. Là-bas, Renée colle des mots sur ses douleurs. Elle est à la fois rassurée de comprendre, angoissée pour demain. Mais savoir soulage.

Si elle est reconnue travailleuse handicapée, ce statut, dans le cas présent, n'offre à Renée ni indemnité ni aide pécuniaire. Se plaindre, pour autant, n'est pas une option. L'autre jour, son médecin généraliste lui dit : « Au mieux, si le dossier avance bien, vous aurez un macaron pour vous garer plus près des commerces, sur les places handicapés. C'est bien. Vous marcherez moins. »

Durant son parcours professionnel, une impression n'aura eu de cesse d'accompagner Renée. « Toute ma vie... ce sentiment d'être inférieure. Je me suis infligé ça toute seule. Je me suis infériorisée par rapport aux autres. » Se considère-t-elle comme une « oubliée » ? Elle agite faiblement la tête, ses cheveux poivre et sel, son collier vert autour du cou, tout ondule soudainement. De longues secondes de réflexion, puis : « Je ne suis pas certaine. » Pour la première fois, elle dit « nous », comme un ralliement : « C'est nous qui n'osons pas demander, c'est nous qui ne savons pas comment obtenir de l'aide. Parce que c'est inconcevable. »

7

La précarité indélébile des familles monoparentales

Parmi les populations les plus « enfermées » dans la précarité : les « parents solo » élevant seuls leurs enfants. La classe politique promet beaucoup pour les aider. Or, c'est souvent au niveau local que les lignes bougent.

Dans ce contexte, le rôle grandissant des associations caritatives interroge. Ces dernières dénoncent publiquement le fait de devoir constamment se « substituer » à l'action publique.

Ris-Orangis compte 30 000 habitants. La commune du nord-est de l'Essonne, à 25 kilomètres de Paris, enregistre 31 % de foyers monoparentaux. Un tiers de ces foyers vit sous le seuil de pauvreté, et un sur dix est en situation de grande pauvreté. Quasi exclusivement des mères célibataires, tiraillées entre leur travail – quand elles en ont un – et la garde des enfants – garde exclusive, bien souvent. Pour ces raisons, le conseil municipal a récemment voté un « statut pour les familles monoparentales » ouvrant de nouveaux droits. Pas une baguette magique, plutôt une manière de faire qui « rompt » avec les politiques actuelles.

Point de départ : le 22 mai 2024, le conseil municipal adopte un total de 21 mesures regroupées dans le registre des délibérations. La logique qui sous-tend l'ensemble de ces propositions tient en une expression, écrite noir sur blanc : « discrimination positive ».

Plus besoin d'inclure le montant des pensions alimentaires – quand elles sont versées – dans les revenus à déclarer afin d'espérer décrocher une place en crèche. Des cartes d'accès à prix réduit sont distribuées dans les espaces culturels de la ville (cinéma, théâtre) et sportifs (piscine).

Un accompagnement « global » est offert pour l'apprentissage de la langue française – à Ris-Orangis, beaucoup de parents solo sont issus de l'immigration – ou encore afin de faciliter l'insertion professionnelle. Un coup de pouce financier pour décrocher une mutuelle est acté.

Pour les agents de la municipalité ayant le statut de « parent solo », des congés supplémentaires en cas de maladie des enfants sont accordés.

La municipalité prévoit, en outre, de construire un bâtiment locatif dédié aux parents solos. Des pourparlers sont en cours avec un opérateur pour une résidence d'une quarantaine de logements en bord de Seine.

Grâce à un partenariat avec la Caisse d'allocations familiales (CAF), plusieurs familles monoparentales bénéficieront « en priorité » d'aides pour partir en vacances. Sur les dix dossiers choisis chaque année, 40 % seront réservés aux « parents solo ».

Ces décisions sont tranchées en conseil municipal. Trente-trois voix pour. Une voix contre.

Les étapes suivantes forment une succession de questions. Quelle efficacité ? Comment la mesurer ? Faut-il transformer l'essai à plus grande échelle ? Décréter un statut national particulier pour les parents solo ? Leur distribuer une carte, comme pour les personnes handicapées ?

La monoparentalité n'est pas oubliée par la classe politique, elle est – disent plusieurs associations – mal traitée. Éparpillée. Sous-évaluée. Hameçonnée.

En attendant d'hypothétiques grands plans, pour faire face aux enjeux du quotidien, ce sont toujours les mêmes citoyens que l'on convoque : les ONG et associations caritatives. Mais à force de porter à bout de bras, elles aussi s'épuisent.

*

Aux Restos du cœur, l'âge des bénéficiaires renseigne mieux que toute autre donnée les liens qui existent entre déterminismes et précarité. Parmi les personnes aidées chaque année, on compte désormais 128 000 bébés de moins de trois ans. Presque 40 % de ces enfants sont issus de familles monoparentales.

L'association parle de « reproduction de la pauvreté ». Elle calcule qu'il faut « six générations pour sortir de la précarité ». En creux, se dessine la fameuse « société de l'héritage ». Une « ségrégation » financière, selon que l'on reçoit ou non la fortune de ses aînés. En France, l'héritage représente aujourd'hui 60 % du patrimoine total. Au début des années 1970, c'était 35 %[1].

Au Mée-sur-Seine (Seine-et-Marne), peu d'héritiers. Un habitant sur quatre vit sous le seuil de pauvreté. Alors, comme pour les entreprises en forte croissance, les

1. Conseil d'analyse économique, « Repenser l'héritage », note n° 9, décembre 2021.

Restos du cœur ont dû créer des annexes. Juste à côté de l'adresse principale des Restos se trouve un discret endroit aux murs gris. Cette antenne accueille les mères et leurs nourrissons pour des distributions gratuites de couches ainsi que de produits de première nécessité. C'est la seule agence de l'association dédiée à la petite enfance dans le département. La demande explose.

Entre une mère avec son nouveau-né. Elle sourit à chaque début de phrase. Une conversation commence entre elle et un bénévole. Gênée, la jeune maman n'ose dire ce dont elle a besoin. Le bénévole finit par pointer du doigt des couches. La maman répond en pinçant les lèvres, paralysée et délivrée en même temps.

« Après le Covid, leur prix a grimpé de 30 à 40 %, c'est un produit de luxe », explique le responsable départemental de l'association, Fabrice Gourhan.

La glace rompue, la jeune maman se livre. Elle explique sauter des repas, le soir, deux à trois fois par semaine. Des mois déjà qu'elle n'achète plus de viande ni de poisson. La priorité : les petits pots pour son bébé. « J'ai faim, je ne regarde pas la table et je vais dormir en pensant au petit déjeuner du lendemain matin. » Du pain et du beurre.

Les parents sont loin d'être les seuls à sacrifier leur alimentation. En France, un enfant sur cinq ne mange pas trois repas par jour[1].

Les Restos du cœur fournissent chaque année un observatoire de la précarité. Dans son édition 2023-2024, il est indiqué que 41 % des enfants aidés vivent dans un foyer monoparental. Neuf fois sur dix, des femmes

1. Unicef, « Grande Consultation nationale des 6-18 ans », novembre 2024.

qui élèvent seules leurs enfants. Dans la majorité des cas, quand elles travaillent, elles doivent abandonner des temps plein au profit de temps partiels, afin de s'occuper d'eux et d'économiser les frais de garde. Pour elles, le télétravail s'apparente à un bien inaccessible, réservé aux cadres.

La hausse de la pauvreté infantile a doublé au cours des vingt dernières années, alors que le taux de pauvreté globale augmentait légèrement. Bilan : « l'insécurité alimentaire » s'installe. Un tiers des parents défavorisés doivent restreindre la quantité de petits pots pour bébés.

Dans la succursale du Mée-sur-Seine, Fabrice Gourhan constate, inquiet, une hausse ininterrompue du nombre de parents solo inscrits. « Comment va-t-on faire face ? » interroge-t-il en cette rentrée 2023 alors que les Restos sont, au moment où nous le rencontrons, endettés au point de déclarer publiquement devoir rationner les aides alimentaires. Il va falloir trier les bénéficiaires – le chiffre de 150 000 « éconduits » est mis sur la table. Fabrice Gourhan sait que la tendance ne va pas s'inverser. Son raisonnement est cruel. « Imaginons la situation suivante : vous avez un salaire de 100. Vous dépensez 130. À la fin du mois, il manque 30. Un généreux donateur accepte de combler le trou et verse exceptionnellement 30. Vous êtes à flot. Arrive le mois suivant. Vous dépensez 130. Le même problème se pose. Voilà pour la situation des Restos du cœur. Si on ne corrige pas le fond du problème, la dette va immanquablement grossir. Parce que la demande, notamment des familles monoparentales, ne se compressera pas. »

Dans une précédente vie, Fabrice était pilote de chasse et membre de la patrouille de France. Aujourd'hui, il traque des coiffeurs bénévoles et des pots de compote pour les femmes précaires.

*

En 2023, 23 % des enfants vivaient dans une famille monoparentale[1]. Ce qui signifie, selon un rapport de l'Insee, évoluer « dans un milieu familial rencontrant plus de difficultés, avec, en particulier, une mère plus souvent au chômage et un logement souvent sur-occupé[2] ».

La part des familles monoparentales avec enfant(s) mineur(s) a doublé depuis 1990.

L'État doit-il faire plus ? Accentuer sa mission sociale, à la fois coûteuse et réparatrice, telle qu'appliquée depuis des décennies ? Remplir les caisses vides des associations en surrégime, qui aident les plus démunis ? Ou doit-il se désengager budgétairement au profit de ses fonctions régaliennes – défense, sécurité – comme le réclament les partisans d'un État « recentré » ?

La France n'a pas le même visage qu'il y a cinquante ans. Le paysage tout autour s'est radicalement transformé. Comment trancher ? Les Restos du cœur attendent une réponse. Ils ne sont pas les seuls.

1. Insee.
2. *Insee première*, n° 2032, janvier 2025.

8

J'habite un logement insalubre, mais tout va bien

La France compte sur son sol 600 000 habitations jugées « indignes ». Qui les occupe ? Des locataires contraints d'habiter ces logements insalubres, parfois des caves ou d'anciennes toilettes transformées en chambre. Faute de solution, les occupants se résignent.

Dans le département le plus pauvre de l'Hexagone, le phénomène est si inquiétant que certaines municipalités constituent des brigades afin de lutter contre les propriétaires peu scrupuleux. Mais le temps de la justice, on le sait, n'est pas celui des locataires.

Romainville est sur le point d'obtenir le label « ville bobo ». Dans cette commune proche de Paris, les travailleurs à fort pouvoir d'achat qu'on appelle dans la novlangue statisticienne « catégories socio-professionnelles supérieures » ont doublé en dix ans. Davantage de commerces de bouche, de start-up, d'espaces de coworking. « Après un siècle de lutte et quelques années de travaux », dit la mairie, le métro parisien est désormais rattaché à la commune.

En attendant ce label symbolique, la « bientôt bobo » Romainville doit composer avec son statut d'entre-deux. Ni pauvre ni encore vraiment riche. Et ça, c'est un terrain de jeu fertile pour les marchands de sommeil et autres propriétaires véreux, qui n'adorent rien plus que de louer des logements indignes à une population dans l'incapacité de décrocher un appartement ailleurs, c'est-à-dire dans l'inabordable capitale, située à seulement quelques kilomètres. Parce que la pénurie est immense. Parce qu'en Seine-Saint-Denis, en matière d'habitat, tout est plus précaire que chez la grande sœur parisienne.

Romainville tente donc de réparer ce qui peut l'être. Dans ce contexte, la mairie a lancé une brigade anti-logement insalubre. À l'instar de ce qu'il se passe dans d'autres villes d'Île-de-France, l'idée est d'arpenter le terrain, pour pister les proprios indélicats. C'est usant, ça coûte cher aux contribuables, mais dans les couloirs de l'hôtel de ville, on résume en une phrase : « Pas le choix. »

Ce matin, Jacques Galluccio – monsieur « inspecteur insalubrité » – est accompagné du directeur hygiène et habitat de la préfecture, Jean-Baptiste Moisan. Qu'on ne dise pas que les services de l'État sont incapables de fonctionner main dans la main.

Le binôme se donne rendez-vous devant une porte d'immeuble, dans une rue tout ce qu'il y a de banal, proche du centre-ville. La suite est plus inattendue. D'abord, un très long couloir, puis une cour, une allée escarpée, une ouverture vers un terrain mal entretenu qui ressemble, de loin, à un jardin. Au fond à gauche se trouve le logement qui intéresse la brigade ce matin. Une maison années 1970, des murs fripés, en manque de travaux, superficie 60 mètres carrés. La locataire vient de finir son petit déjeuner, le Sopalin est encore sur la table. Le duo d'agents se présente comme le feraient des policiers lors d'une ronde. La locataire est impressionnée, elle écarquille les yeux en entendant les titres de ses deux interlocuteurs. C'est elle qui a sollicité la mairie. Elle ne s'attendait pas à une telle réactivité. D'origine maghrébine, elle vit avec sa famille depuis des années à Romainville.

– Le problème, c'est en bas ? interroge l'inspecteur après avoir consulté les détails du dossier.

– En bas, oui, répond l'occupante, légèrement embarrassée, comme si le souci venait d'elle.

– Dans le contrat, c'est une chambre ?

– Oui, soupire-t-elle.

Le représentant de la préfecture descend un petit escalier. La pièce est plongée dans le noir. Il allume la lumière et découvre que sa tête frôle le plafond. Collée à un mur, une commode remplie de vêtements imbibés de l'humidité ambiante. La chambre est... une cave.

« Le loyer total, c'est 1 023 euros, renseigne la locataire, qui n'a qu'une crainte : perdre son logement si elle venait à déposer plainte. Le propriétaire, je ne sais pas ce qu'il me fait si je l'attaque. La dernière fois, il m'a menacée parce que je lui avais dit qu'on ne pouvait pas dormir dans la pièce d'en bas. » Le représentant de la préfecture demande à consulter le bail. La cave est bien présentée comme une « pièce à vivre ». Dans la jungle du logement, on embellit souvent les mots plus que les pièces.

« Cette cave, reprend l'inspecteur, c'est un problème pour la santé et pour la sécurité des locataires. » Il consigne tout sur un document qui sera, jure-t-il, bientôt transmis « aux autorités ». La locataire est plus impressionnée encore. Son regard change ensuite radicalement. La voilà parcourue d'un frisson. Persuadée soudainement qu'elle va finir expulsée. « Celui qui a la maison, normalement, c'est toujours lui qui gagne. »

Longtemps, elle a tenté de rendre les lieux agréables, en collant par exemple une frise sur le mur. Mais aucun enfant – il sont trois dans le foyer – n'a souhaité dormir au sous-sol. Une punition. Et puis on y respire mal. Alors, la nuit, toute la famille migre dans la chambre conjugale. Les trois petits, et les parents. Il y a des matelas par terre, encadrant le grand lit. Sur la minuscule table de chevet, une peluche Pikachu à côté des produits de beauté et un short, sans oublier un doudou en forme d'avocat, coincé entre la lampe et un livre. « La grande de 8 ans a tellement honte. Elle n'a jamais invité une copine après l'école. » L'inspecteur : « Pour dormir ? » Elle : « Non, pour goûter. Dormir, on n'oserait jamais. »

L'instant d'après, la maman pleure. L'agent de la préfecture la réconforte. Sa voix est posée, chaque mot, détaché pour s'assurer qu'il est compris. « On ne vous laissera pas tomber, on va suivre le dossier. » Il prend le temps, quinze minutes. Cette présence sur le terrain est perçue par la locataire comme un cadeau, presque une anomalie. « Vous devez avoir tellement d'autres choses à faire », s'excuse-t-elle. Le représentant de la préfecture rétorque par un sourire.

*

À Romainville, 35 000 habitants, les services de la mairie ont recensé 500 logements considérés comme « potentiellement » indignes. « Potentiellement » car aucune statistique officielle n'existe, ici comme ailleurs. Mais de là à dénoncer l'inaction de la commune, le procédé serait malhonnête. Puisant dans ses bas de laine, en ce printemps 2024, l'hôtel de ville mène une opération coup de poing pour reloger le maximum d'occupants. Déjà une centaine de dossiers traités. Où l'on prend conscience des lourdeurs à enjamber pour aider les plus démunis, quand tout devrait être plus simple.

Il faut donc lancer des arrêtés d'insalubrité, *via* la préfecture, ou des arrêtés de mise en sécurité, *via* la mairie elle-même. C'est kafkaïen, pas toujours couronné de succès. Un investissement humain et financier important est requis. Mais c'est le prix à payer pour que les propriétaires malintentionnés cessent, quand on les repère, ces pratiques qui ciblent un public précaire, dans l'incapacité de fournir garants et feuilles de salaire à 5 000 euros auprès des agences immobilières chaque jour plus regardantes. « La plupart du temps, soyons honnêtes, on n'attrape pas les proprios véreux, mais au moins on limite la casse », contextualise Jacques Galluccio.

Retour sur le terrain, avec le duo d'agents anti-insalubrité de Romainville. Ils sont cette fois au pied d'un immeuble couvert de crépi. L'enveloppe ressemble à une peau de lépreux. Les marches de l'escalier commun s'effritent comme du parmesan. Le binôme frappe à la porte du dernier étage. « Joyeux Noël », est-il écrit en grand sur un sticker – on est en mars. La locataire ouvre. Elle vient d'Amérique latine, un drapeau du Costa Rica sur le mur du salon. Son compagnon est au téléphone, il bosse dans le BTP, c'est lui qui va conduire l'entretien avec les agents, il ne souhaite pas que sa femme intervienne. Pas confiance. Le propriétaire ? Fuyant. Il ne répond pas aux demandes insistantes des locataires. Certes, quelques menus travaux ont été opérés. Mais, malgré déjà plusieurs passages de la brigade, le taux d'humidité dépasse encore les 85 % dans la salle de bains. L'enquêteur est lui-même désolé en découvrant le score du jour sur son appareil qui ressemble à un thermomètre géant jaune, marque Surveymaster.

« On va envoyer un rapport à l'agence régionale de santé. » Au téléphone, le locataire semble croire qu'il s'agit d'une baguette magique. L'enquêteur se sent obligé de doucher son optimisme. « Il va falloir être patient. »

D'après les associations, la France compte 600 000 logements indignes dans lesquels vivent un million de citoyens. Pour améliorer sensiblement la moitié de ce parc immobilier, l'État devrait mobiliser 13 milliards d'euros sur dix ans[1].

Les autorités n'offrent pas de réponse à ce chiffre. Depuis plusieurs années, les gouvernements successifs ne font même plus d'annonces.

Les deux agents poursuivent leur périple, à présent devant un immeuble qui menace tout bonnement de s'effondrer. La faute aux propriétaires qui, pour plusieurs d'entre eux, refusent de payer le syndic depuis des années. Le bâtiment est couvert de filets de protection. Des pans entiers de murs se lézardent. Le plancher du premier étage est attaqué par de petites bêtes qui mangent le bois.

Quand il pénètre dans le hall d'entrée, le binôme frôle un mur : des blocs de pierre tombent à leurs pieds. On jurerait un décor de guerre civile. Dans l'arrière-cour, le spectacle est plus apocalyptique encore. « Et c'est la mairie qui est appelée au secours pour des logements privés », déplore l'un des deux agents. En effet, grâce à la collectivité locale, tous les occupants ont été relogés.

1. Fondation pour le logement, « 29e rapport sur l'état du mal-logement en France », 2024.

À l'exception d'un appartement où les occupants font de la résistance, au risque de mourir ensevelis. L'hôtel de ville avance à tâtons, pour les convaincre de partir. « On pallie la mauvaise gestion du parc privé », se désespère l'inspecteur de Romainville, ajoutant que la commune n'a pas un budget extensible à l'infini pour mettre du sparadrap sur toutes les façades qui en auraient besoin. « On devrait utiliser l'argent public pour autre chose. »

*

Une demi-heure de route et voici Saint-Denis, capitale du mal-logement. Le qualificatif est peu enviable. Il colle à la peau de cette agglomération, l'une des plus peuplées d'Île-de-France. Ce titre, c'est un peu sa faute : elle est la ville de France qui, proportionnellement, détient le record du nombre d'inspecteurs de logements insalubres. Plus on cherche, plus on trouve.

Début 2025, ils sont une cinquantaine à traquer l'habitat indigne. Et ce chiffre continue d'augmenter. Saint-Denis vient d'épouser administrativement la commune voisine de Pierrefitte. Les deux entités de l'ouest de la Seine-Saint-Denis regroupent 150 000 citoyens.

Katy Bontinck, l'élue chargée de l'habitat indigne, connaît les chiffres par cœur : « Trois cents arrêtés d'insalubrité sur un an ; 70 arrêtés de mise en péril. C'est pas de la gloriole, le parc privé est flingué. Mais on se doit de dire et d'agir. »

L'élue a grandi au soleil de l'intérêt général. Elle, l'ancienne prof des écoles, a cornaqué une maison des femmes, un centre médico-psychologique, avant de prendre le problème du mal-logement à bras-le-corps. Quand elle siège dans une commission pour les HLM, elle ne réclame pas de défraiement pour le déplacement.

La brigade de Saint-Denis que pilote Katy Bontinck est d'abord un effort financier porté par les contribuables. Deux millions et demi d'euros de fonctionnement annuel. « De l'argent qu'on pourrait mettre dans la santé et l'éducation. Mais un logement digne, difficile de dire qu'il y a plus prioritaire. » À noter que l'État offre une dotation, 750 000 euros pour ce qui concerne Saint-Denis. Le montant n'a pas bougé depuis des années. D'autres communes touchent pareille enveloppe, alors qu'elles n'ont pas besoin, ou presque, de procéder à la moindre expulsion. « L'argent public tombe sans que l'on se demande dans quelles communes il serait le plus utile, déplore Katy Bontinck. Par exemple, dans l'est de la France, des villes plus grandes que nous reçoivent un million d'euros pour 30 arrêtés d'expulsion par an. Nous, c'est 300. » Ce système de compensation érigé par l'État repose sur des règles datant de 1983. Personne ne l'a encore revisité.

La justice aussi semble ne pas avancer au rythme de son époque. « Certes, poursuit Katy Bontinck, elle rend de plus en plus de décisions punissant les propriétaires, mais cela reste trop peu. »

Les proprios ne sont pas tous à ranger dans la catégorie des loups solitaires. De puissantes organisations « quasi mafieuses » ciblent les villes dans lesquelles investir. « Quand une commune possède un SCHS [Service d'hygiène et de santé], les proprios véreux tournent le dos et ciblent une ville plus petite, avec de maigres moyens. Ils s'achètent une tranquillité. Comme pour le trafic de drogue ! Ils migrent vers les endroits en apparence plus calmes, loin des radars. »

Montrer les muscles, dissuader, même pour une commune de la taille de Saint-Denis, requiert un temps long. C'est fastidieux, hasardeux aussi. Réparer l'est plus encore. Certains bâtiments qu'on étiquette comme étant « en péril » peuvent attendre deux décennies avant d'être entièrement retapés. Parce que l'urgence est partout. À Saint-Denis, dans le parc privé, un logement sur cinq est insalubre. Les recours, les sursauts, expertises, contre-expertises, les avocats, les appels, les mesures, contre-mesures ralentissent les chantiers. Parfois même, les locataires, premières victimes, font tout pour rester, n'ayant aucune autre solution pour se loger. La précarité a pour dérivée l'ultra-précarité. Toujours le même public : celui qui n'a ni garant, ni salaire suffisant, ni place en HLM – la demande pour le parc social dépasse largement l'offre, 2,5 millions de requêtes non pourvues. Tout cela alimente le marché de l'habitat indigne qui ne s'est jamais aussi bien porté, malgré la riposte des collectivités qui y engloutissent, pour certaines, des sommes considérables.

Dans ses bureaux de l'hôtel de ville de Saint-Denis, l'élue chargée du mal-logement en veut à l'État, qui promet des outils d'action qu'il n'est, ensuite, pas en mesure de fournir. « Nous, communes, sommes désormais théoriquement en capacité d'exproprier avant que la dégradation ne soit considérée comme irrémédiable. Dit comme ça, c'est un peu technique, mais sur le fond il s'agit d'une avancée majeure, pour éviter les drames. La loi a été publiée au *Journal officiel* en avril 2024. Un an après, on attend encore la plupart des décrets d'application. »

En matière de lutte contre les logements insalubres, les promesses sont antédiluviennes... En 1850[1] : une première loi est votée avec un objectif de santé publique

1. Rapport commission d'enquête sénatoriale, « Paupérisation des copropriétés, mieux la connaître pour mieux la combattre », juillet 2024.

posé sur la table. En 1902, les mairies gagnent de larges prérogatives : accès à l'eau potable, évacuation des déchets... Les élus deviennent les garants de la salubrité des maisons et des « logements loués en garni ». Suivent une kyrielle de dispositifs techniques et autres procédures d'expropriation. Une Agence nationale d'amélioration de l'habitat est créée en 1971. L'inflation d'annonces gagne ensuite en intensité : on parle de conventions de délégation des aides à la pierre et aux plans, on crée sur le papier une police administrative spéciale unique... De gros machins, qui roulent au carburant de la complexité et dont on peine souvent à comprendre le fonctionnement. On peine aussi parfois – plus grave – à les solliciter. Aveu formulé par de nombreux maires, micro éteint.

Interrogé sur ce point, le préfet de Seine-Saint-Denis veut rester positif. Jacques Witkowski met en avant les coups d'accélérateur de la justice. Une nouvelle loi, rappelle-t-il, a durci les peines à l'encontre des propriétaires de logements insalubres « malveillants ». « Jusqu'à cinq ans de prison et 200 000 euros d'amende. En Seine-Saint-Denis, ajoute-t-il, on compte une poursuite judiciaire tous les trois jours ainsi qu'un procureur spécialement chargé du mal-logement. » Mais, quand on ne sait pas où dormir demain, sans solution de repli, attaquer son propriétaire est loin d'être un réflexe communément admis. « Oui, reconnaît le préfet, il faut du courage. Comme pour le trafic de drogue, c'est compliqué de dénoncer. »

*

Récemment, à Saint-Ouen, un grand-père a été condamné en première instance pour avoir transformé une de ses propriétés en maison close. À l'intérieur étaient hébergées des prostituées péruviennes dans des conditions d'hygiène et d'habitat déplorables. Jusqu'à neuf personnes dans une pièce, sur des lits superposés. Tous les mois, en se rendant à la villa Biron – ainsi qu'il avait surnommé l'immeuble –, Judah (*sic*), le propriétaire, 84 ans aujourd'hui, réclamait entre 1 000 et 1 500 euros à chaque pensionnaire. L'homme en a retiré 2 millions d'euros de revenus locatifs en quinze ans. La justice, épouvantée par l'état intérieur du bâtiment, l'a condamné en première instance à 200 000 euros d'amende et 55 000 euros pour sa société civile immobilière. Judah a fait appel.

*

Réactions sur les réseaux sociaux à la suite du reportage sur les logements insalubres :

@TATIENOUOREST3358 : À tous les propriétaires en train de se plaindre... Vous êtes cons ou quoi ? Si tu décides de louer à n'importe qui, assume !

@PIOTRMOSKVA8869 : On n'ai mieux loger en prison avec PlayStation téléphone.

@TITI1303FR : Beaucoup de logements sont aussi volontairement dégradés...

@EVINRUD-E : C'est l'offre et la demande en soit. Si ça te plaît pas tu n'y va pas et c'est tout.

@ANTHONYPETREMENT5630 : Ceux qui loue ce genre de bien mériterait d'être enfermé dans leurs taudits pour voir ce que ça fait !

@nR01VID : Pas grave, on a des milliards pour zelensky, les labos, les migrants...

@Daem8nic : Les locataires ne payent pas leurs loyers > les copropriétaires ne peuvent pas payer les charges > les immeubles sont vétustes et insalubres > les locataires sont relogés aux frais du contribuable.

@user-dx7lf8jl8s Ne dramatisons pas ? On veut vous faire peur.

@SophieLeBars : Au moins, peu de Airbnb sont insalubres. C'est dû à quoi cette différence ? Ah oui, un problème de responsabilité et de paiement rapide des dégradations éventuelles.

@JB-ej4ch : Il faut apprendre à nettoyer et à bricoler !!!

9

Quatorzième étage d'une tour en faillite

En France, une copropriété sur quatre est considérée comme étant « en grande difficulté ». Illustration à Mulhouse, dans le quotidien délétère d'un immeuble d'habitation où l'ascenseur, en panne depuis début 2023, devient une machine à précipiter la précarité. Et où, faute d'argent dans les caisses du syndic, tous les occupants coulent. À commencer par les « bons payeurs ».

Il a un œil au beurre noir et la tête des mauvais jours. Jonathan entre dans le hall de l'immeuble avec les plus jeunes des bambins de la très grande fratrie qui est la sienne. Jonathan et sa compagne sont en effet à la tête d'une famille recomposée XXL. Onze enfants. Douzième étage. Depuis plus de vingt-quatre mois, l'ascenseur ne fonctionne plus. Le quadragénaire, sans travail pour le moment, passe son temps à compter : « Treize à quatorze montées et descentes tous les jours, dont trois pour le chien. Un peu moins le week-end. » Dans l'escalier en colimaçon, en ce printemps 2025, les petits jouent, crient, se plaignent, tout à la fois. Excédé, le papa distribue le goûter entre le quatrième et le cinquième étage. Kinder Délice pour tout le monde.

La famille vit en haut de cette tour du quartier des Coteaux qui compte quatorze étages au total. Situé au début de la rue Delacroix, l'édifice est devenu, dans toute la ville de Mulhouse, l'emblème des copropriétés qui coulent. Certains propriétaires ont une ardoise de plus de 20 000 euros. Ils perçoivent encore des loyers mais ne versent plus un centime au syndic depuis des années.

Un regard sur les comptes de la copro suffit pour comprendre. Budget annuel : 270 000 euros. Dette cumulée : 457 000 euros. Conséquence ? La gestion de l'immeuble est sous tutelle de la justice. Le bâtiment a même l'honneur d'être devenu l'objet d'une opération d'« intérêt national » – le label que l'on colle aux logements privés les plus en difficulté à travers l'Hexagone. À Mulhouse, on en compte six de ce type.

Au pied de la tour, Jonathan euphémise : « C'est pas le grand privilège ici. » Une envie pressante de partir le prend à la gorge. « Je veux une maison, du calme. J'en ai marre qu'on jette des poubelles en l'air par la fenêtre, qu'on pisse dans les parties communes. Les chiens, à la limite, je comprends, mais les humains... »

Le voilà déjà redescendu au pied de l'immeuble pour aller chercher, cette fois, les plus grands qui viennent de finir l'école. « Dès que je retrouve du boulot, promis, on se barre. » En attendant, il fait avec ce logement où s'entasser à quatre dans une chambre est la règle. Trouver ailleurs ? « Vu mon dossier... »

Au début de la rue Delacroix, des panneaux de signalisation jaune pétant indiquent la direction permettant de rejoindre l'Association pour le logement des sans-abri (Alsa), SOS fringue, le Magasin pour rien, et l'Association de défense solidarité loisir (ADSL).

Rez-de-chaussée. Quentin prend une grande respiration avant de se lancer dans l'escalier. Il a 18 ans et vise le 13e étage, pour rejoindre sa chambre. Il a arrêté l'école, avant le bac. Comme Jonathan, il recherche un emploi. Il redescendra tout à l'heure aider sa mère à porter les courses. Elle est partie en Allemagne, à une quinzaine de kilomètres d'ici, remplir un Caddie, moins cher qu'à Mulhouse. Le petit frère, pour sa part, joue seul au ballon devant l'entrée de la tour.

L'immeuble compte 57 interphones et autant d'appartements qui, voilà presque quarante ans, étaient de bon standing, dans une résidence « qui faisait rêver tout le monde », se rappelle Nathalie. Elle a grandi ici avec son frère Enzo. Depuis, ses parents n'ont pas bougé. « Des prisonniers propriétaires », tranche leur fille. Nathalie fait tout pour que le couple quitte au plus vite les lieux. Le père a de lourdes difficultés pour se déplacer. « Même quand l'ascenseur sera réparé, il y aura quelqu'un pour le casser à nouveau. » Employée à la sous-préfecture, Nathalie vient d'acheter une maison et entend forcer ses parents à la rejoindre. « Je les laisse pas mourir ici. » Tous les jours, elle fait le déplacement pour s'assurer qu'ils tiennent le coup.

Fin d'après-midi. Son frère surgit. Enzo, cheveux teints en bleu et sweat à l'effigie du chat-robot japonais Doraemon. Pour rejoindre l'appart familial, il lui faut soulever une poussette biplace. Deux nourrissons à l'intérieur. C'est parti pour la montée de l'escalier à la seule force des bras. Les enfants restent placides alors que, les étages avançant, l'éclairage ne fonctionne plus que par intermittence. « Pas d'ascenseur, pas de lumière et dans ce grand bordel, mes parents, eux, parce qu'ils ont toujours été sages, paient encore leurs charges. Vu le résultat, je me demande s'ils ne sont pas un peu cons de faire ça. »

Sur les murs, plus on monte, plus la prose fleurit. « Nique les Poucaves. » « Morts aux Keuf. » « Je souhaite la mort 2 toute la police. » « Mort à Israël. » « Les balances ont les baise à Mulhouse. » « Nik les stup. » « Ta vendu tes proches, ta remplie tes poche »...

C'est dans ce contexte que sort tous les jours Joëlle pour s'aérer, accompagnée de son chien dont le format miniature est celui d'un doudou. Il ne fait pas de bruit. Sa propriétaire non plus, qui résume, depuis son salon au 9e étage : « Je suis bien chez moi. Moins bien à l'extérieur. »

Dans la commode placée dans le couloir de l'entrée, Joëlle cherche la dernière facture trimestrielle du syndic. « On me demande 200 euros par mois pour les charges communes. Je fais partie de ceux qui continuent de payer. On ne m'a jamais appris à désobéir. »

Dans l'immeuble, sept propriétaires cumulent un tiers des impayés. Tout le monde les connaît, on mentionne les étages où se trouvent leurs logements, mais on en parle en chuchotant plus qu'avec colère.

Chez Joëlle, les photos de ses petits-enfants sont partout. Son carburant. Seize portraits rien que sur le mur situé face à l'écran de télé, allumé ce soir sur Hanouna. « Il est anti-système, j'adore. » Sur une petite étagère, une tête de mort en céramique vernissée et, à côté, un bouledogue. Joëlle est assez punk dans son attitude. Cheveux courts, mini-crête, chandail brillant. Des yeux d'un clair intense. L'esprit rebelle, mais bonne élève. Incapable de la moindre sortie de route financière. « Je dois payer, je paie. Même mes impôts locaux, 1 200 euros de taxe foncière pour vivre dans une tour qui tombe, ça fait un peu cher. »

L'immeuble du 5, rue Eugène-Delacroix illustre jusqu'à l'excès ces copropriétés à la dérive, partout en France, où quelques mauvais payeurs enveniment une situation qui, au fil des mois, devient invivable en plus de bloquer les autres propriétaires, réglos, de même que les locataires. Sur les 880 000 copropriétés recensées dans le pays, 220 000 sont considérées comme étant en grande difficulté, avec un montant d'impayés d'au moins 20 % du budget global annuel. « Ça va très vite, retrace Joëlle. L'ascenseur ne marche plus, certains arrêtent de payer, puis c'est la lumière qui s'arrête dans les parties communes, puis les poubelles... »

Pendant quarante ans, Joëlle a bossé chez Peugeot. Travail à la chaîne. « Le matin, l'après-midi, puis dix ans la nuit. » Trente-quatre ans en arrière, elle se revoit signer son prêt immobilier. L'appartement de 88 mètres carrés offre, avec ses larges fenêtres, une vue panoramique sur les Vosges. La tour du 5, rue Delacroix est alors un produit phare. « Les gens rêvaient de venir s'installer ici. On prenait le café avec les voisins en bas de l'immeuble. » Maintenant, sa fille l'engueule. « Tu te casses, maman ! » Elle : « J'ai 71 ans, qu'est-ce que je vais aller faire ailleurs ? »

Revendre ? Au début des années 2010, l'idée l'a effleurée. « Tu peux en retirer 80 000 euros », a calculé une amie qui s'y connaît dans la pierre. Aujourd'hui, Joëlle juge la copropriété si dégradée que son appartement ne partirait pas au-delà de « 30 000 euros ». « À part un marchand de sommeil, qui l'achèterait ? » Le montant avancé par Joëlle est tristement validé par la mairie de Mulhouse, à qui nous demandons confirmation.

*

Les conditions devenant invivables, une résistance s'organise. Tout commence grâce à un homme, appartement numéro 33, 8e étage. Ancien professeur d'anglais venu du Congo, il lance une pétition qu'il fait signer partout, frappant aux portes de chaque étage, accompagné par sa fille, Ovey, 18 ans. Actuellement en terminale, cette dernière n'ose pas faire venir ses copines dans l'appartement familial le jour de son anniversaire, de peur d'éventuelles moqueries à cause de l'état déplorable des parties communes et de l'escalier.

« J'ai aidé mon père à rédiger la pétition. On a écrit que nous étions des citoyens de seconde zone. Dans les beaux quartiers, on trouverait une solution en quelques semaines. Ici, au bout de deux ans, toujours pas d'ascenseur. »

Le courrier, imprimé avec une encre bleue, est daté du 30 juin 2024. Réceptionné par la mairie le 2 juillet, cachet de l'accueil faisant foi. Objet de la lettre : « Demande de rendez-vous. »

Pour conclure, Ovey a cité Alfred de Musset. « L'homme est un apprenti, la douleur est son maître. Nul ne le reconnaît tant qu'il n'a pas encore souffert. »

La pétition a eu pour effet d'accélérer le calendrier des réparations. Mars 2025, un nouvel ascenseur est promis. Peut-être même dès cet été. Mais pour obtenir les pièces de remplacement, prière de s'armer de patience. Au pied de l'immeuble attendent des cartons contenant des pièces détachées en provenance de Kuumolanku (Finlande) et Fara Gera d'Adda (Italie).

Ce chantier n'a été possible que grâce à l'appui de la mairie qui a elle-même demandé l'assistance de l'État.

Trois cent soixante mille euros à injecter. L'Agence nationale de l'amélioration de l'habitat prendra en charge la grande majorité des frais. Alain Couchot, adjoint chargé du logement : « La solidarité nationale doit jouer dans pareil cas. On ne peut pas laisser les bons payeurs sans logement décent. Nous aurions voulu que les mauvais payeurs, eux, soient interdits de vote dans la copropriété. Impossible. C'est anticonstitutionnel. »

*

La mairie de Mulhouse n'en a pas fini avec les problèmes de copropriétés. Dans la même rue Delacroix, deux grands ensembles de 36 étages inquiètent. En cas d'incendie, les immeubles ne sont pas aux normes. Sortis de terre en 1967, les deux blocs sont désormais en « procédure de carence ». Traduction : ils vont devoir être rasés. Coût de l'opération : 50 millions d'euros dont 13 millions à la charge de la mairie. « On nous accuse de vouloir récupérer du foncier. Mais le terrain vide sans les tours représente seulement 100 000 euros ! On va perdre beaucoup d'argent sur cette opération, mais la sécurité des habitants est primordiale. »

Quant au 5, rue Delacroix, une fois l'ascenseur réparé, une autre question se posera : l'immeuble pourra-t-il rester sous le statut de copropriété privée ? Impossible tant les problèmes sont « enracinés », d'après la mairie qui a déjà amorcé un dialogue en vue de transformer la structure en logements sociaux.

10

Les seniors, merci de rester au fond de la salle

Sur le marché du travail, les champions des oubliés – bien malgré eux – sont les seniors.

À 55 ans, plus de huit Français sur dix travaillent. À 61 ans, ils ne sont plus qu'un sur deux.

Tout a déjà été dit sur ces discriminations liées à l'âge, et sur la difficulté croissante des entreprises à adapter les métiers en fonction des tranches d'âge. Alors, pour éviter de noircir davantage le tableau, racontons une autre manière de penser.

Imaginons des retraités reprenant le chemin du travail, à la demande d'employeurs reconnaissants, presque au bord de l'extase. Les retraités sont acclamés, on vante leurs expériences et compétences, les solutions qu'ils portent, leur vision pragmatique. On leur offre confort et agendas adaptés, de jolies primes tombent. Mieux : les seniors eux-mêmes arborent un sourire contagieux.

L'histoire qui suit ne concerne qu'une minorité de cheveux gris, ceux ayant de grands diplômes – mais dans le contexte actuel, où les solutions sont à chercher partout, il est précieux de parler de ces quelques agences d'intérim particulières, qui n'embauchent que des travailleurs dépassant les 60 ans.

Celle qui nous intéresse se trouve dans le chic 8e arrondissement de Paris, avenue Franklin-D.-Roosevelt. Une porte rouge massive, un luxueux escalier, quatrième étage. Devant son ordinateur, Caroline Young, la présidente d'Experconnect, épluche les dernières demandes en provenance de secteurs industriels aussi variés que le nucléaire et l'automobile. Ce matin-là, sont recherchés de toute urgence :

– une personne pour rédiger des publications scientifiques ;

– un candidat pour une assistance technique dans le cadre d'un projet de forage ;

– de l'appui tactique en maintenance ;

– un expert en génie civil.

« Les retraités choisissent les jours où ils travaillent, la durée de la mission. »

Dans ce « cabinet de conseil », la base de données est nourrie. Plus de 6 500 « experts », prêts à intervenir partout en France. La plupart ont de très jolis CV. « Ils sont ponctuels, disponibles, flexibles. À contre-courant de l'image qu'on leur colle sur le dos », s'enthousiasme Caroline Young. Le dossier qu'elle défend bec et ongles depuis vingt ans, à savoir l'attractivité des seniors sur le marché du travail, « n'est pas sexy et n'a jamais les honneurs de l'actu. On préfère souvent regarder ça de loin, en se pinçant le nez ». Pour cette économiste de formation passée par Sciences Po Paris et HEC Lausanne, « tant qu'on n'aura pas compris que les vieux, dans le monde du travail, c'est une chance et pas un fardeau, bon courage pour relancer la machine France ». La même dit aussi que l'État français devrait, dans son processus décisionnel, avoir le réflexe d'utiliser le prisme de la démographie. « On gagnerait du temps. »

Dans une salle de réunion avec plafonds hauts, moulures et murs blancs, un des associés d'Experconnect épluche les secteurs en forte tension. Éric Thouvenel porte de minuscules lunettes. Il grimace avec malice quand on lui demande en quoi reprendre une activité au lieu de se la couler douce au bord de la mer adoucit autre chose que le compte en banque. « Je me rappelle les contraintes professionnelles quand je bossais : la réunion du lundi matin qui emmerde tout le monde sur des problèmes de transformation dans l'entreprise, le sale type que vous ne pouvez pas supporter, assis dans le bureau face à vous... Ce “mauvais quotidien” a disparu, une fois à la retraite. Là, en reprenant une activité cette fois comme consultant senior, je retrouve l'essentiel : le sens de mon métier, la passion qui va avec. Sans les contraintes, sans les à-côtés insupportables. »

Quelques mois plus tard, en revenant chez Experconnect, l'effervescence est encore montée d'un cran. Trump ayant déclaré qu'il allait falloir apprendre à se passer des Américains pour défendre le Vieux Continent, on cherche à tout-va des seniors afin de nourrir l'effort de guerre industriel décrété par l'État. La filière de l'armement, ce sont neuf grands groupes tricolores et 4 500 PME et start-up – dont un millier qui sont jugées stratégiques. Drones, obus, poids lourds... « Tous appellent au secours. Ils veulent de l'expertise. »

Certaines boîtes, hier au bord de la faillite, ressuscitent. Les Forges de Tarbes, par exemple, promettent CDI et promotion express en interne. En trois ans, la production de corps d'obus a été multipliée par dix, 160 000 doivent sortir de l'usine en douze mois. C'est là que les seniors entrent en jeu, accueillis à bras ouverts pour cornaquer les plus jeunes. Le patron, pas loin de la retraite, forme lui-même les nouveaux arrivants. « La France a laissé tomber la formation, alors on s'y met nous-mêmes, devant les machines. » Deux mille cinq cents euros de revenus mensuels. L'eldorado. « Mais certains hésitent à venir... On fabrique quand même des bombes », nuance un recruteur.

*

Alain Tournyol du Clos approche les 80 ans. Le look d'un diplomate, affable, alerte, discret. Il a passé quarante-six ans dans le secteur nucléaire. Ses copains de boulot étaient automaticiens, calorifugeurs, logisticiens, mécaniciens sur machines tournantes, chaudronniers-tuyauteurs.

Expert en propulsion navale, Alain a commencé à Brest. Face à l'océan Atlantique, il est chargé de mettre sur pied l'entretien d'appareils propulsifs nucléaires. Puis il collabore avec les Russes sur de vieux équipements nucléaires, conseille les Canadiens sur l'énergie nucléaire, sans compter d'autres postes plus prestigieux encore autour de l'atome.

Aujourd'hui, il devrait être au calme toute la semaine, dans sa belle maison en Normandie. Mais, depuis l'invasion de l'Ukraine en 2022 et la crise énergétique qui n'en finit pas de secouer l'Europe, sa cote explose. Dans un retournement spectaculaire – Fukushima paraît bien loin –, le nucléaire a de nouveau le vent dans le dos. On cherche des bras. Ceux d'Alain Tournyol du Clos sont précieux. « Quand on monte un meuble Ikea, même avec une notice très simple et des procédures claires, on arrive à se planter. Avec le nucléaire, toutes proportions gardées, c'est la même chose. Je suis là pour éviter que la nouvelle génération ne se plante trop. On l'a fait avant eux. Ne dupliquons pas les mêmes erreurs ! Ils trouveront bien d'autres bêtises à faire par eux-mêmes. »

Le lundi, Alain quitte sa Normandie et prend un train vers la gare Saint-Lazare, à Paris, pour quatre jours de découchage. Il marche un gros quart d'heure jusqu'à la chambre d'étudiant qui lui sert de base arrière, au dernier étage d'un immeuble ancien. Vue imprenable sur les toits en zinc de la capitale. Dans ce 15 m^2, il cale ses rendez-vous, ajuste ses argumentaires, revoit des schémas directeurs. Une table en bois aggloméré en guise de bureau. Dans la kitchenette, deux assiettes, deux sets de couverts, une machine expresso entrée de gamme et une bouteille de whisky pour se donner, avec parcimonie, une dose de courage.

Son agenda est celui d'un cadre dirigeant. Ce soir, réunion au sommet dans un grand groupe. Demain, déplacement à Cherbourg. « Le samedi et le dimanche, quand je rentre en Normandie, pas de réveil le matin. Ma femme, que je n'embête pas la semaine, est contente de me voir, deux jours ça lui va ! »

Au-dessus de son bureau, une affiche de Modigliani et des badges de ses récents déplacements pour des conférences et salons professionnels en France et à l'étranger. Alain Tournyol du Clos est ravi d'être « utile ». Le mot revient dans la conversation comme un hoquet. Oui, il gagne très bien sa vie, oui, il pourrait se passer de cet « argent de poche », mais la satisfaction de travailler sur sa passion, à bientôt 80 ans, est quelque chose d'addictif. « Être utile », il répète.

Dans le nucléaire, dans le secteur ferroviaire, celui des transports, de l'armement... autrement dit, là où le savoir-faire n'a pas de date de péremption expresse, les profils comme Alain constituent de l'or en barre.

Comment transposer ces parcours d'excellence dans d'autres secteurs d'activité, là où les employés de plus de 55 ans sont mis à la porte, prétendument « inutiles » ?

L'enjeu est immense, bien qu'absent du débat public. *In fine*, c'est la question du rapport entre les actifs et les retraités qui est posée. Un septième de la richesse créée chaque année en France est consacré au paiement des retraites. De surcroît, ces dépenses sont pour partie effectuées à crédit.

*

Dans le secteur médical, où l'offre et la demande ont toutes les difficultés du monde à s'embrasser, une dynamique très particulière s'installe : de plus en plus de médecins à la retraite reprennent leur ancien boulot. Le souci de l'intérêt général ?

Aujourd'hui, sur tout le territoire, déjà 20 000 cumulards. Du jamais-vu. Ils sont à la fois retraités et médecins.

Dans la ville d'Albi, désert médical parmi tant d'autres : 5 000 habitants sans généraliste. Une structure a donc ouvert ses portes afin d'accueillir ces naufragés de la santé. Une dizaine de docteurs ont répondu présents. Ils ont entre 69 et 80 ans, se déplacent un jour ou deux par semaine. Pas de journée à rallonge. Ouverture des portes à 8 h 30, fermeture à 18 heures. Du lundi au vendredi.

Deux secrétaires sont formées et cornaquées par l'hôpital d'Albi, les médecins ne touchent pas à la paperasse. Une méthode post-tayloriste redoutable, on se demande pourquoi elle n'est pas dupliquée à grande échelle.

La structure fonctionne sous le statut loi 1901 : « l'association des médecins retraités albigeois ». Six mois après le faire-part de naissance, déjà 5 383 patients.

Fin de journée, le docteur Jean-Luc Catoir achève sa dernière consultation. Dans le cabinet aux murs nus entre un enfant de 2 ans. État grippal. Sa mère, sous le choc : « Docteur, je ne savais pas qu'on pouvait avoir un rendez-vous le jour même. » C'est lui qu'elle interpelle : « Vous vous rendez compte ? » Le médecin répond que, oui, il se rend compte, il est heureux de rendre « service » – décidément, le terme est manié avec vigueur dans cette France qu'on décrit si souvent comme fâchée avec elle-même.

Une fois sa journée terminée, le même praticien met quelques points sur les i. « Je ne souhaite pas qu'on se repose uniquement sur les médecins retraités. C'est quand même un peu trop facile. Où sont les réponses du ministère de la Santé pour réparer le système une bonne fois pour toutes ? On est pris au piège. La morale nous guide. Je ne vais pas laisser des patients sans soins. Je refuse un système de santé qui exclut. »

La médecine est un cas à part. Mais, si l'on regarde bien, le marché du travail n'est constitué que de cas à part.

Alors, comment revoir la manière de recruter ? Comment structurer, penser stratégie à dix, quinze ans ?

Ou faut-il au contraire assumer de laisser sur le côté des centaines de milliers de Français qui développent le si ingrat sentiment d'être oubliés professionnellement ?

Le défi n'est pas de travailler moins ou de travailler plus – c'est de tous travailler.

L'espérance de vie ? Dans ses hypothèses les plus « généreuses », l'Insee évoque d'ici à 2050 un allongement à 90 à 96 ans pour les femmes, à 83 à 87 ans pour les hommes.

Au Danemark, afin de lutter contre les discriminations liées à l'âge, mentionner son année de naissance sur un CV est désormais interdit. À Copenhague, l'âge de la retraite évolue perpétuellement en fonction de l'espérance de vie. Aujourd'hui, une personne née en 1996, par exemple, devrait donc travailler jusqu'à 74 ans. Gageons que là-bas, les seniors aimeraient qu'on les oublie.

11

Quelqu'un peut-il m'aider à payer l'enterrement de ma mère ?

La solidarité touche un nombre croissant d'événements liés à la vie de tous les jours. Y compris les enterrements. Parfois même la mort est hors de prix. Quand son coût devient inabordable, des mécanismes d'entraide entrent en jeu. Une clé pour comprendre la société de la débrouillardise d'aujourd'hui, à laquelle collectivités et associations sont obligées de prendre part.

Les frais d'obsèques pèsent de plus en plus lourd dans le budget des familles.

À Lyon, depuis le 1er mars 2025, une « tarification sociale » dans les cimetières de la ville a été décidée. Trois tranches différentes en fonction des revenus. Les plus pauvres payent 35 % de moins que le prix moyen, fixé à 550 euros pour une concession de quinze ans. Mouvement inverse pour les plus riches : + 35 %. La démarche, inédite en France, est présentée comme une mesure de justice sociale, *dixit* la municipalité. Pour « ne pas en rajouter en matière d'inégalité ».

En France, pour un enterrement, de plus en plus de mairies fournissent discrètement un coup de pouce.

Les ONG aussi. En cause : le coût des funérailles qui grimpe en flèche. Presque 5 000 euros par défunt. ATD Quart-Monde propose ainsi une « assurance obsèques ». Les familles peuvent espérer une aide allant jusqu'à 2 500 euros pour couvrir les frais mortuaires. Mais pour cela, une souscription est nécessaire : 50 centimes par mois pour les jeunes de moins de 30 ans les plus prévoyants ; 13 euros par mois après 70 ans. Passé 80 ans, on ne prend plus d'inscription.

*

En Corse, la solidarité face aux frais d'obsèques est plus poussée.

Aux abords d'Ajaccio, l'espace funéraire Picchetti voit toutes les semaines arriver des familles en grande difficulté financière, incapables de payer l'enterrement d'un proche. Il y a certes des devis « bas coût », des « prestations simplifiées », une matière pour le cercueil à privilégier par rapport à une autre – le noyer ou le châtaigner massif sont chers –, mais tout cela ne suffit pas toujours. L'entreprise familiale propose alors d'étaler le règlement sur dix mois. « Au-delà, désolé, ça ne sera pas possible. » La famille prend le temps de la réflexion, tout en observant au fond du bâtiment la « chapelle omniculte » baignée de jaune ainsi que « l'espace serein » teinté de rose surmonté d'une fresque représentant un soleil qui s'évanouit entre des nuages. Certains repartent sans rien signer. Trop cher.

Être dans l'incapacité de payer un cercueil, l'affront ultime au moment de dire au revoir à un proche.

Pour les plus précaires, l'île de Beauté actionne une solidarité cachée, enracinée sur tout le territoire. Sa forme est unique en France. Elle est le fruit des confréries – une centaine, rassemblant environ 3 000 membres. « Jusqu'au début du XXe siècle, on nous surnommait la Sécurité sociale corse », explique Nicolas Bras, prieur de la confrérie Saint-Antoine, près de Calvi. Fréquemment, il sort le carnet de chèques afin de régler les frais d'obsèques. « Pour les malheureux, pour les plus simples, on donne sans distinction, c'est la règle de base. » Lors d'un enterrement, il achète une croix, négocie lui-même le tarif avec les pompes funèbres, remplit les papiers administratifs. Le jeune homme de 32 ans a bien conscience que cette « toile de sécurité », qui fait la fierté des Corses, est fragile. Ce fonctionnement remonte au Moyen Âge. Il prend aujourd'hui la forme d'une bouée de sauvetage.

Responsable du service du patrimoine à la mairie de Calvi, en sa qualité de prieur, Nicolas Bras aide également certaines familles pour des courses ou des dépannages ponctuels, notamment le paiement des factures de gaz et d'électricité.

« Les confréries, ce ne sont ni les francs-maçons, ni une secte, avertit un autre confrère, rencontré dans un restaurant ombragé d'Ajaccio. Elles sont régies par la loi de 1901 sur les associations. »

Le lendemain, on croise à nouveau notre interlocuteur lors d'un événement religieux. Il porte une aube blanche et une *mantelletta* (cape sans manches) vert foncé. « On répare ce que la société n'arrive plus à réparer », avance-t-il. Un mélange de piété, de solidarité, de foi. Au service de ceux qui se fracassent contre le mur de la précarité. « Ça fonctionne parce qu'on sait qui aider, on se connaît tous. » Le fameux tissu social.

TROISIÈME PARTIE

LES EFFACÉS DU SYSTÈME DE SANTÉ

Depuis le Covid, la priorité absolue pour de nombreux citoyens n'est plus à chercher du côté de l'insécurité ni même du pouvoir d'achat, mais bien de la santé. Où et comment trouver un généraliste ? La question hante les élus locaux, pressés de toutes parts pour qu'aboutissent des solutions qui ne viennent pas.

Dépités, certains patients avalent des centaines de kilomètres afin d'être soignés dans les grandes villes.

Chaque jour, les sables des déserts médicaux semblent vouloir ensevelir davantage de territoires.

Le phénomène dérègle tout, y compris les pratiques les plus élémentaires des personnels de santé qui résistent.

Parce qu'elles ont encore un sens aigu de l'intérêt général, des infirmières en viennent à travailler bénévolement pour ne pas laisser tomber des malades dépourvus de toute feuille de soins.

Même les pompiers sont aujourd'hui devenus des secouristes spécialisés non plus dans les incendies mais dans les soins médicaux. On les sursollicite, à défaut de décrocher une place dans un cabinet.

12

Mon médecin est à 600 kilomètres

Trouver un généraliste, décrocher un rendez-vous chez un spécialiste, se faire soigner pour une opération délicate... Huit millions de Français n'arrivent plus à obtenir une offre de soins « suffisante ». Presque un citoyen sur deux renonce à une consultation faute de créneau.

La progression, pour radicale qu'elle est, peine à être comprise dans sa globalité par les pouvoirs publics. Conséquence : le mécontentement s'abat sur les élus locaux, devenus les réceptacles de cette colère. En retour, certains édiles s'organisent. Ils attaquent l'État en justice... pour faute grave.

La voiture BlaBlaCar l'a déposé devant le cabinet médical. La fin d'une heure de route, assis sur le siège passager. Aymerick Blanchard arrive de Saint-Brieuc. Sur son dos, l'étudiant porte un sac bleu qu'il a oublié de fermer. À l'intérieur, des cours de sciences, éparpillés. Quand il entre dans la salle d'attente, aucun personnel pour prendre sa carte Vitale ni même relever sa présence. Ici, le désert n'est pas que médical, il est aussi administratif. « En raison de l'importance croissante des tâches, les secrétaires peuvent être amenées à fermer l'accueil présentiel. » C'est rapporté sur une feuille A4, placardée sur la porte vitrée.

Aymerick n'est pas malade. Il n'a nul besoin d'une consultation. Juste d'un certificat médical à remplir chaque année pour le club de sport dans lequel il est inscrit. Plutôt que de se débrouiller pour faire un faux, parce qu'il est consciencieux, le jeune homme préfère obtenir un vrai certificat.

Une épopée.

Au départ, l'étudiant de 18 ans multiplie les appels auprès de cinq généralistes comme on pratiquerait un tir nourri. Tous sont situés à Saint-Brieuc, une ville nouvelle pour lui, où il réside depuis quelques semaines dans le cadre de son cursus universitaire. Personne ne répond positivement. Va donc pour Doctolib. Le jeune homme cherche des rendez-vous. Répond en ligne à une série de questions, dont celle-ci, éliminatoire : « Le patient a-t-il déjà consulté un praticien de ce cabinet ? » Dans le jargon, on appelle cela une « question bloquante ». Il existe même des forums en ligne pour conseiller les généralistes sur la meilleure manière d'utiliser ces « barrages patients ». Une nouvelle fois, Aymerick est honnête dans ses réponses. Bloqué.

Après des jours de recherche, l'étudiant se tourne vers sa dernière solution : le médecin de famille. Celui-ci est installé à une centaine de kilomètres, dans la commune de Saint-Quay-Perros. Le rendez-vous est fixé à 16 heures. Le retour ? Pas avant 21 heures, par le biais d'un autre covoiturage. Au total, huit heures de trajet et d'attente pour un certificat médical.

Aymerick est du genre poli, il ne se plaint pas. « J'ai la chance d'être assez à l'aise dans mes études pour prendre une demi-journée. » Il parle comme le ferait un employé d'entreprise, contraint de poser une RTT pour veiller sur ses enfants malades à la maison.

Dans la salle d'attente, l'étudiant potasse son livre de physique. Mécanique du solide, traitement du signal, dispositifs des trous d'Young. « Je rentabilise. »

*

Dans son cabinet de consultation, Véronique Lannuzel enchaîne les auscultations. Quatorze heures trente, déjà à bout. Polaire Quechua vissée jusqu'au haut du cou, petites lunettes fines, la docteure est entourée de quelques dessins d'enfants, plaqués sur les murs. L'un la remercie pour la pose d'un plâtre, un autre, pour une cicatrice bien refermée.

En tant que généraliste, Véronique déclare 1 200 patients. Il est important, ce chiffre. Voilà quelques années, le directeur de l'Assurance maladie disait : « Si on arrive à passer en moyenne de 1 000 patients par médecin à 1 200, on fera un grand pas face aux déserts médicaux[1]. » Son objectif était présenté comme une réponse « structurante ». Des mots rares, de ceux qui obligent. Deux ans plus tard, le docteur Lannuzel a produit cet effort supplémentaire, mais constate que, localement, le désert médical poursuit son envahissement. « Mon ressenti ? De l'angoisse. Beaucoup d'angoisse. » Se dégage soudain de ses mots une grande fragilité. « Émotionnellement, dire non à de nouveaux patients, c'est violent. » Un vitrail de larmes sur ses yeux. « Dire non, ça coûte. Quand j'ai commencé ce métier, au moment de m'installer,

1. *Le Monde*, 20 septembre 2022.

personne n'avait besoin de prendre rendez-vous pour venir me voir. »

*

Le cabinet médical n'est pas situé dans un secteur en perdition. Ce n'est pas la Bretagne qui tire la langue. Encore moins un lieu abandonné. Au contraire, c'est un territoire privilégié, où les touristes affluent, où il fait bon vivre. La mer juste à côté, la côte de granite rose, un port de plaisance, des maisons en vieilles pierres, une nature généreuse, une offre de commerces et de services qui tient la route.

Ça ne suffit pas.

Les quelques généralistes présents répondent à une demande rayonnant sur plus de 40 kilomètres. Autour, rien, pas d'offre de soins.

Bilan : les nouveaux arrivants, ceux qui emménagent dans la commune, mettent jusqu'à deux ans pour trouver un généraliste.

Le maire de Saint-Quay-Perros est souvent sollicité. Olivier Houzet entend des phrases comme :

– Je suis Breton pur souche, je m'installe chez vous, vous pouvez m'aider à mettre la main sur un médecin ?

– J'ai les mêmes opinions politiques que vous, décrochez-moi un rendez-vous.

– On ne dira rien à personne. Vous devez agir, directement, monsieur le maire.

« Chacun y va de son passe-droit. Mais ça ne marche pas », assène l'édile. Plus de place. Nulle part.

Accompagné d'une soixantaine d'élus locaux des Côtes-d'Armor, couvrant tout le spectre politique de la droite à la gauche, le maire s'est lancé dans une bataille juridique inédite en France. Ensemble, ils attaquent l'État. Un conflit sur le théâtre d'opérations sanitaires.

Olivier Houzet tient fièrement l'acte de guerre dans les mains. La lettre affiche l'écusson de Saint-Quay-Perros, en haut à gauche. Date de signature, 6 juin 2024. Comme un clin d'œil martial. « Arrêté répondant aux troubles à l'ordre public suscités par une offre de soin sanitaire manifestement insuffisante pour garantir l'égalité d'accès aux soins des administrés. »

Chaque commune réclame 1 000 euros de dommages-intérêts par jour, jusqu'à ce que des médecins soient trouvés. Le préfet bloque. La plupart des arrêtés sont annulés. La guerre se transforme en bataille symbolique. Défiance pragmatique. Les élus contre la préfecture.

« Chez nous, l'inflation, l'immigration, l'insécurité ne sont pas les premiers motifs de grogne. Se faire soigner, en revanche, est perçu comme primordial. À présent, la notion de droit aux soins prend une dimension vitale. »

Prévoyant, le maire consigne toutes les doléances. Dans une petite pièce étriquée, à côté de l'accueil, se trouve un grand classeur rouge. À l'intérieur, des lettres de récrimination y sont empilées. Toutes sur le point d'être envoyées chez monsieur le préfet – encore lui. « Ça ne changera rien, mais on maintient la pression. »

Depuis qu'il s'est formé, le collectif d'élus bretons a déjà rencontré, à Paris, « six ministres de la Santé ». Tant pis pour les noms des principaux intéressés, qui ont une fois de plus du mal à ressortir dans la conversation. La faute à l'instabilité politique des dernières années. « À chaque fois, au ministère, tous nous disent qu'ils comprennent. Tous nous disent qu'ils n'ont pas les moyens. » Olivier Houzet ajoute : « Les sous, si on veut les trouver, on les décroche dans la seconde. La seule question qui vaille, c'est de savoir s'ils les mettent dans la santé ou ailleurs. »

L'édile interrompt la conversation. Des hurlements dans le hall. Un couple attend depuis dix minutes pour un « problème administratif ». « On avait dit 14 h 30 ! Il est où, le maire ? » La secrétaire tente de calmer le jeu. Elle se fait aboyer dessus. Les murs ne sont pas épais, Olivier Houzet entend tout. Il sort de son bureau. Trop tard. Une porte claque. Le couple est parti. Monsieur le maire hausse les épaules, abattu. « Je n'ai moi-même pas de médecin traitant depuis dix ans. J'ai de la chance. Je suis en bonne santé. »

*

La demeure de Jean Esselinck est somptueuse. La façade mélange du bois et de vieilles pierres de la région dans une sorte de baiser déséquilibré. À l'intérieur, des photos noir et blanc dans des cadres, posées par terre, comme dans le magazine de décoration *Wallpaper*. Les immenses baies vitrées encadrent des arbres en danse, à cause du vent. Longtemps lieu apaisant, la maison de Jean est devenue un piège, en ce sens qu'elle éloigne cruellement son occupant du système de santé.

Cet ex-Parisien à la retraite, ancien diplomate, a parcouru le monde entier, toujours dans de grandes agglomérations, sans jamais galérer bien longtemps pour décrocher une consultation. Dorénavant, il est prisonnier d'une offre de soins famélique dans le secteur. Or, Jean souffre du cœur. « Pas un petit problème », glisse-t-il pudiquement. Lorsque les premiers symptômes éclatent, la douleur est telle qu'il lui faut se rendre aux urgences de Lannion – 20 000 habitants, la plus grande ville du coin. De loin, le bâtiment ressemble à un immense hôtel Ibis Budget. Un traitement de choc est pensé. Un traitement sur le long terme. Ça ne peut être ici, faute de personnel, faute d'équipement aussi. Jean essaie ailleurs en Bretagne. Rien. Alors il choisit le train. Mille deux cents kilomètres aller-retour pour un rendez-vous dans un grand hôpital de la capitale. « Pendant trois ans, j'ai effectué jusqu'à trois déplacements parisiens tous les deux mois. » Les transports sont évidemment à sa charge. Il a des amis, domiciliés sur une péniche. Il dort donc sur la Seine, afin d'éviter les frais d'hôtellerie. Puis rentre chez lui. Jusqu'à la prochaine session.

Sur son bureau trône une pochette orange. Titre : « Dossier médical cœur ». Les noms de cinq hôpitaux écrits au feutre noir. Lannion, Cochin, Pompidou, Lannelongue, Grands-Prés. « Ce qui me fatigue le plus ? Sûrement pas la distance. Mais la fatigue morale. »

*

Cet ancien serviteur de l'État regarde par terre. « Un gâchis », il dit.

Certes, le *numerus clausus* a été abrogé. Certes, les futurs médecins sont plus nombreux à la fac, et de 10 000 actuellement en deuxième année, l'État souhaite grimper progressivement à 16 000 en 2027. Mais dans quel cadre ? Avec quels formateurs ? Les professeurs sont rares. Pénurie « délirante », juge une huile de l'Assistance publique-Hôpitaux de Paris (AP-HP). « On manque même d'espace pour accueillir les jeunes », déplorent les doyens d'écoles de médecine.

Plusieurs hauts gradés de la fonction publique hospitalière se désolent de voir que le système ne suit pas. « Vingt pour cent des étudiants ne finissent pas leurs études, d'autres sont diplômés mais n'exerceront jamais.

Ceux qui s'installent font quarante heures quand leurs aînés en comptaient soixante-dix. » Le système tricolore repose sur un modèle qui n'existe plus.

Et que dire, plus largement, du climat dans les hôpitaux ? La notion même de service public est remise en cause par un nombre croissant de fonctionnaires. Études à l'appui[1], leur sentiment global est que l'intérêt général n'est plus la priorité. La rentabilité, la chasse au gaspillage prennent le dessus, poussées par des directions hospitalières elles-mêmes contraintes à cause de budgets serrés et renégociés en permanence. Cela, au détriment de la qualité des services. Même si, au quotidien, l'hôpital public fabrique encore mille miracles.

*

Aujourd'hui, le premier désert médical de l'Hexagone se trouve être l'Île-de-France. Sur place, en sept ans, le nombre d'habitants en incapacité de trouver une offre de soins suffisante est passé de 7 à 60 %[2].

Le cabinet du docteur Catherine Gaucher, dermatologue, est situé au pied de la tour Eiffel. Sur le trottoir d'en face, la pizza margarita est à plus de 20 euros.

La clinique Centre laser rive gauche dont elle a la charge est, sur le papier, rayonnante. « Vingt-trois professionnels, 40 000 patients satisfaits », vante le site internet. Trois cent vingt mètres carrés d'« espace moderne ». Un lieu où « chaque soin est une signature ». En coulisse, c'est une galère sans nom pour satisfaire la demande.

1. Lire la sociologue Nadège Vezinat, *Le Service public empêché*, Paris, Puf, 2024.

2. Union régionale des professionnels de santé (URPS).

Des mois d'attente. Et des patients qui accourent de toute la France. Le rendez-vous de 14 heures du docteur Gaucher, par exemple : une grand-mère, 80 ans passés, qui a emprunté le train depuis Clermont-Ferrand. Une autre décolle demain de Nice. « Ceux qui viennent sont des débrouillards, les autres lâchent prise », explique la dermatologue.

Dans sa spécialité médicale, un quart de ses collègues, une fois à la retraite, ne sont pas remplacés. Les patients qui l'inquiètent le plus ? Ceux qu'elle n'auscultera jamais. « Ils ont une tache sur la peau, se disent : "Je suis vieux, pas grave, on verra demain." Petit à petit, les cancers de la peau se transforment en cancers généralisés. Ils sont résignés. » Toujours en activité à 73 ans, le docteur Gaucher essaie de vendre son cabinet. Dix ans sans y parvenir. Trop de contraintes, trop de paperasse. « Personne n'en veut. »

Pendant ce temps, le trou de la Sécurité sociale, lui, explose. Vingt-deux milliards de déficit attendus pour 2025.

Finis les immeubles haussmanniens en pierre de taille, voici Nanterre. Du gris, réchauffé par endroits par quelques touches de couleur pétaradantes sur des immeubles modernes.

Onze heures, un lundi matin de 2024. Le ciel bas comme s'il allait s'affaisser. Le bus 276 dépose une flopée de patients devant un cabinet médical récemment ouvert. De l'extérieur, on jurerait une salle communale. À l'intérieur, c'est une galerie commerciale de soins. Généralistes, kinés, sage-femmes, psy, ostéopathes, soins dentaires. Et même un « corner » radiologie.

Pour accéder à ce dernier, prière d'aller au fond du couloir, puis de patienter derrière une ligne rouge, « par mesure de confidentialité », le temps que les secrétaires finissent avec le patient précédent. Les fauteuils de la salle d'attente sont tous occupés. Beaucoup de personnes debout. Les chaussures racontent les parcours. Des tongs avec chaussettes de sport Puma, des mocassins en cuir et pompons, des sneakers. L'un des responsables des lieux est également vice-président de la Fédération nationale des médecins radiologues. Depuis le passage du Covid, Grégory Lenczner accueille des patients chaque jour davantage désorientés. Ils sont usés de devoir attendre quatre mois pour une radio et se tournent donc vers ce centre moderne où les rendez-vous s'obtiennent « en deux semaines en moyenne ». Un luxe, même pour l'Île-de-France.

Devant son ordinateur, épaulé par une assistante, Grégory Lenczner inspecte les plannings des prochains jours. « Le patient qui arrive de Normandie, jeudi, c'est bien IRM de l'épaule ? » Cent soixante-dix kilomètres pour venir jusqu'ici. La même semaine, des malades de Bretagne, du sud-est de la France. « Ils n'ont pas le droit d'attendre. Leurs problèmes de santé sont trop graves. Dépister un cancer une semaine trop tard peut avoir des conséquences dramatiques. »

Ici, les critères territoriaux ne veulent plus rien dire, il n'y en a plus. « Si on appelle de Biarritz ou Nice, on prend. »

Pour faire tourner ainsi le centre d'imagerie, qui s'en sort financièrement très bien, Grégory Lenczner doit rétribuer les manipulateurs radio « au-dessus des prix du marché ». Sinon, il les perd. Dès l'école de formation, ces derniers sont donc chassés. « On me drague sur LinkedIn, sur les réseaux sociaux, sur mon téléphone portable », s'amuse une manipulatrice radio, consciente que le vent lui est plus que jamais favorable. Il manquerait au moins 2 000 postes de manipulateurs en France. À la première occasion, le concurrent le plus généreux l'emporte. La santé aujourd'hui : une version crue de l'offre et de la demande.

*

Le système de santé français est : fragile, immuable, paresseux, résilient, inefficace, une chance, un fardeau, un trésor, un gouffre. Il est surtout régi par des règles et un fonctionnement pyramidaux. En matière d'encadrement des coûts il y a les tarifications à l'activité, les ordres, les mutuelles, les complémentaires santé.

Et, quand il est inventif, tourné vers les nouvelles technologies, il est capable de produire le pire comme le meilleur.

Prenons les télécabines. Une sorte de révolution tellurique, prophétisait-on. Une révolution portée par des fabricants et concepteurs dans une ambiance start-up forcément cool et dynamique. Les machines en plastique aux faux airs de Photomaton ? Posées dans un supermarché, une salle municipale, parfois même un opticien Afflelou ou une gare SNCF. En 2018, quand les cabines prennent leur envol, 3 000 téléconsultations sont réalisées. L'année suivante : 80 000. Puis, le Covid bouleversant la donne, on dépasse vite les 10 millions d'actes annuels. La fin des déserts médicaux ? À coups d'articles triomphants et de communiqués de presse – un écran, un docteur –, on imagine la galère s'interrompre d'elle-même.

Mais la pratique incite à la prudence.

Rayon cosmétique d'un Monoprix collé au périphérique sud de Paris. Une petite affiche indique les horaires d'ouverture de cette « cabine connectée » gérée par l'entreprise Tessan. Son slogan : « L'accès aux soins est un droit commun. » Plage d'activité : 8 h 30 à 20 heures, en semaine. Dermato, psychologue, pédiatre, gastro-entérologue, gériatre, sage-femme... Une armée du salut médical dans une boîte d'un mètre carré. Pour ceux qui seraient un poil perdus, il est écrit : « Voir conditions auprès de la conseillère. » Ladite conseillère est introuvable, on se demande même si elle existe.

On prend place dans la cabine avec, déjà, l'impression de trahir le système de santé dans son ensemble. Premier constat, on remercie le Seigneur de ne pas être trop enveloppé. C'est diablement serré à l'intérieur. Devant nous, quelques ustensiles à la propreté relative. Un otoscope et un tensiomètre imbibé d'une couche huileuse visiblement laissée par un précédent consommateur. Soyons transparents : niveau santé, tout va très bien pour nous. Aucun symptôme. Mais puisque l'idée est de s'assurer de la fiabilité du système ainsi que du médecin à qui l'on va être confronté, on élabore un petit scénario : un état grippal, rien de plus. Rien de moins. On va voir si le docteur confirme.

Le généraliste apparaît à l'écran. Ses traits sont ceux d'un homme crevé ou saoulé de la tâche qui l'attend. Débit robotique. Il regarde ailleurs, ne fixe jamais son interlocuteur. Clairement, il n'en a absolument rien à foutre. Quand on sourit, il soupire. « On va vérifier votre température, prenez le thermomètre. » C'est dit comme s'il portait une croix de 3 tonnes sur les épaules. Tiens, le reliquat d'une croûte de peau sur l'ustensile. On ferme les yeux, ça va bien se passer. « Rapprochez du front. » Trente-six degrés. « Très bien. » On se sent un peu con, l'état grippal n'est pas probant, c'est le moins que l'on puisse dire. Pas grave, le médecin s'en fout, occupé qu'il est à pianoter sur son téléphone portable, on le devine au mouvement de ses doigts. Reprenant ses esprits, il se fait directif : « Ouvrez grand la bouche, calez le fond de la gorge. » On ne saisit pas tout de suite ce qu'il convient de caler. « Dites "Ah." » Forcément, un léger rire survient, mais le docteur, fidèle à lui-même, s'en cogne magistralement. « Décalez de l'autre côté. » On tourne la tête. Un nouveau « ah », puis deux secondes chrono plus tard, le verdict. « Vous avez une rhinopharyngite. » Ne surtout pas laisser éclater son rire. « Je vous donne paracétamol et ibuprofène en alternance. Je mets deux jours d'arrêt maladie. Normalement, au bout de quarante-huit heures, ça s'améliore. Si problème, consultez à nouveau. Bonne journée. » Pas le temps de répondre, le médecin a déjà raccroché. Durée totale de la consultation en ligne : 3 minutes 04 secondes. Le chrono de l'iPhone faisant foi.

Une ordonnance sort de la cabine.

*

Le métier nous a appris à nous méfier des premières impressions, aussi probantes soient-elles. Alors on remet ça. Nouvelle expérience. Quarante-cinq minutes de route. Houdan, charmante ville où coexistent exilés bobos parisiens et personnes du cru, commerces de bouche et désert médical. Houdan possède sa propre cabine. Elle trône en majesté dans un bâtiment communal immaculé, entièrement retapé, tout en longueur. Une « maison des services ».

Cette fois, la télécabine est la propriété de la société Medadom. Les médecins partenaires respectent un « code de déontologie médicale », *dixit* l'entreprise. Bien aimable à elle de rappeler pareils fondamentaux.

En France, tous les médecins ont la possibilité de pratiquer la téléconsultation, à condition que celle-ci ne dépasse pas 20 % de l'ensemble de leur activité.

Comparée à celle de Monoprix, la cabine d'Houdan renvoie une certaine définition du grand luxe. Large, lumineuse, nettoyée même. Après avoir répondu en ligne à des questions très générales – déjà opéré ? maladie chronique ? –, on attend trois minutes qu'un praticien surgisse par écran interposé. Lui non plus n'a pas l'air habité par la mission de soin et de bienveillance qui lui incombe. Notre scénario n'a pas changé, et à peine prononcés les mots-clés « état grippal », il se fait catégorique. « C'est une forme de Covid. Pas besoin de chercher plus loin. » Son visage change. Jusqu'alors endormies, ses lèvres expriment une forme de grimace. « Allez, trois jours d'arrêt maladie. » C'est dit sur le même ton que celui d'un parent mettant un film à ses enfants pour avoir la paix dans le salon.

Deux arrêts en soixante minutes ! Qui dit mieux ? L'imprimante Epson jouxtant la cabine crache le formulaire pour la Sécurité sociale. Durée de la consultation : 3 minutes 37.

*

Pour joindre les patrons de Medadom, c'est comme avec les rock stars, il faut prendre langue avec une attachée de presse débordée. Rencontrer les dirigeants « physiquement » ? « Impossible. » Va pour une discussion... en ligne.

Quarante-huit heures plus tard, par écran interposé, surgit Nathaniel Bern. Le cofondateur de la start-up endosse *illico* le rôle de l'apôtre. « On reçoit chaque jour des patients qui n'ont malheureusement pas de médecin traitant. Le but est de redonner un accès aux soins et de réintroduire les malades dans le parcours de santé. » On objecte qu'une consultation aussi longue qu'une chanson de Taylor Swift, ça fait rapide, pour le circuit de réintégration. Le cofondateur s'énerve. « Mauvais procédé ! Vous cherchez la petite bête. » La conversation tourne court.

On sollicite la direction générale de l'Assurance maladie. Le grand ordonnateur du système de santé ne cache pas sa gêne. « Les télécabines dans les supermarchés posent question en termes d'accompagnement et de qualité des soins. » On promet à l'avenir d'être « plus attentif ». « Des agréments de l'État doivent être bientôt accordés, pour faire le tri. » Pour les détails, il faudra repasser.

Du côté de l'Ordre des médecins, une phrase suffit à planter le décor. « Fuyez les télécabines. » Le docteur Semerciyan s'exprime depuis son cabinet, à Clamart. « Fuyez ! Parce que trop d'erreurs. Fuyez ! Parce que trop de traitements par défaut et par excès. »

L'Ordre des pharmaciens, enfin, soulève un autre problème. « Les ordonnances dématérialisées, rien de plus simple à bidouiller. Pour ensuite récupérer et trafiquer des produits médicaux de toutes sortes, c'est le rêve. » Dans sa pharmacie du 13e arrondissement de Paris, Christine Bihr ajoute : « Le contact humain, il paraît que c'est encore ce qu'il y a de plus précieux dans ce métier. »

Quelques mois passent et les cabines dont on promettait mille miracles rencontrent bien des difficultés à s'afficher rentables. La société H4D, par exemple, est tombée dans le fossé. Fin 2024, des milliers de patients se retrouvent sans cabine opérante. Dix télécabines H4D en rade. Le département de Seine-et-Marne doit alors composer avec un trou dans ses finances : 68 000 euros la cabine – 10 000 euros d'entretien annuel.

Adossées à de grands groupes financiers, comme CNP Assurance ou Ramsay Santé, d'autres marques s'en sortent mieux. Les objectifs de rentabilité y sont très clairs, la pression pour y arriver, tout autant.

Le groupe Ramsay, justement, a eu l'idée de s'inspirer de Netflix. Pour ceux qui le souhaitent, un forfait à 11,90 euros par mois est proposé. « En dehors de tout parcours de soins. » Pour parler autant de fois qu'on le souhaite, à distance, à des médecins.

13

Ces infirmières qui travaillent bénévolement

En matière de santé, les infirmières libérales sont les dernières à se rendre encore au chevet de patients coincés dans ce qu'il convient d'appeler la « précarité médicale ». Quitte à travailler bénévolement, pour que les malades ne coulent pas. Saisissante démonstration d'un système où l'envie de bien faire finit par abîmer jusqu'aux plus volontaires.

Raymond a 79 ans. Non sans difficulté, il vient d'avaler un petit pot de fromage blanc. Il fixe désormais la télé comme on regarde un horizon : sans but. Sur l'écran, un documentaire évoque des moines tibétains. Il est 17 heures. Sur la cheminée, depuis des mois l'horloge est bloquée sur 8 h 50. Une photo jaunie. Sa femme, décédée. Pour éclairer le salon, un néon, lumière crue. La pièce n'a pas bougé depuis cinquante ans. Devant sa maison, qui semble comme désossée, la plupart des volets fermés jour et nuit. Une pancarte : « Attention au chien ». Lequel est mort d'une maladie le mois dernier. Depuis, Raymond n'a plus de compagnie, plus personne afin de veiller sur lui. Exception faite d'une nièce, qui absorbe chaque semaine une centaine de kilomètres pour aider son oncle médicalement. Une fois par semaine, tous deux se rendent à la pharmacie. Ou chez le généraliste, qui n'accepte plus de réaliser des visites à domicile – des années que ça dure, trop de boulot, trop de patients. La nièce est harassée. Par ces périples à répétition. Par ces craintes pour la suite. Elle est harassée, mais harassée en silence. Râler, c'est arrêter de tenir.

Raymond souffre d'un cancer. La dernière chimiothérapie s'est très mal passée. « Trop de sueur, de diarrhées, de vomi, j'ai arrêté, je ne pouvais plus. » Il dit que c'est de son fait. En réalité, ce sont les médecins qui ont déclaré forfait. La maladie est sur le point de l'emporter. Raymond n'a plus de chimio, plus de rayons. Restent des médicaments. Une vingtaine de boîtes, empilées comme des Lego sur une table en bois fatiguée. Kardegic. Pantoprazole. Dutasteride. Allopurinol.

Christelle Aversenc frappe à la porte puis entre sans attendre. « Mon rayon », dit Raymond à propos de l'infirmière. Cette femme est le dévouement incarné. Elle roule 150 kilomètres tous les jours pour ses patients, dispersés dans une campagne vallonnée où les distances sont des contraintes. Une trentaine sont soignés le matin, une vingtaine, l'après-midi. Raymond est rangé dans la catégorie – chaque jour plus grande – des « fidèles ».

Les soins commencent par une prise de tension : 13-7. Température : 36,5. Les moines bouddhistes sourient à la télé. Face à eux, des paysages enneigés.

Raymond, regard perdu, demande à Christelle quand elle va se décider à apporter du soleil, référence à la météo capricieuse de ces dernières semaines. « J'apporte déjà les traitements », répond l'infirmière.

Des semaines que Raymond ne parle plus à voix haute. Tout juste arrive-t-il à chuchoter. Chaque mot est une douleur. Il lui importe, cependant, de paraître poli. Alors il donne le change. « Christelle, ah, ma Christelle ! »

Tout en préparant le pilulier pour la semaine à venir, l'infirmière à domicile se met dans un coin de la pièce pour nous expliquer, sans être entendue par Raymond, que le corps médical est particulièrement pessimiste quant à l'état de santé de ce dernier.

Emmitouflé dans une couette couleur châtaigne perlée de taches de yaourt, parlant de lui-même, le principal concerné dira plus tard : « La bête est dure. »

Dehors, Christelle encaisse. Les larmes sont contenues, le désespoir, un peu moins. « Quand je pense aux collègues qui débranchent en rentrant à la maison, celles qui passent à autre chose, je ne sais pas comment elles font. »

Depuis qu'elle a 6 ans, Christelle n'a qu'un rêve : infirmière. Son parcours professionnel commence par un poste d'aide-soignante au sein d'une structure hospitalière. Le nettoyage, beaucoup. Les patients, à la marge. Prière de passer au suivant avant d'avoir pu poser trois questions. Les cadences, les plannings, la hiérarchie. Entre-temps, la structure pilotée initialement par des médecins passe sous le contrôle d'une « grosse structure financière » qui demande « du chiffre, plein de chiffres ». Christelle ne perd pas son entrain, mais la foi est abîmée. « Et puis, c'étaient les patients de l'hosto, moi je voulais les miens. » L'heure d'oser le rêve de petite fille. L'école d'infirmière. À la sortie, des remplacements pour se roder. Puis le rêve ultime : son propre cabinet. Volets bleus, façade jaune clair. L'adresse occupe une place centrale dans le village de Busque, 700 habitants, à l'ouest du Tarn, là où les activités commerciales et les services s'éteignent les uns à la suite des autres, sans passage de relais.

Le cabinet qu'ouvrent Christelle et une collègue constitue, aux yeux des riverains, une éclatante victoire. Certains habitants le comparent à une usine qui s'implanterait.

Mais pour Christelle, le prix est élevé. Jusqu'à quatre-vingt-dix heures de boulot dans la semaine. Les sacrifices se répercutent à la maison, où l'attendent tous les soirs trois enfants. La petite dernière appelle Christelle « papa ». « Parce que son repère maternel, c'est mon mari. Moi je ne suis jamais là. » À cause des tournées qui n'en finissent pas, l'infirmière annule à la dernière minute les anniversaires et fêtes de fin d'année. « J'arrive toujours quand les bringues se terminent. » Dans « infirmière libérale », il y a : liberté. Christelle découvre une autre réalité. N'allez pas la plaindre. « Je laisse ça à d'autres. »

Le métier transforme jusqu'à son corps. Elle perd 16 kilos.

Les jours *off* sont consacrés à la paperasse. Himalayesque paperasse. La Sécu retoque une foule de documents, les complémentaires santé aussi. Parce qu'une case est mal cochée ou une signature manquante. Ping-pong permanent pour récupérer les bonnes pièces et espérer les remboursements qui vont avec. Pendant ce temps, l'argent ne tombe pas.

L'autre matin, pour la facturation problématique d'un soin, elle est restée – c'était un jour *off* – accrochée au téléphone de 8 heures à 11 h 45. Une demi-douzaine d'interlocuteurs plus tard, on lui promet que le montant de 110 euros sera bientôt remboursé. Après trois semaines, toujours rien.

Cheveux bouclés emprisonnés dans une large pince, chemise en jean à carreaux, un sourire toujours de rigueur, surtout quand ça ne va pas, l'infirmière sort sa tablette tactile. Celle sur laquelle les facturations sont consignées. Une longue liste d'actes défile. Trois, quatre euros par déplacement. « Le prix d'un paquet de gâteaux de marque, au supermarché. » Arrive le chiffre qu'elle cherchait : 7 350 euros de soins impayés, par la Sécu ou les mutuelles. « Au mieux, je récupérerai la moitié. » Le reste ? « Je m'assois dessus. Impossible de courir après tous les papiers qui posent problème. Sinon, c'est ma santé mentale qui va prendre cher. » Elle reste optimiste, dit que c'est pire ailleurs. « Un collègue du coin m'a récemment battue. Douze mille euros d'impayés. »

La tournée d'après-midi commence. Sur le siège arrière de la Peugeot 308, quatre gros cartons. Pansements, gants en latex, instruments médicaux. Puisque, faute de temps, d'envie aussi, les médecins ne se déplacent plus, la mère de famille se rend au cabinet des docteurs du coin cueillir les ordonnances qu'elle dépose ensuite à ses patients, le lendemain matin. Certains la sollicitent aussi pour passer à la pharmacie. Christelle trie les demandes. Sont prioritaires : les plus isolés, ceux qui souffrent « durement ». « Je ne vais plus chercher le pain. À force d'être trop gentille, on se fait bouffer. »

Si un patient est dans une situation critique, Christelle décroche son téléphone pour appeler le 15. « Je mens sur l'état de santé, j'en rajoute, sinon aucune prise en charge n'est possible. Et j'ai raison. À chaque fois, ils finissent hospitalisés pour une semaine ou deux. »

*

« Le droit fondamental à la protection de la santé doit être mis en œuvre par tous moyens disponibles au bénéfice de toute personne [afin de] garantir l'égal accès de chaque personne aux soins nécessités par son état de santé et assurer la continuité des soins et la meilleure sécurité sanitaire possible. »

Code de la santé publique, L. 1110-1.

*

Les infirmières à domicile forment une solide couture, la dernière sur un tissu médical craquelé de partout. Les uns après les autres, les fils lâchent. Il y a trente ans, on croyait encore à la force des actions coup de poing. Le mot « revendication » pesait. Aujourd'hui, se regrouper en collectif n'est plus un gage de réussite. En deux ans, les « infirmiers libéraux en colère » ont interpellé 183 députés. Des dizaines de sénateurs. Les cadres des agences régionales de santé dans tout l'Hexagone. Les élus des conseils régionaux également. À chacun ont été remis rapports et propositions. « Des idées qui ne coûtent rien aux contribuables, on n'est pas dingues, on sait que c'est la merde dans les caisses », détaille Laurianne Vermoere, dans sa Peugeot blanche, sur les routes serpentées du Tarn. Cette blonde tout de noir vêtue – exception faite des sneakers à motif léopard – parcourt 220 kilomètres quotidiennement pour aller soigner toujours plus loin, à mesure que le désert médical ronge les terres. Il n'est pas anormal pour elle de conduire pendant trente minutes entre deux malades. Conséquence : le chiffre d'affaires du cabinet d'infirmiers qu'elle partage avec trois collègues baisse irrémédiablement. « Je roule autant qu'un chauffeur de poids lourd. »

Pour Laurianne, le mal originel est « la pénurie d'ordonnances ». « On se rend chez des patients qui appellent au secours mais n'ont pas pu obtenir de rendez-vous chez le généraliste. Ils n'ont donc aucune ordonnance. Je fais quoi ? Je les laisse sans rien ? » Par la fenêtre, elle pointe la campagne environnante. Les seuls panneaux que l'on croise mentionnent « SOS agriculteurs » ou les dates du prochain loto. « Vous êtes, ici, chez les durs : des agriculteurs, des anciens, des personnes qui ne se plaignent jamais. Ils ont la tête dure, le dos courbé. Quand ils appellent pour un pépin de santé, c'est déjà trop tard. »

Récemment, alors que Laurianne soignait une agricultrice, celle-ci a laissé apparaître un pansement au mollet qu'elle avait elle-même confectionné après avoir été bousculée par un veau, un mois plus tôt. Un mauvais bandage, réalisé à la va-vite. En dessous : un hématome. Chair compressée. Début de nécrose. Quatre semaines plus tard, quand Laurianne constate le carnage, elle doit supplier l'agricultrice avant de contacter les urgences, puis supplier les urgences afin qu'elles fassent le nécessaire, à commencer par une prise en charge. Une hospitalisation est décrétée. Table d'opération. Greffe de peau. « À la fin, tout le monde est perdant. Même le contribuable. »

Ce matin, l'infirmière, qui veille par ailleurs sur cinq enfants à la maison, dont un petit garçon de 11 ans lourdement diabétique, effectue une toilette chez une femme née en 1943. Elle vit seule mais garde sur l'étagère de son salon une coupe, pour célébrer ses noces d'or. Un manteau de poussière recouvre le plastique doré de la coupe.

La patiente a subi un AVC hémorragique, il y a sept ans. Depuis, elle ne parle plus. Son seul contact avec le système de santé s'appelle Laurianne. « Allez, on décolle », plaisante l'infirmière en activant le lit médicalisé. La structure en question, imposante, occupe une grande place du salon. « On va aux Baléares ? » Pour toute réponse, la grand-mère sourit.

Sur un morceau de papier punaisé au mur figurent 16 numéros de téléphone. Uniquement des portables. Ceux des infirmières qui alternent auprès d'elle matin et soir, du lundi au dimanche. Celui du kiné, des auxiliaires de vie. Le seul contact n'offrant qu'un téléphone fixe (donc plus difficilement joignable) est celui du médecin.

La toilette se poursuit. La patiente est mutique à cause de son AVC. Laurianne relance sur le beau temps, le programme télé de ce soir, la compote à ne pas oublier de manger et dans laquelle on aura mis des médicaments moulés dans un poivrier pour s'assurer qu'ils sont bien ingérés. Ce dialogue est sans doute le premier des traitements pour la patiente.

Les soins physiques, les soins pour le moral. Laurianne ne distingue pas. L'un alimente l'autre.

Il faut soulever la patiente, prendre un gant, de l'eau chaude, des produits pour la peau. Dans la profession, « la toilette » porte un autre terme, comme un déguisement. On dit : « nursing ». Les mots servent à ça, parfois, à maquiller une réalité quand elle est difficile à regarder.

En moyenne, une infirmière soulève entre 250 et 750 kilos par jour. Dos, cervicales, scolioses. Tout se casse chez elles. Mais prière d'attendre la retraite. Pour Laurianne, qui a commencé tard, ce sera taux plein à 67 ans. « Officiellement, ce n'est pas un métier pénible. »

Le plus douloureux cependant, pour l'infirmière à domicile, est à chercher du côté des finances. Depuis des années, elle travaille en partie bénévolement. Et elle n'y arrive plus. « Pour certains patients, j'attends des ordonnances qui ne viennent jamais. Ils n'ont pas de docteur, donc pas de prescription. Pour moi, ce sont autant d'activités non remboursées par la Sécurité sociale. »

Laurianne pratique l'inverse de cette tendance décrite avec insistance dans le monde de la santé que serait la marchandisation de l'intérêt général. Soit la priorité donnée à la rentabilité – le paiement à l'acte symbolisant jusqu'à l'excès cette logique. Temps, énergie, argent sacrifiés au profit des patients. Avec un coût humain qui ne peut être indéfiniment laissé de côté.

Devant l'évier de la cuisine, tout en lavant des tasses pour sa patiente, Laurianne expose le dilemme qui est le sien : « Si on baisse les bras, si on ne vient plus ici, cette dame part en Ehpad, 2 000 euros minimum par mois, je ne pense pas qu'elle ait les moyens. Et une certitude : elle se laisserait glisser. »

En travaillant de la sorte, Laurianne a le sentiment de participer à ce qu'on pourrait appeler « l'effort de société ». Elle reviendra ce soir. Une heure quarante de soins au total dans cette maison désuète. Pour 14 euros net.

Vingt-cinq minutes de voiture plus tard paraît la maison de Louise, au fond d'un hameau de poche. Elle a pour voisins un gîte et un cabinet de réflexologie. Dans cette campagne bucolique, pas plus qu'ailleurs, les médecins ne se déplacent.

Portant un peignoir incrusté de motifs indiens, des yeux bleus comme un glacier, Louise souffre d'Alzheimer. Quand elle appelle Laurianne, elle dit « Suzanne », puis « Madeleine ». Tous les jours, lorsque l'infirmière frappe à la porte, elle doit lui réexpliquer ce qu'elle vient faire chez elle.

Les soins peuvent durer jusqu'à soixante minutes. Laps de temps durant lequel Laurianne ne touche pas un centime puisque Louise n'a aucune ordonnance. Le médecin n'est pas joignable. « Je lui en avais trouvé un autre, un docteur hyper-agréable au demeurant, mais il est jeune, a des enfants et bosse uniquement deux jours et demi par semaine. Il a décrété, je le comprends, que son confort de vie devait l'emporter. »

Ce qui, en revanche, met Laurianne en colère, c'est le deux poids, deux mesures qui fracture son métier, lorsqu'on le compare à celui des généralistes. « Les médecins sont représentés au Parlement, ils savent s'organiser, faire parler d'eux, imposer des réformes. Nous, on n'existe pas. Est-on des oubliées ? Je préfère le mot "abandonnées". Ça fait plus mal à l'oreille, abandonnées. Ça me convient mieux. » Bien sûr, il y a eu le Covid, les balcons, les Français à 20 heures, les casseroles. « Les applaudissements ne remplissent pas le réfrigérateur. »

Sur le territoire français, les infirmières sont trois fois plus nombreuses que les médecins ; 64 % travaillent en milieu hospitalier[1] ; les libérales, elles, sont autour de 100 000. Leur nombre croît partout où la population est vieillissante. Proportionnellement, il y a presque trois fois plus d'infirmières dans le sud de la France qu'en Île-de-France.

Printemps 2025, Laurianne est sur le point de raccrocher. Définitivement. Elle a pris la décision de quitter son cabinet. Elle « abandonne » le métier, avec la douleur que cela engendre. Fini.

1. Direction de la recherche, des études, de l'évaluation et des statistiques, 2024.

Mais surprise ! son mari prend le relais. Ancien pompier de Paris, il a souhaité se reconvertir. Dans quelques mois, il sera infirmier. « Ce n'est pas faute de l'avoir prévenu. » Laurianne ne dit pas qu'au sein du couple, elle a toujours été l'exemple à suivre.

*

En Occitanie, le désert médical est si vaste, l'état des troupes, si calamiteux sur le terrain que l'agence régionale de santé multiplie les zones prioritaires afin – espère-t-elle – de faciliter l'installation de médecins. Des aides de tous types sortent du chapeau. La plupart se résument à un geste financier, dans l'espoir qu'un docteur accepte de poser ses valises. Le syndrome des terres en tension. Haute tension médicale.

Técou, un millier d'habitants, solde démographique positif. L'église visible au loin, en hauteur, majestueuse, domine le village. Ciel de Toussaint, novembre 2024. L'hôtel de ville est juste en face. Depuis son bureau, monsieur le maire explique se battre depuis des années pour qu'un généraliste choisisse son bourg. D'innombrables contacts ont été tissés. À chaque fois, des heures de discussions, d'argumentaires. Les réponses ? Toutes négatives.

Un miracle se profile le jour où un nouveau lotissement s'apprête à sortir de terre, en contrebas de Técou. Ce mini-quartier en devenir se compose d'une trentaine de logements. Des panneaux rouge et blanc sont plantés dans la terre fraîchement retournée. « Terrain + maison, trois chambres et garage : 170 170 euros tout compris. » Le lotisseur et la mairie ont l'idée conjointe de réserver un des bâtiments pour y installer une maison de santé. « Comme ça, on démarchera plus facilement. » Le conseil municipal approuve haut et fort. La démarche s'opère sans vrai cadre légal, ce n'est pas aux mairies de proposer ce type d'aides à l'installation, elles n'ont pas les compétences adéquates. Mais le bricolage est devenu une compétence essentielle des édiles. Une compétence subie.

Quelques semaines passent, un généraliste se signale. Pas de femme, pas d'enfant, il sait ce que vivre dans un village signifie. Il a grandi non loin.

Mais au sein du lotissement, parmi les nouveaux acquéreurs de logements, quelques voix se font entendre. « Et les places de parking ? Et les allers-retours incessants de voitures des patients ? Et la tranquillité du quartier ? »

Le maire n'en revient pas. Comme une fièvre qui pousse sans prévenir, la colère gagne d'autres acheteurs. « Mon erreur est d'avoir lancé le débat. Une bonne décision, pas besoin de toujours vouloir la faire partager », se désole l'édile – sans étiquette, mais le cœur solidement à gauche. Jean-François Baulès connaît pourtant la musique, c'est son troisième mandat. Alors il entreprend une phase dite de « conciliation ». Avec un savant mélange de pression et de raison, la plupart des récalcitrants font machine arrière. Trop tard. Le généraliste tourne les talons. « Je ne veux pas créer du bazar. » Il a déjà pris attache avec une autre ville.

Les financements, importants, étaient pourtant trouvés. La collectivité devait dépenser 600 000 à 800 000 euros pour la maison de santé.

Refusant l'immobilisme, monsieur le maire repart au combat. Le voilà qui parie à présent sur la culture. « Quand on propose un village à un médecin, le problème, c'est l'offre de loisirs. Il veut du théâtre, de la danse. » Et il se trouve que Técou arbore une nouvelle et rutilante salle de spectacle communale. On y tient un festival annuel de blues. Des artistes internationaux sont approchés. L'ancien directeur de l'opéra de Montpellier régit quant à lui un rendez-vous autour de la musique classique. Une résidence d'artistes est sur le point d'être inaugurée. Elle comprend une salle de travail de 100 m^2, trois bureaux, huit chambres, un studio d'enregistrement. Neuf cent mille euros d'investissement, dont la moitié payée par l'État. « Non, nous ne sommes pas un territoire abandonné », se réjouit l'édile.

Le téléphone sonne enfin dans le bureau du maire. Plusieurs kinés prennent attache. Une installation au cœur de Técou est à l'étude, ils se verraient bien associés. Deux arguments les séduisent : l'offre culturelle, justement. Mais aussi, plus pragmatique, la proximité de l'autoroute.

Après mûre réflexion, ils disent non.

La maison de santé ayant été enterrée et l'offre culturelle déployée, aujourd'hui, Jean-François Baulès élabore une nouvelle stratégie : la contrainte. « Je vais me faire engueuler de parler ainsi, mais les études de médecine sont payées par le contribuable. Elles sont parmi les plus onéreuses en matière de fonds publics mobilisés. Je propose une sorte de service sanitaire obligatoire. Pendant deux ans, les jeunes diplômés de médecine s'installent dans des zones désertées : de petits villages sans offre de soins. L'État impose. Ils n'ont pas le choix. Ils doivent deux ans à l'administration française. » Monsieur le maire a bien conscience que ça n'est pas dans l'air du temps. « On devrait faire comme avec les énarques ! Quand ils sortent d'école, ceux en bas de tableau ne choisissent pas où ils atterrissent. »

*

@JASS-MINE2654 : C'est inhumain... elles doivent travailler à rallonge pour sortir un salaire correct pour un chef d'entreprise... HONTEUX...

@ETIENNECOURIVAUD : Ces deux infirmières sont comme des nounous ! Je sais que ce métier demande beaucoup, mais je pense que les gens sont heureux d'avoir un peu de visite.

@LURBEMATHILDE2039 : Ce qui m'énerve c'est que les futurs médecins ne veulent pas s'installer dans les villages et c'est le cercle vicieux des déserts médicaux... Quand on a la vocation on doit être capable de s'installer dans un village et ce ne sont pas tous des trous paumés sans cinés et librairies !!

@LEITIZI22 : Elles sont toutes a paris et se font 10k par mois.

@JEROME3615-D1R : Punaise la misere en France.

@BETSYADALA : Jupiter va créer une commission puis un grand débat.

@NANOU8233 : Une grande consultation pour commencer à réfléchir à la possibilité de réfléchir sur les déserts médicaux et concrètement ne rien faire mais pouvoir dire aux français « vous avez vu hein, on se penche sérieusement sur les pbs des français, on est proche du peuple nous ! »

14

Le centre des miracles

Des consultations organisées en plein milieu de la nuit pour les naufragés du système de santé, ceux qui vivent avec des horaires décalés, ou n'ont ni piston ni réseau ? C'est possible. Au prix – côté soignants – d'une discipline de fer.

Au pied de l'aéroport d'Orly, Antony est une banlieue plutôt préservée. La sous-préfecture des Hauts-de-Seine possède un trésor qui n'est pas architectural. Un lieu au fonctionnement unique en France : un centre d'imagerie ouvert 24 heures sur 24. Même à 3 heures du matin pour une radio du cœur. Même à 23 h 30 pour un genou qui fait mal.

Le centre en question est collé à l'hôpital de la ville. Trois minutes de marche en sortant du RER.

Vingt-deux heures, la salle d'attente ressemble au hall d'une gare de ville moyenne. Les yeux sont rivés vers des écrans, au plafond, qui n'indiquent pas les horaires des trains mais renseignent les patients sur l'ordre de passage. Chacun son ticket. Ça file droit, ça va vite. Le temps d'attente se compte en minutes avant une prise en charge.

Entre Fabienne, une habituée. « La première fois, je suis sortie de chez mon médecin à 16 h 30, il m'a donné cette adresse et j'ai eu un créneau le lendemain matin à 5 h 30. Pas de bouchons, pas de demi-journée à poser, la folie, non ? »

Parmi les patients réguliers, on compte aussi des personnes en provenance des territoires d'outre-mer. Guadeloupe, Martinique, Réunion. L'homme à l'accueil décrypte : « Ils sortent de l'avion, en dix minutes ils sont ici. Chez eux, les offres sont réduites ou inexistantes. »

Vingt-trois heures vingt. La salle d'attente est toujours pleine. Amina arrive de Lille en TGV Inoui. Un peu moins de 100 euros le billet aller-retour. « Oui, ça coûte cher, mais la douleur est telle, il était préférable que je vienne vite. » L'histoire d'Amina est à peine croyable. Cette élégante femme travaille au CHU de Lille. Là-bas, explique-t-elle, obtenir rapidement une radio est devenu « mission impossible ». Elle n'essaie même plus de solliciter des collègues. D'où sa présence ici. Ce soir, elle dormira chez un proche, à côté de Paris, et, demain matin, première heure, TGV retour, elle pourra sans problème arriver à l'heure à son boulot au CHU de Lille.

Minuit. Les manipulateurs radio que l'on croise sont à la moitié de leur *shift*. Une femme visiblement apeurée prend place dans un box. On l'invite à se dévêtir puis à enfiler une blouse. Elle éprouve des douleurs au cœur. Dans sa famille, récemment, deux personnes ont subi des arrêts cardiaques. L'une est morte. D'où l'examen réclamé en urgence. Celui-ci commence à une heure du matin. Elle pleure, on lui prend la main tout en écoutant ses craintes. Dans quarante minutes, un premier diagnostic sera délivré, il faut juste respirer doucement, on va vous piquer dans le bras, on est là, ne pleurez pas, on y va ensemble.

Ils sont une petite dizaine à travailler dans ce service, en horaires de nuit. Une IRM du cœur, c'est un produit de grand luxe introuvable, ou presque, dans un nombre croissant de départements français, sauf à patienter de très longs mois. « L'imagerie est devenue essentielle dans le système de santé. Mais ça ne suit pas derrière », décrypte Carole Moglia, la directrice générale de ce centre des miracles ouvert 24 heures sur 24.

Carole fonctionne sur piles, toujours un œil sur les moindres détails, les plannings, les frais, l'avenir du centre. Elle a commencé ici comme secrétaire. Aujourd'hui, 110 personnes travaillent sous sa responsabilité.

Pour tenir les cadences et proposer des rendez-vous toute l'année, même au milieu de la nuit, Carole a dû revoir jusqu'au système de pensée médical. Contrairement à l'hôpital public, ici, les médecins et radiologues se voient imposer leurs plannings. Tout est centralisé entre les mains d'une jeune cadre de santé aussi souriante que dirigiste à qui Carole a confié le volant. Et ça marche. « La priorité, ce sont les patients. Ils ont des besoins. On s'adapte. » Le corps médical ? Quatorze radiologues associés. Une trentaine de manipulateurs – payés double la nuit. Et des collaborateurs, en pagaille. Quatre-vingts au total. Ils fonctionnent par vacation. Beaucoup prennent l'avion tous les mois pour travailler ici. Ils sont radiologues en Tunisie. Deux ou trois semaines de mission au centre. Ils dorment à l'hôtel quatre étoiles au bout de la rue, avec petit déjeuner roboratif dans une salle qui donne sur une triste cour intérieure. Certains se croisent dans les couloirs la nuit. Ceux qui finissent disent bon courage à ceux qui reprennent le flambeau. Puis ils repartent dans leur pays d'origine, pour pratiquer dans des centres médicaux locaux.

Sonia Dressi fait partie de « l'équipe volante ». Dans quelques jours, sa vacation achevée, elle regagnera Tunis. Une heure du matin, elle délivre des observations médicales sur une petite machine qui enregistre et retranscrit ses propos à l'oral. Un débit de mitraillette. « Si le patient le souhaite, il a le compte rendu dans les trente minutes. Sinon, sur Internet dans l'heure qui suit. »

La dame avec les problèmes de cœur sort de l'examen. Rien de grave. Les pleurs ont laissé place à quelques larmes de joie.

*

Chaque jour, 800 patients passent par ce centre d'un genre nouveau, un refuge post-moderne qui contredit ceux pour qui le système de santé est un vieux machin fatigué. Deux scanners, deux IRM, trois salles de radio, six dédiées aux échographies. « On ne laisse quasiment personne au bord de la route », se vante l'un des fondateurs des lieux. Grégoire Bornet dénonce un système de santé actuel qui carbure aux coteries et aux avantages corporatistes. « Ils oublient le patient. » Son obsession ? « Les délais courts. »

Grégoire Bornet aime piquer des idées au secteur marchand. Il a ainsi mis en place un centre d'appel dernier cri. Celui-ci est planté de l'autre côté de la rue, au premier étage d'un immeuble sans grâce. Trois standardistes. Mille cinq cents appels par jour – c'est dire la détresse des patients qui téléphonent depuis toute la France. Des panneaux renseignent sur le taux de réponse. Ce matin, 98 % d'appels honorés. Si personne ne décroche, on promet de rappeler dans le quart d'heure. « Vous préférez les robots ? Les voix métalliques qui demandent d'appuyer sur la touche étoile ? »

Un tiers des créneaux est réservé aux besoins de dernière minute. De ce fait, des disponibilités sont perpétuellement accessibles.

Plus impressionnant encore : en cas d'urgence radio ou IRM, les médecins du coin, à qui on a passé la consigne, n'ont qu'à faire figurer sur les ordonnances de leurs patients un « R » qu'ils encerclent. Cela signifie qu'une fois à l'accueil du centre d'imagerie, quoi qu'il arrive, ils seront pris en charge. « C'est notre *fast pass.* » Un coupe-file. Comme à Disneyland. Les malades qui attendent aux urgences de l'hôpital d'Antony, voisin du centre de radiologie, passent également en « priorité absolue ».

« Ne parlez pas trop de nous, on va se faire emmerder par la profession », glisse un cadre. Il ne rigole pas.

15

Allô les pompiers, c'est pour un problème de santé

Dans un système où chaque acteur de la santé doit faire plus que ce pour quoi il s'est engagé, les pompiers constituent un cas d'école. Les hôpitaux étant saturés, on appelle à l'aide les soldats du feu. Quatre-vingts pour cent de leur activité est désormais tournée vers « les secours d'urgence aux personnes ».

La caserne est située boulevard des Martyrs, tout un programme, en bordure de ville.

Au téléphone, matin, midi et soir, des appels de détresse, des malaises, des évanouissements, des pertes de conscience, des pics de fièvre inexpliqués chez un nourrisson, ou alors c'est pour un bras cassé...

Argenteuil fait partie du club restreint des villes de plus de 100 000 habitants d'Île-de-France. Chacune de ces grosses agglomérations vit des problèmes de croissance sans forcément avoir les avantages qui vont avec. Notamment en ce qui concerne le système de santé. À Argenteuil, les trous dans la raquette sont plus gros qu'ailleurs.

Le décor, d'abord. L'ancienne ville chérie des peintres impressionnistes est aujourd'hui un mélange détonnant de barres d'immeubles peu reluisantes et de sublimes villas Art déco, toits Mansart et pierre meulière à 4 500 euros le mètre carré. On y trouve aussi des quartiers prioritaires comme Justice-Butte-Blanche, parmi les plus défavorisés de France, où le taux de pauvreté flirte depuis des années avec les 65 %.

Dans cette banlieue où les raccourcis ont parfois été nourris à coups de Kärcher, on manque cruellement de personnel soignant. Et les pompiers colmatent.

Illustration au pied d'une tour d'immeuble longeant une ligne de train régionale. Cinquième étage, une famille vient de joindre les pompiers. Le père est allongé dans son lit, il ne parle plus. Inconscient.

Sept minutes plus tard, trois soldats du feu déboulent dans l'escalier. L'individu est immobile. L'aîné des enfants se sent obligé de justifier son coup de fil. « On ne savait pas qui appeler d'autre. »

En ligne avec le Samu qui prodigue une sorte d'aiguillage médical aléatoire, l'un des pompiers effectue sur le vieil homme toutes sortes de tests et de mesures. Sur le moniteur numérique, le rythme du cœur affiche 86. « Monsieur, vous savez quel jour on est ? » Pas de réponse. « Vous m'entendez ? » Silence. « Combien d'enfants avez-vous ? » Rien. Décision est prise de le transporter aux urgences d'Argenteuil. L'aîné : « On n'aime pas déranger le médecin et l'infirmière pour rien. On aurait peut-être dû ? » Encore faut-il trouver un docteur. À Argenteuil, la mairie offre 36 000 euros à tout généraliste qui s'installera trois ans sur la commune.

Le papa, dans un demi-sommeil, est placé dans un fauteuil roulant. Il faut descendre par l'escalier. L'ascenseur est HS.

Le fourgon des pompiers fonce vers le centre hospitalier. Sans surprise, le service des urgences est plein à craquer. Dans les couloirs, des brancards attendent d'être traités. Tous les jours le même embouteillage. Deux cents passages quotidiens. L'établissement peine à recruter du personnel médical. C'est le dernier « open bar » de la santé dans le coin. Il couvre un bassin estimé à 400 000 habitants. Dans ce contexte, les pompiers font office d'ambulances permanentes. Personne ne s'étonne, surtout pas le personnel du centre hospitalier qui explique être « gentiment débordé ». Comprendre : ça pourrait être pire.

*

Tous les matins entre 9 heures et 10 heures, des exercices ont lieu à la caserne dénommée centre de secours principal. Ce jour-là, un bâtiment technique est sciemment noyé dans une épaisse fumée. Un instructeur dispose un mannequin au fond d'une pièce. Les sapeurs-pompiers ont quelques minutes pour trouver la « fausse » victime et l'extirper de ce décor. Le tout, sans voir à un mètre à la ronde. Une échelle est déployée depuis la cour. Les pompiers progressent *via* un escalier pentu. Cent vingt secondes après le début de l'exercice, mission accomplie. Débrief dans la foulée, tous regroupés en rond, bravo les gars, on maintient la pression, demain, nouvel entraînement, plus physique encore.

Les incendies ? « Six pour cent de notre activité, relate, étonné que l'on soit étonné, le directeur des lieux. Six pour cent, c'est autant que les accidents sur la voie publique. »

Le poste le plus chronophage, celui qui exige de déployer le maximum d'énergie et de motivation, c'est « l'urgence aux personnes ». « En nous appelant, résume le capitaine Christophe Seveste, beaucoup pensent qu'ils vont gagner du temps une fois à l'hôpital, qu'ils vont aller plus vite pour une prise en charge aux urgences, comme si nous étions un coupe-file. »

*

18 h 45. Une maison individuelle, dans une rue paisible. Tentative de suicide. « Troubles psy, non agressive », renseigne à la radio un collègue depuis le poste de commandement.

Quand ils arrivent dans cette petite rue étroite, les pompiers foncent vers la porte d'entrée où attend une femme au regard perdu. Quelques voisins surveillent par la fenêtre, il y en a même un pour sortir en pyjama et inspecter la scène.

La résidente a la cinquantaine. Le pompier le plus aguerri, impeccable de maîtrise, lui tient la main durant toute la conversation.

– On est là maintenant, madame. Tout va bien se passer.

– Vous allez me mettre en psychiatrie, je sais.

– Moi, je ne vais rien faire du tout. Si vous ne voulez pas y aller, je ne vais pas vous forcer.

– J'aurais dû me foutre en l'air.

– Vous pensez ça ?

– Mais je le ferai pas. Parce que je suis trop con pour le faire.

– Vous n'auriez pas surtout besoin d'une aide ?

La suite de l'échange se poursuit dans le fourgon à l'arrêt devant chez elle. Ils sont trois à écouter, une demi-heure durant, la femme en détresse qui accepte finalement de rencontrer un médecin à l'hôpital. Si les soldats du feu se proposent de l'y emmener. Reste ensuite à trouver un interlocuteur au centre hospitalier. Pour y parvenir, les pompiers ont des numéros de portable qui sont autant de sésames, presque des tours de magie. « Un miracle permanent, on finit toujours par trouver quelqu'un qui accepte la prise en charge. »

En quelques mois, c'est la troisième fois qu'ils se rendent chez cette dame attaquée par la solitude.

Pallier, soigner, réparer, rassurer. Le jour comme la nuit.

En deux décennies, les pompiers français ont vu leur activité bondir de 3,5 à 5 millions d'actes par an. Pas pour éteindre davantage d'incendies. Mais d'abord et avant tout pour répondre aux flammes de la détresse.

*

Vingt heures, de retour à la caserne. L'heure du dîner au réfectoire. Aux beaux jours, c'est barbecue saucisse dans la cour. Ce soir de janvier 2024, c'est plus roboratif. On attaque à plusieurs le plateau de fromages. Dans la salle se présente une jeune fille avec de fines lunettes rondes et vertes. Cheveux ultra-courts autour des oreilles, queue-de-cheval derrière le crâne. Gwendoline est « pompier volontaire ». Elle épaule ceux qui travaillent professionnellement dans la caserne. La journée, elle est institutrice. La nuit, elle se rend au centre de secours – plusieurs fois par semaine. « Tellement de personnes ont besoin de nous, je ne suis pas près de raccrocher. Le sommeil, on verra quand on sera mort. » Ses collègues la chambrent. Elle, imperturbable :

« J'aime ce que je fais. » Pas le temps d'avaler une part de gâteau, une urgence s'invite. Une personne allongée sur les marches de la gare d'Argenteuil. L'individu convulse. De la bave sort de sa bouche. Gwendoline est chargée du pilotage de l'opération. Couverture de survie. Périmètre de sécurité. Circulation des trains temporairement interrompue. La jeune femme aux lunettes vertes se fait copieusement insulter par des usagers qui n'ont aucune envie d'être « emmerdés » et « bloqués » de la sorte après une « putain de journée de boulot ». Parfois des crachats, des menaces physiques. « On a de la chance, pas ce soir. »

*

Fin de soirée. Vingt-deux heures. Une équipe de dix pompiers roule une vingtaine de kilomètres vers une banlieue sensible. Le GPS s'est planté. Ou alors ce sont les bouchons nocturnes sur l'A86. Il faut emprunter un itinéraire *bis*. L'objet du déplacement ? Une panne d'ascenseur. Les ascenseurs, c'est la spécialité revendiquée des pompiers argenteuillais. Ils possèdent des équipements lourds que les autres casernes n'ont pas. Si l'opération en préparation devait être facturée par une entreprise privée, elle se chiffrerait en dizaines de milliers d'euros. Ici, c'est gratuit. La suite est ahurissante : « Le réparateur nous a lui-même appelés. Il ne sait pas comment se dépatouiller. » Une fois au pied du bâtiment, on comprend pourquoi le quartier est « sensible ». Des points de deal, des regards malveillants. « Les réparateurs, ils aiment pas beaucoup venir ici en pleine nuit. Ça craint », traduit une voisine, qui renseigne par la même occasion sur la fragilité chronique de l'ascenseur.

Cinq individus sont coincés entre le huitième et le neuvième étage. Cinq heures déjà qu'ils fulminent dans la cabine. On les entend crier depuis le rez-de-chaussée. Pour les pompiers, la manipulation est bien plus technique qu'il n'y paraît. « La cage peut tomber dans le vide », s'inquiète l'un d'entre eux. Quatre-vingt-dix minutes sont nécessaires afin d'installer le dispositif. Câbles, poulies. Deux camions en appui.

Dans les couloirs, deux jeunes hommes regardent de travers l'intervention. Ça gêne leur business. Ils le font comprendre au chef d'équipe, qui répond en détournant le regard, histoire de ne pas envenimer la situation.

Les pompiers viennent aider, mais doivent s'excuser de le faire.

Une heure du matin, la cage d'ascenseur est remontée d'un demi-mètre. La porte s'ouvre à la force des bras. Cinq adolescents sortent. L'un gueule contre un pompier. « On a attendu hyper-longtemps quand même. » Aucun ado n'offre le moindre regard compatissant aux pompiers d'Argenteuil. Pas un merci ne franchit leurs lèvres.

QUATRIÈME PARTIE

L'ÉCOLE : OPTION GRANDE OUBLIÉE

Les données internationales sont implacables. La France décroche, éducativement parlant. Vingt ans que ça dure. Si l'on juge les compétences des élèves de 15 ans sur le plan mondial – le fameux classement Pisa –, notre pays se situe au niveau de la Lituanie et de la Roumanie. Ne pas accuser la fatalité. Le Portugal, par exemple, a effectué en une décennie de spectaculaires réformes saluées dans le monde entier.

En France, cependant, difficile de lancer de grands travaux quand la valse des ministres est perpétuelle (six locataires en deux ans).

Plutôt que de remettre en cause une manière d'enseigner, dans ce chapitre, c'est l'état physique de l'école que l'on interroge. Ses murs.

Une école française sur dix est considérée comme vétuste.

Dans les territoires où la précarité frappe le plus, la décrépitude des établissements est alarmante. Elle traduit plus que tout autre problème ce sentiment d'oubli. Sur place, professeurs, parents et élèves adoptent le système D. Bonne volonté et sens du collectif compensent – pour combien de temps ? – moisissure et infiltrations d'eau.

Une autre problématique consiste à regarder en face la capacité de l'école à accompagner les situations de grande détresse des plus jeunes. Quand ils sont victimes de harcèlement, la machine éducative se grippe souvent.

Que dire, enfin, des enfants qui travaillent en classe le jour... et dorment dans la rue la nuit ?

16

Les lycées de la honte ?

Manque de moyens chroniques, salles sous-chauffées, plafonds qui tombent, problèmes de dotation pour remplacer un professeur... Quand les déconvenues s'accumulent, difficile de continuer à exercer avec passion son métier d'enseignant.

Du côté des élèves eux-mêmes, on pointe les différences de traitement d'un établissement à l'autre, selon que l'on réside ou non « au bon endroit ». Immersion en Seine-Saint-Denis, avec ceux qui se vivent comme « les élèves de seconde catégorie ».

La porte des toilettes est désossée. Verrous arrachés. Le bois aggloméré résiste, mais le revêtement, lui, est totalement écaillé. Dans la cabine, un trou béant au plafond.

Un peu plus loin, la salle informatique : huit écrans d'ordinateur noirs, alignés sur plusieurs tables. Ici, c'est le système électrique qui craque. Un chapelet de câbles ainsi qu'une prise pendent dans le vide. Risque d'électrocution évident. Mais ça tient encore. Alors on laisse comme ça. L'urgence est ailleurs. Dans les parties communes, où quelques murs sont imbibés de moisissure

– si noire qu'on voit les champignons qui prolifèrent à l'œil nu. Urgence aussi à trouver des vitres de remplacement. En attendant, des planches de carton ont été découpées afin de calfeutrer ce qui peut l'être. Même le sol paraît rendre l'âme. Certaines dalles ont disparu.

L'établissement Berthelot est situé à Pantin, commune accolée à Paris. La structure manque cruellement de place, impossible d'accueillir tous les lycéens dans les salles d'étude. Problème de sureffectifs. Ce jour-là, ils sont une douzaine, accroupis ou en tailleur, à même le sol... dans un couloir. Quelques-uns ont le droit à un traitement de faveur : des chaises. Il y a cette jeune fille au manteau constellé de fleurs roses qui abandonne ses cours pour plonger dans son téléphone portable. Personne ne lui fait la moindre remarque, faute d'encadrants. La CGT dénonce un manque criant de salles de permanence et, plus largement, un manque de considération tout court. Le CDI ne peut ouvrir en continu, pour cause d'absence des documentalistes. Dans un communiqué, le syndicat parle de salles si vétustes qu'elles sont « régulièrement investies par des sans-abri, faute de fenêtres ».

L'hiver, les radiateurs jouent les capricieux – pour ceux qui fonctionnent. Dans le couloir, l'un d'eux est rongé par la rouille. Dévissé, il semble vouloir piquer une tête dans le sol. « Seize degrés dans les salles », d'après un prof de maths.

À l'extérieur du bâtiment, un tag antédiluvien « NTM » trône sous un escalier. Le temps comme arrêté en 1995.

L'établissement n'est pas ce qu'on pourrait appeler un dinosaure. Il a ouvert ses portes en 1976. Auparavant, c'était un « petit lycée en briques rouges pour jeunes filles ». Dans les années 1960, on y fermait une classe de première, faute de candidates pour la filière maths.

Aujourd'hui, les mêmes classes sont surchargées, les murs, exténués, comme le personnel enseignant d'ailleurs.

Quand Valérie Pécresse, la patronne de la région Île-de-France – l'organisme de tutelle –, se rend sur place pour une visite visant à calmer la grogne, certains professeurs brandissent des affiches réclamant « du fric pour l'école publique ». Sur un des panneaux, la photo d'une classe vide, dont le sol rouge est gorgé d'eau. Une infiltration. « Piscine en salle 302 ». Il pleut aussi dans le réfectoire. « On aurait dû prendre plus de photos », regrette un enseignant qui trouve que la réalité, sur ces illustrations, paraît trop douce.

À l'intérieur du lycée, la présidente de région inspecte une classe et remarque un haut-parleur blanc floqué d'un sticker de la France insoumise. « Du matériel pédagogique sans doute très utile pour faire cours. » Elle saisit le ministère de l'Éducation nationale. Les professeurs attendaient une autre forme de sursaut.

Le lycée Berthelot a beau avoir la capitale pour voisine, il est déclassé. Son malheur, si l'on devait résumer, est de se trouver à quelques centaines de mètres seulement du périphérique. De l'autre côté. Du mauvais côté. À Paris, beaucoup de lycées brillent. À Pantin, ils résistent.

Les professeurs de l'établissement qualifient cette situation de « honte de la République ». « Les élèves qui viennent ici partent avec un défaut de chance très important dans la vie. Et tout le monde s'en cogne », se désespère Maxime Fraisse, professeur de SVT, fine doudoune et lunettes argentées. Son ton est calme, mais les mots percutent. « Si on lâche le volant, il n'y a plus personne. » À ses côtés, Samuel Nolla. Lui enseigne les maths. Crâne rasé, grosse barbe, sweat noir à capuche. Il semble excédé. Sa motivation, entamée. « Un gros sentiment de honte. Pour les élèves, pour les parents, pour les profs. J'ose même : pour la France. »

La Cour des comptes n'est pas loin de le penser aussi. « À peine un enseignant sur deux est remplacé en Seine-Saint-Denis dans le secondaire, contre 78 % en moyenne nationale, faisant ainsi perdre jusqu'à 20 % d'heures de cours aux collégiens scolarisés sur le territoire[1]. » Un tiers des profs a moins de deux ans d'expérience. On multiplie donc le recrutement de contractuels, là où il faudrait de la stabilité pour les élèves de Seine-Saint-Denis qui ont « l'indice de position sociale le plus faible de France métropolitaine ». Façon alambiquée de décrire des familles qui coulent sous les contraintes économiques et sociales. « L'école peine à tenir la promesse républicaine[2] », tranche pour sa part un rapport parlementaire.

Six mois après notre passage, un droit de retrait est activé au lycée Berthelot. Le personnel du lycée parle de danger « grave et imminent ». On ne sait plus très bien pour qui. Les élèves ? Les profs ? L'avenir des uns et des autres ? L'alerte n'a qu'un faible retentissement. « Ça doit être lié à la fatigue ambiante », essaie de se rassurer un enseignant. En cette rentrée de septembre 2024, le lycée Berthelot compte 940 lycéens – pour une capacité de 700 places. Pas d'assistante sociale. Pas d'infirmière scolaire. Pas de psychologue de l'Éducation nationale,

---

1. Chambre régionale des comptes d'Île-de-France, rapport d'observation, « Département de la Seine-Saint-Denis. Cahier n° 3 : la construction, la rénovation et l'entretien des collèges », janvier 2023.
2. Rapport d'information n° 1938 sur l'évaluation de l'action de l'État dans ses missions régaliennes en Seine-Saint-Denis, 30 novembre 2023.

d'après les syndicats. Des situations familiales nécessitent pourtant des prises en charge urgentes.

Plus personne n'y croit, mais un bouquet de revendications est envoyé au rectorat de Créteil. Ce que réclament les professeurs mobilisés ? Pas de prime, pas de coup de pouce financier. Mais : « Que les postes soient pourvus et les travaux, effectués. »

« Les parents galèrent déjà pour faire bouffer leurs gosses, vous pensez qu'ils vont se battre pour que le lycée soit digne ? » s'insurge le prof à capuche. La direction ? Elle fait ce qu'elle peut. Propose des voyages à l'étranger, une filière de préparation pour Sciences Po, une Journée européenne des langues. Cela, dans le département le plus pauvre de l'Hexagone.

*

« Nous sommes le point d'entrée dans la République pour des enfants qui n'ont plus beaucoup de portes à ouvrir. »

Celle qui parle est professeure de français. Mélissa Pandor Margulis. Une pile d'énergie, une foi inébranlable dans son métier. Cheveux courts bouclés, débit mitraillette, élocution tranchante. La jeune femme est en poste à Sevran. Un lycée entré en résistance. Ce matin de mars 2024, le soleil tape sur les grilles de l'établissement. Des Caddie bloquent l'accès. À l'aide de Stabilo noirs, profs et élèves ont composé plusieurs slogans.

« Blaise-Cendrars en lutte. »

« On veut un plan d'urgence. »

« Je n'ai plus de table pour écrire. Mais j'ai une bouche pour le dire. »

Dans le rôle clé de la contestataire : Mélissa. Veste bomber vert vif, jogging et banane autour du cou, elle enseigne ici depuis cinq ans. Et dit croire « encore un peu au mérite. Mais le mérite en prend plein la gueule ». Son parcours est un album photo de ce qui marche et ne marche pas en France. Elle a étudié dans un très prestigieux lycée parisien, « dans de vieux bâtiments qui datent du XIXe siècle. Là où il ne pleut pas à l'intérieur des classes ». Puis décroché Sciences Po. Elle l'avoue elle-même, elle n'était pas programmée pour « finir ici », à Sevran. Quand elle choisit cette localité, certains copains de promo se moquent doucement. Pourquoi prendre l'ascenseur social dans l'autre sens ? La désormais prof de français croit le contraire. Elle répond en substance qu'elle et sa bonne volonté leur donneront tort.

Au bout de cinq ans, ce n'est pas son échec qui la mine, mais celui des adolescents autour d'elle. « Offrir des conditions de travail si déplorables aux élèves, ça abîme leur relation à l'État. Éduquer ici est une pure mission de service public. Mais quand la salle dans laquelle vous intervenez n'est pas étanche, qu'on reçoit de la flotte sur le visage les jours de pluie, on est où ? On est encore dans la République ? »

À côté de Mélissa, le visage défait d'un prof d'économie, assis sur un banc. Blond, cheveux courts, il s'apprête à jeter l'éponge. « J'ai trop donné. » Mâchoire serrée. « Les perdants seront d'abord les élèves. » Ne pas lui parler de passion. « Elle est perdue. » Ce qui le désole le plus ? « Les mauvaises orientations des élèves, que l'on emmène vers un précipice. »

Le Medef emploie les mêmes mots. « Les mauvaises orientations coûtent entre 3 et 4 milliards d'euros par an[1] », assène le patron des patrons.

1. Chiffre énoncé initialement par la Direction générale du Trésor, rattachée à Bercy.

Arrivent sur le piquet de grève Sélène et Estelle, 16 ans toutes les deux. L'une a les cheveux noirs, l'autre, des mèches blondes décolorées. « Quand le soleil cogne trop, on colle des feuilles A4 sur les vitres. » La deuxième s'emporte. « Le premier qui me dit que j'ai les mêmes chances que ceux qui sont à Paris, je lui en colle une. » Partout dans la bouche des élèves grévistes, mais aussi dans celle des quelques parents présents en soutien, la même colère contre Paris, ses établissements si bien cotés, les écoles privées et leurs sélections cinq étoiles. Il y a Jeannine-Manuel, l'école la plus riche de France : 9 500 euros à régler de frais de scolarité par an et pourtant 14 millions de subventions annuelles de l'État[1]. D'autres établissements instaurent des oraux pour les élèves, dès le primaire, afin de sélectionner la crème de la crème. On achète une éducation.

Le déséquilibre entre la banlieue et la capitale est aussi démographique. En Seine-Saint-Denis, depuis des années, les effectifs d'élèves augmentent alors qu'ils sont en baisse à Paris. La région promet de sortir de terre davantage de lycées, là où la « tension démographique » est la plus prégnante. Or, dénonce la Cour des comptes, « on construit dans les territoires sous tension alors que des places sont vacantes à Paris[2] », il vaudrait mieux renforcer le système de navettes.

Plus grave : l'État ne dépense pas équitablement la même somme selon qu'un élève est scolarisé en Seine-Saint-Denis et dans d'autres départements : 8 600 euros pour un enfant en moyenne nationale (primaire et

1. Marie Piquemal, « Derrière les murs de l'école la plus riche de France », *Libération*, 7 novembre 2024.

2. « Région Île-de-France, politique régionale pour la construction, la rénovation et l'entretien des lycées », chambre régionale des comptes, Île-de-France, mai 2021.

seconde confondus), 6 800 euros pour un enfant dans le 93. Les chiffres ont été calculés par la juriste Joyce Pitcher (à partir de données émanant de l'Éducation nationale et d'un rapport préfectoral de Seine-Saint-Denis). Cette avocate a fait des inégalités territoriales un combat. Comment expliquer de telles différences ? « Des profs plus jeunes, davantage de contractuels, moins chers que des enseignants titulaires, sans compter les non-remplacements en nombre, ce qui permet d'économiser là où d'autres départements trouvent des solutions plus facilement. La situation est catastrophique partout en France en matière de moyens éducatifs. Mais en Seine-Saint-Denis, elle atteint des sommets, déplore la juriste. Le pouvoir édicte des règles qu'il refuse de s'appliquer à lui-même. Pas de prof, pas de remplaçant. Les familles n'arrivent pas à combler. De ce fait, les autorités accentuent les inégalités. » Joyce Pitcher a défendu douze maires du département le plus pauvre de l'Hexagone dans le cadre d'un bras de fer avec l'exécutif. Les édiles ont chacun publié un arrêté mettant en demeure l'État de débloquer un plan d'urgence pour l'Éducation. En avril 2024, l'arrêté a été suspendu. Motif : la démarche est politique. Pour juger sur le fond, merci de programmer une autre procédure.

« Ces différences de traitement, à part détériorer encore plus le décrochage scolaire d'enfants qui n'ont rien demandé, je ne vois pas ce que cela produit », critique Violaine Mengin, infirmière scolaire et secrétaire générale adjointe du Syndicat national des infirmier·ères conseiller·ères de Santé (SNICS-FSU). Ce qui la heurte le plus ? Les conditions matérielles, on y revient, dans lesquelles certains élèves ont cours. « Et je ne parle pas des consultations avec une infirmière qui se déroulent parfois dans des pièces en sous-sol sans même une fenêtre. Au final, le manque de motivation s'aggrave, la confiance en soi est entamée. Ça touche leur bien-être. »

À Sevran, même les besoins élémentaires ne sont pas toujours satisfaits. On a mis la main sur le « registre santé et sécurité au travail » (RSST) de l'établissement. Un document servant d'outil d'alerte. Le 7 mars 2020, à midi, une mention manuscrite d'un parent d'élève indique : « Fournir et garantir la présence et le fonctionnement du distributeur de savon et de papier toilette dans les W.-C. » La direction cherche une « conciliation ». Davantage de papier toilette est commandé.

Pendant ce temps, les dégradations s'accumulent au sein de l'établissement. Les profs tentent alors une opération commando. Une vidéo est tournée puis postée partout sur les réseaux sociaux. Elle devient très rapidement virale. Sur le ton de l'humour, des élèves ironisent sur la vétusté de leurs classes. On y voit des seaux recueillant l'eau qui coule des plafonds. Les volets cassés. Le manque criant d'équipement. « Excusez-moi, dit un élève en entrant dans une classe, vous auriez des chaises ? » Un autre : « Bien évidemment, on n'a pas de plafond aux toilettes et on fait pipi dans le noir. » Quatre cent mille likes sur TikTok en quelques jours, des millions de vues. Sollicité, le rectorat nous dit ne pas souhaiter commenter. « Ce n'est pas de notre fait. C'est la responsabilité de la région, voyez avec eux. » La région, par la voix de son vice-président chargé des lycées, sort la calculette. « Cette année, on investit un milliard d'euros dans ces établissements publics, explique doctement James Chéron. C'est le plus grand plan d'investissement jamais porté par une collectivité dans notre pays. » On lui montre quelques photos de salles de classe. « Un milliard. » On relance. « Un milliard. » Chose rare, la conseillère communication, juste à côté, soupire, avant de s'excuser, plus tard, pour l'attitude robotique de notre interlocuteur.

Toujours dans les couloirs du siège de la région Île-de-France, un autre interlocuteur met en cause le comportement des élèves du 93. « Sans vouloir être désobligeant, certains sont adeptes de la brutalité. Ils cassent sans réfléchir. Ils ne se rendent pas compte. »

De là à dire que la région fait le minimum syndical... non. La collectivité compte 469 lycées pour un demi-million d'élèves. L'objectif affiché est d'avoir retapé 100 % d'entre eux en 2027. Mille entreprises, 5 000 salariés investis. « Premier chantier d'Île-de-France. »

On résume : les profs de Pantin et Sevran attendent leur tour. La région jure que ça va vite arriver.

*

L'été 2024 passe. Nouvelle rentrée scolaire à Sevran. « Deux classes de seconde ont fermé, sur un total de onze », se désole Mélissa, la prof de français survitaminée. En guise d'explication, la direction glisse que moins d'élèves se sont inscrits en raison de la « mauvaise publicité » faite sur les réseaux sociaux par le clip viral. Conclusion d'un responsable de direction : « Alerter, c'est sanctionner les élèves. » Certains enseignants haussent les épaules. D'autres accueillent la sentence au même titre qu'une baffe.

Côté budget, les prévisions sont généralement communiquées au printemps. Cette fois-ci, ce fut juillet. « Trop tard pour négocier quoi que ce soit », s'écrient plusieurs profs. « Nous n'avons même plus d'interlocuteur, pas de ministre de l'Éducation nationale pour évoquer nos urgences », rétorque la direction. Les élus sont alors paralysés en raison de la nouvelle grippe politique saisonnière : la dissolution. Concrètement, au lycée Blaise-Cendrars, les dotations prévues dans le fonds social pour l'année scolaire 2024-2025 ont été divisées par deux, d'après les syndicats. Cet argent permet d'acheter des vêtements de sport, des lunettes de vue, des pass Navigo pour les élèves confrontés aux difficultés financières les plus grandes.

Mélissa reprend ses cours, « pas désabusée » mais avec « moins de confiance dans l'institution ».

Quelques semaines après la rentrée, l'enseignante entame une session d'oraux. Chaque adolescent de première est invité à s'exprimer au tableau sur un thème défini, qu'il aura préalablement bachoté à la maison. C'est au tour d'une jeune fille plutôt bonne élève de prendre la parole. Mélissa la connaît déjà pour l'avoir eue en classe l'an passé. L'adolescente s'embourbe, ne finit pas ses phrases, mentionne ChatGPT comme pour s'excuser de ne pas avoir effectué correctement les recherches. Elle n'a pas bossé. Et ce n'est pas son genre. Mélissa s'en étonne. Contacte le professeur principal. « Ah, mais t'étais pas au courant ? » La jeune fille de 16 ans dort dans une voiture depuis six semaines, dans une rue du centre-ville du Blanc-Mesnil. Avec sa mère et ses cinq frères et sœurs – le plus jeune est en maternelle. Le père n'a plus donné signe de vie depuis des années. La maman gère seule la fratrie (en Seine-Saint-Denis, une famille sur trois est monoparentale). Elle a été chassée de son logement (le département est champion de France des expulsions locatives).

Informés, les enseignants montent un réseau de soutien. La direction du lycée est sollicitée. Théoriquement, il existe bien des logements de fonction, pour quelques membres du personnel encadrant. La proviseure adjointe n'occupe pas celui qui lui est dédié. Par le passé, mise à la porte de chez elle, une lycéenne a pu bénéficier d'une telle solution. Pas aujourd'hui. « Problème d'assurance, de conformité », étaie la direction, aussi gênée que les professeurs.

Par conséquent, Mélissa et un collègue prof de maths lancent une cagnotte Leetchi. Deux mille euros récoltés en quelques jours. Les moins précaires au chevet des plus précaires. L'argent permet de louer un AirBnb. D'acheter quelques meubles en vue d'un appartement qui reste à décrocher dans le parc privé (les délais pour obtenir un logement social se comptent souvent en années autour de Paris). « Les familles s'appauvrissent à la vitesse de l'éclair dans notre établissement, et nous, on fait des campagnes de dons. »

Mélissa repense à ses camarades de Sciences Po – promo 2014. L'une d'elles est devenue députée. C'est Clémence Guetté, porte-drapeau de La France insoumise, surnommée au choix « la bosseuse » ou « le glaçon ». On interroge Mélissa. N'aurait-elle pas dû faire de la politique, elle aussi ? Pas l'once d'un regret dans ses propos. « Mon métier valide tous les jours l'idée que je m'en fais. L'énergie des profs, ça sert encore à quelque chose. » Puis elle ajoute : « Quand je vois tous les blocages non-stop à l'Assemblée nationale, je n'ai pas l'impression que Clémence ait beaucoup plus de pouvoir que moi. » Lorsqu'on lui demande où elle sera dans cinq ans, Mélissa n'attend pas la fin de la question : « Prof dans le 9-3. » Les enfants, « c'est donner des otages au destin », comme disait Victor Hugo. Et la professeure veut affronter ce destin.

*

Mélissa est-elle en train de devenir une anomalie ?

L'effondrement du nombre de candidats aux concours de profs depuis la fin des années 1990 donne le vertige. En 1997, 108 000 personnes s'étaient présentées pour un poste dans le second degré. Un quart de siècle plus tard, elles n'étaient plus que 28 000. À l'attrait pour le métier durablement entamé, quelle réponse politique ? Une succession illisible de réformes du mode de recrutement sans cohérence, de l'avis même des observateurs. Des à-coups, au gré des ministres allant et venant. Conséquence : à la sortie du Covid, un poste sur cinq ouvert aux concours reste vacant. En maths, c'est l'hécatombe. Certains étudiants sont dragués par des entreprises privées qui proposent des salaires bien plus intéressants et un confort de travail appréciable. Deux qualités que l'Éducation nationale est bien en peine de vanter – à son corps défendant – afin d'« attirer les talents », si l'on reprend la novlangue des entreprises cotées.

17

Les écoles qu'on répare soi-même

Deux écoles sur trois sont situées dans des communes de moins de 10 000 habitants. Alors, quand les mairies sont placées sous régime budgétaire strict, comment venir en aide à des établissements scolaires qui parfois prennent littéralement l'eau ? Réponse : la débrouillardise, encore elle.

Élus, parents sortent les rames, dans un système financier où les plus malins savent tirer profit des aides indirectes de l'État.

Dans cette France où les champs s'étirent et où l'attractivité dégringole tel un toboggan, voici Bain-de-Bretagne, en Ille-et-Vilaine. À l'opposé de la grande agglomération cinq étoiles d'à côté, Rennes, qui sait tirer la couverture économique à elle, Bain-de-Bretagne attend un redécollage qui ne vient pas.

L'école Sainte-Anne appartient au secteur privé. Dans le grand Ouest, le privé et le public ne se regardent pas en chiens de faïence : il n'est pas rare qu'une commune ne dispose que d'un établissement scolaire privé et d'aucun qui soit public.

Collé au portail d'entrée, le bâtiment Anne-Boivent, achevé en 1960 prend l'eau. Des infiltrations, des murs pelés, la peinture verte autour des fenêtres qui s'écaille. Dans la cour, c'est pire. Le préau inquiète particulièrement l'association des parents d'élèves. Il faudrait 13 000 euros pour le retaper. Un devis a été demandé à une entreprise du coin. Cette dernière a tenté le maximum pour compresser les coûts. Ça ne passe pas. Trop élevé, pas dans le budget de l'école. Laurent Rongier regarde le toit qui part en lambeaux. « On remplace morceau par morceau, quand ça s'écroule. Pas le choix. On fait comme les particuliers quand ils vivent dans une vieille maison : on repousse les gros travaux faute de pouvoir tout engager d'un coup. » Le préau ressemble donc à un puzzle décousu de plaques opaques rongées par l'humidité, quand d'autres, transparentes, ont été changées récemment.

Dans une petite salle du rez-de-chaussée, quelques jours avant la rentrée des classes de septembre 2023, alors que l'été tire déjà à sa fin et rend le ciel bleu plus poudré, sept adultes responsables de l'Association des parents d'élèves de l'enseignement libre (Apel), la structure parentale qui soutient la direction dans son quotidien, discutent autour d'une table. Ils sont assis sur des chaises en fer rouge, celles sur lesquelles seront installés les enfants la semaine prochaine. Au centre de la table : une boîte à chaussures recouverte d'un papier de décoration. Et de ce slogan : « Nos super-héros ont besoin de vous. » Comme logo, l'équipe a choisi un bonhomme dont les traits font penser au Petit Prince. Son sourire nous paraît plaintif, mais peut-être surinterprète-t-on.

L'Apel a lancé une campagne de dons en vue de récolter 20 000 euros. En ligne de mire : le fameux préau, mais pas que... « L'école n'est plus présentable, plus sécurisée non plus. »

C'est l'heure du bilan de l'opération. Une maman, chargée des comptes, arbore la mine des grands jours. Le verdict tombe : « Vingt-quatre mille euros. » Soulagement dans la pièce. « Quatre-vingt-quatorze donateurs au total ont répondu présent. » Parmi les bienfaiteurs, surprise : 20 entreprises. « Ce sont des patrons qui ont un enfant, un petit-enfant dans l'école ou qui en ont eu par le passé, détaille Laurent Rongier. C'est toujours dans le cercle scolaire que l'on recrute. » Il n'est pas question ici de sauver Notre-Dame et de recevoir des enveloppes de la part de François Pinault et Bernard Arnault. Mais, toutes proportions gardées, c'est un peu le même modèle. Seconde surprise : des exonérations fiscales sont accordées aux généreuses entreprises. « Vous versez 1 000, l'État vous rend 600. »

Conclusion : un, les écoles primaires dans un piteux état ont la possibilité d'être – en partie – remplumées grâce aux dons. Deux, *in fine*, c'est bien l'État et le contribuable qui rincent. Trois, tout cela concourt à renforcer les inégalités territoriales, selon que la commune est richement fournie en entreprises ou non.

Voilà pour les bâtiments. En matière de budget à présent, la même logique s'applique, dans des proportions bien plus grandes, pour les écoles. En effet, ce sont les mairies qui financent le fonctionnement des établissements jusqu'au CM2.

On entend déjà des voix s'élever, se plaindre que les inégalités dans les écoles primaires et maternelles, faut pas exagérer, c'est minime, qu'il convient de ne pas tout noircir. Ce n'est pas l'avis de la Cour des comptes. Dans un rapport cinglant[1], celle-ci montre que d'une commune à l'autre, un élève peut bénéficier de 4 500 euros de dépenses locales annuelles quand des villages affichent seulement 250 euros de dépenses par an et par tête, les pires disparités étant enregistrées dans les territoires d'outre-mer.

*

Qui paie quoi, dans le système éducatif actuel ? La France compte 59 000 établissements scolaires, dont 48 500 écoles. L'État dépense environ 80 milliards d'euros par an, somme quasi intégralement consacrée à la rémunération du personnel éducatif. Les collectivités assurent le reste, à commencer par les bâtiments et les frais de fonctionnement. Facture globale pour lesdites collectivités ? Trente milliards d'euros par an. La moitié de ce budget important est portée par les communes.

Les inégalités ne s'arrêtent pas au budget. La Cour des comptes relève un manque d'équité dans les moyens d'accompagnement ainsi que d'encadrement des équipes pédagogiques... Un modèle de gestion jugé « cloisonné, centralisé, très vertical », avec un schéma directeur où l'on « privilégie certains parcours à d'autres ».

*

Le bourg de Saint-Barthélemy est un territoire vallonné du Morbihan. Ici, les logements sont composés

1. Cour des comptes, note thématique, « Privilégier l'approche territoriale et l'autonomie dans la gestion des dépenses d'éducation », juillet 2023.

de moellons de schiste et de granite. La débrouillardise fait partie du décor.

À trois jours du coup d'envoi des cours de septembre, madame la maire se glisse dans les habits du pilote de chantier. Ce vendredi, elle cornaque plusieurs élus du conseil municipal, appelés à l'aide pour rafraîchir bénévolement l'école communale qui en a grand besoin. Dans une classe, on sort les pinceaux et la peinture blanche. L'établissement est installé dans l'une des vieilles maisons du centre-bourg. L'escalier grince, le parquet flottant montre des signes d'usure. Gilles Le Pessec, conseiller municipal, un pinceau dans une main : « On pourra seulement finir dimanche. » Ses chaussures bateau prennent un peu de peinture au passage.

Salle d'à côté, un autre conseiller municipal raccommode le système électrique. « Je suis mécanicien de formation, avant je travaillais dans la métallurgie. » L'usine a périclité.

La maire de Saint-Barthélemy s'inquiète que le calendrier de rafistolage ne soit pas respecté. Lunettes, chemisier, écharpe, tout est rouge chez Yolande Kervarrec. Assise à la place de la maîtresse, dans une salle de classe du premier étage, elle déroule la suite des chantiers devant ses élus. « Il reste le nettoyage de la cour et une couche de peinture pour les toilettes. »

Ces contributions gratuites permettent à la commune d'économiser plus de 4 000 euros. « On n'est pas Versailles, préfère rire l'élue. On n'a pas les moyens des grosses communes, ni les mêmes agents aux compétences multiples. » Ne pas lui faire dire ce qu'elle ne dit pas. Yolande Kervarrec ne se plaint aucunement. Elle cherche des solutions. Point barre.

Saint-Barthélemy n'a pas de hauts fonctionnaires pour piloter la politique de la ville, mais elle a de la bonne volonté à revendre. Parmi les forces vives sollicitées, il y a Nolwenn et Donovan. La première a 14 ans. Tenue de travail : Converse aux pieds, robe d'été. Le second, 17 ans, des baskets et un jogging. Pour 15 euros d'argent de poche par jour, durant deux semaines, ils ont contribué eux aussi aux travaux de l'école communale. Peinture et petit bricolage. Afin de les rémunérer, la mairie a voté une ligne budgétaire supplémentaire. Quinze euros par jour ? Quand d'autres soupirent devant une somme si dérisoire, eux sont ravis de l'opération. « Ils ont été bien élevés », justifie madame la maire, très fière de sa politique « inclusive ».

Si on additionne le boulot des élus et des adolescents, grâce à eux, le jour de la rentrée, l'école apparaît poudrée comme il faut. Le maquillage produit son petit effet. Un miracle du quotidien, dans des villages où – magie du supplément d'âme – on apprend à broder avec moins.

*

Que faire, cependant, quand les travaux nécessaires ne relèvent plus du pansement mais de l'investissement de centaines de milliers d'euros, à la charge de la commune ?

En plein cœur de la Bretagne, Peillac est situé sur le bassin versant de la Villaine. Le maire, Philippe Jegou, nous attend au rez-de-chaussée de l'hôtel de ville, à côté de la secrétaire. Sur la table, une flopée de dossiers administratifs, pour montrer l'ampleur de la tâche dont il souhaite nous parler : la construction d'une nouvelle école. « Quinze ans pour y arriver. »

Il n'a pourtant pas été très difficile de trouver le terrain. Celui-ci est collé au portail de la mairie. C'est tout le reste qui s'est révélé ardu. « Un chemin de croix. » Permis de construire, budgets, financements... Sans compter le cœur du problème : les entreprises qu'il faut convaincre. Ici, les entrepreneurs ne se battent pas pour décrocher un appel d'offres, ils regardent ailleurs. « J'ai beaucoup poussé pour que les prix baissent, du coup, plusieurs patrons refusaient ou n'allaient pas au bout. » Pour ne rien arranger, le prix des matières premières s'est envolé en quelques mois. Plus 30 % pour certains matériaux. Il a fallu corriger la facture globale, rattraper par la main des PME davantage intéressées par le bâti de maisons individuelles. Finalement, Peillac pose un million d'euros sur la table. Pour faire passer la douloureuse, les chantiers sont découpés.

Fin août, en cette avant-veille de rentrée, un tronçon entier de l'école est sur le point d'être livré. La structure extérieure est en bois sombre, coiffée d'un élégant toit en ardoise. Dans une classe, le directeur, qui est également professeur pour la classe de CM1-CM2 – en milieu rural, les enseignants pratiquent le cumul contraint de mandats –, installe les dernières fournitures. Des demi-balles de tennis sont aux pieds des chaises sur lesquelles les enfants s'installeront dans deux jours. « Pas question de rayer le nouveau revêtement de sol. » Pour cette saison, les chaussures des élèves resteront à l'entrée. Quand ils seront en classe, les enfants porteront seulement des chaussettes. Afin que le sol garde son éclat « le plus longtemps possible ». Le prof ajoute : « On leur apprend à respecter le matériel, à respecter les autres mais aussi et surtout à se respecter soi-même. »

18

Élève le jour, SDF la nuit

En France, plusieurs centaines d'enfants se rendent quotidiennement dans des établissements scolaires tout en dormant, le soir venu, dans la rue.

Dans la capitale, ils font leurs devoirs au pied des grands magasins ou devant l'Hôtel de Ville. Ce qui devrait offusquer indiffère. Même la solidarité pour leur venir en aide semble atteinte par une forme rampante de désaffection.

Si on jouait au Monopoly version contemporaine, ce serait l'une des cases les plus chères. Paris, 4e arrondissement. Rue du Renard. Un quartier colonisé par AirBnb. Le prix du mètre carré y est de 2 000 euros supérieur à la moyenne de la capitale. Les touristes affluent dans cet hypercentre *hype*, à mesure que les maternelles et primaires, elles, se dépeuplent. Faute de naissances.

Au pied d'une piscine municipale et d'une école publique dorment ce soir de fin novembre une dizaine de familles. Toutes sous des tentes Quechua.

Une maman compte. Il lui reste deux couches. Son bébé de 3 mois triture une paille en plastique. « Les draps sont à moi », revendique-t-elle fièrement alors qu'elle essaie désespérément, sous la tente, d'installer un semblant de lit entre un sac de courses et une valise. Trois mètres plus loin, une autre mère de famille. Son petit de 2 ans tousse à n'en plus finir. Son nez coule sans interruption. La grande sœur, 4 ans, empaquetée dans sa doudoune couleur caramel, refuse de rentrer dans l'abri de fortune. Elle veille à l'extérieur, après avoir avalé un menu Poulet & Bucket pris à emporter chez KFC et qu'il convient de partager en trois. La famille vit dehors. Un mois que ça dure. La fillette est scolarisée en maternelle, à trois stations de métro d'ici. « On ne va surtout pas camper devant », se justifie la maman qui a donc trouvé cet emplacement un peu éloigné... au pied d'une autre école.

La nuit est glaciale. Juste quelques pleurs sous les tentes. Dans la rue adjacente, les bars finissent leur service vers minuit. Trottoir d'en face, le musée Beaubourg est en sommeil. Ne voient le campement que ceux qui s'y intéressent.

Le matin, au moment de déposer leurs enfants devant l'établissement primaire collé aux tentes, des parents offrent quelques vêtements. Une des mamans remercie à trois reprises. Puis, une fois seule : « Je fais le tri, je garde ce qui est portable en hiver. »

Elle et sa famille viennent de Côte d'Ivoire. Pas de papiers. Mais en France, le droit à l'instruction est garanti pour les enfants jusqu'à 16 ans. Indépendamment du statut administratif de la famille. Traduction : peu importe que l'on ait ou non des papiers. L'école est un sanctuaire.

La mère ivoirienne parle du regard des « autres », au moment de déposer l'aînée en classe. « J'ai honte », murmure-t-elle, sans avoir la certitude que « les autres » savent, pour sa situation de sans-abri. Souvent, elle part la première. Ou demande exceptionnellement à d'autres sans-papiers d'accompagner sa fille à sa place.

*

Le parvis de l'hôtel de ville de Paris est baigné de jaune. Les lumières de Noël déjà à l'œuvre en cette fin novembre. Vingt-deux heures, une douzaine de poussettes sont regroupées, les nourrissons, emmitouflés. Autour, des parents frigorifiés. Tous sont sans-papiers. Courent autour des enfants scolarisés en maternelle et au primaire. Chaque soir, quelques associations leur viennent en aide. Nourriture, santé, démarches administratives. Le problème, ce n'est pas l'offre de services, mais le suivi des aides.

Certaines poussettes font office de garde-meuble. Vêtements, cahiers... Leurs vies tiennent sur quatre petites roues en plastique.

Un père, érythréen, désigne du doigt ses quatre enfants. Trois d'entre eux sont scolarisés. D'un cartable impeccablement entretenu, il sort un certificat de scolarité. Celui de son aînée. « Régime demi-pensionnaire. » Pour que son père se fasse comprendre, c'est l'aîné qui effectue les traductions du tigrigna (l'une des langues de l'Érythrée) au français.

De l'autre côté du parvis, au pied du BHV, l'un des grands magasins du centre de Paris, les vitrines de Noël sponsorisées par des marques de luxe voient défiler des oiseaux automates papillonnant dans des forêts de guirlandes scintillantes. Aux pieds d'une vitrine, une autre fratrie érythréenne passe la nuit, allongée sur des cartons étalés à même l'asphalte. L'aînée tient dans les mains les aventures de *Harry Potter*, format poche.

Elle se concentre pour étudier un passage, qu'elle doit expliquer en classe dans deux jours. La lumière du magasin lui sert de lampe de chevet. Les parents, exténués, dorment déjà, enroulés dans plusieurs manteaux. À leur côté, un bébé, immobile, dans une poussette. On s'inquiète pour sa santé. « C'est bon, il respire », dit l'élève de CM2 dans le rôle de protectrice. Zéro degré dehors.

Elle parle avec clarté, colère et résignation. Elle décrit un épisode « traumatisant », lors de ses précédentes vacances, celles de la Toussaint. Un vidéaste influenceur l'a subrepticement filmée pendant plusieurs jours, quelques minutes à chaque fois, pour alerter sur les conditions de vie des enfants qui dorment dans la rue. La vidéo a été diffusée sur TikTok. Des parents d'élèves ont reconnu la jeune fille. Des élèves l'ont interpellée en classe. « Je veux pas retourner là-bas », a-t-elle dit à ses parents, avant de se ressaisir et, courage intense, de reprendre le chemin de l'école.

Elle a 11 ans, en paraît 15. Elle est abîmée physiquement. Le froid attaque son front, ses joues. Elle est craintive mais formule des phrases avec la même puissance qu'un cador du barreau de Paris. « On y arrivera, je sais, c'est écrit quelque part. » Dans sa famille, il n'y a plus de hiérarchie pour savoir qui veille sur qui. « Tous, on y arrivera. »

Les sourcils froncés, elle conclut : « Je ne veux pas être filmée. » C'est son unique demande.

Chaque soir en France, au moins 2 000 enfants dorment dehors, dont près de 500 ont moins de 3 ans[1]. Une hausse de 120 % en quatre ans. « Le chiffre est ter-

1. Unicef France, baromètre « Enfants à la rue », 6e édition, août 2024.

rible et pourtant totalement sous-évalué, éclaire Manuel Domergue, directeur d'études pour la Fondation pour le logement. La faute du gouvernement qui cherche à réduire les dépenses. Il ferme des chambres dans des hôtels d'accueil [pour les sans-abri]. » Manuel Domergue en a vu, des hivers épouvantables, des solutions qui tardent à se concrétiser. Là, il parle d'un « triste record ». « On fait des économies sur le dos de familles sans maison. »

Le gouvernement a une tout autre lecture : 200 000 places d'hébergement d'urgence disponibles tous les soirs. Coût : 6 millions d'euros au quotidien.

*

Paris est une ville à générosité variable. Y compris en matière de solidarité.

Dans l'hypercentre, des parents d'élèves de l'école Saint-Merri proposent des collectes de jouets et de vêtements alors qu'en cet hiver 2023-2024, une quinzaine d'enfants dorment littéralement devant l'entrée de l'imposant bâtiment désigné « équipement remarquable » par l'Éducation nationale. La mairie de quartier tarde à réagir. Un collectif emmené par une juriste en droit international, Eve Shahshahani, écrit alors une lettre ouverte à la maire de Paris. « On célèbre en grande pompe dans des salons d'apparat de l'Hôtel de Ville l'engagement citoyen et la solidarité. Il manque quelques personnes sur la liste des invités : celles et ceux qui dorment par un froid austère sous ses fenêtres. » Quelques jours plus tard, certains adolescents du campement Saint-Merri sont reçus par les équipes de la mairie de Paris. À la sortie, l'un d'eux s'étonne de voir qu'à l'intérieur des bâtiments municipaux, « on chauffe les statues ». Il parle des radiateurs.

Un soir glacial de décembre 2023, à 20 heures, le collectif joint les services municipaux pour accroître la pression. On leur promet d'ouvrir des gymnases, mais attendre n'est pas une option. « Patience, ça sera bon pour Noël. » Nouveau coup de pression. Cette fois, les parents d'élèves lancent la menace d'occupation. Vingt-trois heures, nouveau message de la mairie, laquelle ne s'oppose plus à l'ouverture immédiate de quelques gymnases. Deux heures du matin, un bus est affrété pour que des mères et des enfants scolarisés soient pris en charge dans un lieu chaud.

Au même moment, dans le 18e arrondissement, une cinquantaine d'enfants dorment dans la rue. « L'alternative aujourd'hui, c'est laisser des enfants dehors ou leur offrir une place dans une école, tonne Éric Lejoindre, le maire PS d'arrondissement. Si on veut faire République, si on veut – pour reprendre une expression tellement à la mode – être de vrais Français, on ne peut pas accepter que des enfants soient structurellement à la rue. La société tout entière doit se mobiliser. »

Dans les faits, aucune mobilisation. Aucun sursaut. À l'exception de quelques parents d'élèves et professeurs qui, là encore, actionnent le bouton débrouillardise au prix d'une considérable énergie. Cette fois, il est même nécessaire de flirter avec l'illégalité. Plusieurs écoles, notamment dans le quartier populaire de la Goutte-d'Or, deviennent des refuges pour quelques familles en grande détresse, qui n'ont aucune solution de logement. « Les textes ne le permettent pas, l'urgence, si », résume un parent d'élève.

Bonnet noir scellé sur la tête, Julie, une mère de famille sans-papiers d'origine subsaharienne dort avec son petit garçon dans une classe aux murs couleurs pastel. L'enfant est inscrit en maternelle dans ce même établissement qui, ce soir, l'accueille faute d'hébergement.

Pour lui, les cours s'arrêtent à l'heure du goûter. Enveloppé dans sa doudoune jaune poussin, il sort dans la rue, retrouve sa maman, ils errent pendant presque deux heures, puis reviennent, incognito, afin de prendre une place au fond du couloir, dans cette classe chauffée autour de 20 degrés. Tables et chaises ont été préalablement poussées par l'équipe enseignante. Plusieurs matelas sont empilés afin de constituer un lit le plus mou possible. Des draps sont disposés. Julie et son fils peuvent utiliser les sanitaires. Un large lavabo, là où les élèves se lavent les mains avant la cantine, est rempli d'eau afin que le petit puisse prendre un mini-bain. « Moi, je ne rentre pas dedans », plaisante Julie. Pour elle, un gant, de l'eau tiède. « J'ai honte d'offrir ça à mon fils, honte de ne pas pouvoir lui donner plus. »

Pendant des semaines, Julie assure avoir joint tous les soirs le 115. Saturé. « On me dit : "Rappelez dans une semaine. Désolé." Je retente le lendemain, ça marche pas. Je suis un peu perdue. »

La direction de l'école ne fait pas de publicité sur cette mesure d'urgence. Peur que les autorités compétentes lui tombent dessus. Le rectorat est au courant, il ferme les yeux, à condition que ça ne s'inscrive pas dans la durée.

Dans le rôle du pare-feu : une poignée de parents d'élèves. « Dormir dans une classe reste une solution de secours et d'urgence. C'est aussi un petit miracle », résume Manon Luquet, du collectif Une école/un toit.

Le matin, Julie presse son fils de se réveiller. Un petit déjeuner est bricolé. Madeleine, pain de mie, en fonction des dons et produits récoltés à l'intérieur de cet écosystème de fortune. Puis le petit garçon à la doudoune jaune poussin sort de l'école. Avant que tous les copains ne prennent le chemin de la classe. Lui fait croire qu'il arrive en retard. On lui a conseillé de cavaler, dire qu'il est à la bourre. Puisse le soupçon ne jamais s'installer.

Les oubliés apprennent vite à courir.

*

@BIBIBABIDIBOUM : Où est le père ? Quand allons-nous rendre responsables les pères qui abandonnent totalement leurs devoirs et responsabiliser les gens ?

@RECONQUISTS : C'est aux pro-immigration d'avoir honte... Leur faire miroiter le rêve alors que c'est l'inverse. D'ailleurs ils font quoi ces gaucho ? Ils en hébergent j'espère ou ils savent juste couiner sur internet ?

@DALLASMYMY : Que la France arrête de financer les guerres des autres et s'occupe de la misère qui enfle.

@PHILIPPECOLLET8 : C'est nous qui devrions avoir honte.

@BOURNYD74034 : #remigration

@BABOïTCHOU : Il faut à tout prix retirer ses enfants à une mère indigne qui les soumet à la pauvreté extrême.

@GUEUTALC : Blablabla c'est des sans-papiers donc des illégaux on va pas assister indéfiniment des immigres illégaux merde un peux de vision des choses !!

@FHOURQUIN : Et après on va être scandaliser quand la maman va scouater un appartement (et oui c'est inadmissible). Mais punaise il y a un truc qui ne vas pas dans ce pays. Laisser des enfants dehors quand des bâtiments sont vides.

@JCHARLESDESPREZ : Mais que diable, que font les services sociaux, que fait l'Etat ? La France est parait-il la 6ème puissance économique mondiale ?

@ZIGOTO01 : Mais les comédiens qui faisaient tant de bruit pour ceux qui dormaient dehors se taisent aujourd'hui.

@MARREDESWOKES : Si c'est des français, c'est une honte.

@JOHNNYBOUQUET : Les parents ont la charge des enfants avant tout.

@LDENOMBRE : Retour en Afrique tout supplément.

@CBIENVOILA91567 : Toujours utiliser des enfants, ça fait du sensationnel.

@MOISAN_MADO : Moi aussi, j'ai honte de cette France !

19

Lutte contre le harcèlement scolaire : une ambition française

Portée par les gouvernements successifs comme une priorité nationale, la lutte contre le harcèlement produit de beaux discours ministériels, mais peine encore trop souvent à faire ses preuves sur le terrain. Le poids de l'administration y est pour beaucoup. La lenteur de la justice, également.

Dans la chambre d'Inès, un poster vante les champions mondiaux de boxe « *featherweight* », poids plume. À côté, dans un recoin, quelques bijoux et produits de beauté posés au bord du bureau, presque comme s'il fallait ne pas gêner. La violence et l'élégance dans une même chambre.

Inès a subi pendant plus de sept ans un harcèlement parfois souterrain, parfois explosif, au motif initial qu'elle n'était pas assez élégante, « pas assez meuf », pas assez de tenues cool, pas assez comme les autres. Les attaques commencent en CM2. École Jean-Jaurès, certaines camarades la regardent de travers. Les choses empirent au collège. Onze ans : elle subit une tentative d'étranglement. Deux marques de chaque côté du cou. Inès n'ose rien avouer à sa mère, qui l'inonde de questions. Elle invente. « Je me suis brûlée à cause de mon fer à lisser les cheveux. »

Inès s'enferme, mutique. Il y a des bousculades dans la cour, des coups, dont elle est la victime. Des mots incendiaires reçus sur son téléphone portable. Pendant des années, Inès ne se confie à personne.

« On va te tuer. »

« T'es morte. »

« Lundi, on va t'attraper. »

« T'as rien dans la tête. »

« T'es tellement pas intelligente. »

Devant la glace de sa salle de bains, Inès vacille. « Ils ont peut-être raison, après tout. » Avec le recul, elle se rappelle cet épisode qu'elle baptise « la double cruauté ». Double parce qu'étalée sur des années, parce que laissée sans réponse.

« C'est très compliqué, la confiance en soi, quand on vous la vole. C'est dur de la reprendre. »

Il faut s'arrêter un instant sur Inès. Physiquement, c'est une adolescente « normale ». De grands yeux noirs, de jolis cheveux ondulés. Un appareil dentaire qu'elle sait cacher en souriant. Mentalement, en revanche, parce qu'elle ne pratique pas la culture du « clash » avec ses camarades de classe, qu'elle déteste déranger, Inès devient une cible, une proie facile. Les autres rient, un rire collectif, en toutes circonstances. Dès qu'elle est attaquée, Inès s'enferme dans le silence. Pour les harceleurs, c'est la promesse d'une surenchère.

« J'ai pensé au suicide, dans ma chambre, le soir. Surtout en cinquième. Plusieurs fois. [Long silence.] Plusieurs fois. »

L'année de troisième prend la forme d'une courte libération. En effet, après s'être enfin confiée à ses parents, Inès change d'établissement. Collège privé Saint-Didier. Sur la plaquette, il est écrit : « Respect, confiance, entraide ; les mots d'ordre pour garantir un climat d'apprentissage des plus favorable. » Mille cinq cents euros l'année.

Le père et la mère d'Inès puisent dans leurs économies. La famille vit modestement. « Le privé, un an, pas plus. » Inès se reconstruit.

Au lycée, elle retourne dans le public. Et recroise d'anciennes connaissances. Ces dernières savent appuyer là où ça fait mal. Le mécanisme de harcèlement reprend. Le poison n'a pas d'heure, pas de limite géographique, il s'invite à la maison, par des messages sur les réseaux sociaux, par des SMS. Avant le règne des smartphones, le harcèlement s'arrêtait à l'heure du goûter, aux portes du domicile.

Cette fois, Inès se confie à sa mère qui organise plusieurs réunions avec la professeure principale. Cette dernière comprend le désarroi exprimé et tente de bouger les lignes. La direction de l'établissement se trouve obligée de réagir après qu'Inès a reçu des coups de poing au ventre. Une exclusion est prononcée. Trois jours à l'encontre de l'adolescente qui l'a agressée.

Inès n'en finit pas pour autant de sombrer. Retourner au lycée, soutenir le regard de la harceleuse est insurmontable. Un médecin l'oblige à s'arrêter dix jours, comme on le ferait pour un accident de travail. Une phobie scolaire naît. Parfois pendant plusieurs jours, Inès reste terrée chez elle, incapable de penser au chemin de l'école sans s'écrouler. Plusieurs mains courantes sont déposées. Rien ne change.

Le bac approche. Inès réalise des captures d'écran des propos haineux qui s'accumulent sur son smartphone. Le soir, avant le dîner, sa mère développe une nouvelle stratégie : « Même si untel t'insulte, tu réponds pas, tu réponds jamais, tu fais ton travail, tu écoutes les profs et personne d'autre et tu vas réussir. » L'adolescente voudrait que tout s'efface. Sa peine, celle de sa mère. L'une alourdit l'autre.

La famille se résout à joindre un avocat. Maître Jacky Attias travaille bénévolement, parce que, assure-t-il, la détresse des lycéens « ne se monnaie pas ». Dans son bureau – capharnaüm où les dossiers s'empilent –, il nous montre les courriers adressés aux établissements scolaires fréquentés successivement par Inès. Il retrouve également les lettres à destination du rectorat.

Pendant de nombreux mois, l'homme de loi – cheveux gominés, lunettes d'écaille – fait marcher son réseau, passe des coups de fil quand ça bloque, auprès d'enquêteurs qu'il connaît pour certains depuis des décennies. Au détour d'une phrase, il demande si « ça va bientôt se décanter pour Inès ».

Au bout de trois ans : toujours rien.

« Le message envoyé par la justice est terrible. Elle démontre qu'elle ne peut rien faire. La faute aux embouteillages chez les juges. Quand vous déposez plainte au commissariat, on va traiter d'abord les violences faites aux femmes. C'est devenu une priorité. Très bien, d'ailleurs, on peut tous s'en féliciter. Mais derrière, les autres plaintes restent dans l'ombre. » Et le dossier d'Inès ? « Je sais comment ça finira. J'aurai le droit encore pendant des mois à "l'affaire suit son cours", puis, à la fin, on prononcera les mots qui achèvent : "classement sans suite". On veut faire du harcèlement scolaire une grande cause nationale, la Première dame en parle tout le temps. De belles paroles. Mais pour passer aux actes, c'est toujours la même défaillance. On ne la connaît que trop bien, cette carence. »

Joint, le rectorat de Versailles assure par mail que depuis des années tout a été mis en œuvre pour que la scolarité d'Inès se déroule dans de bonnes conditions, ajoutant que l'équipe pédagogique a effectué ce qu'il convenait de faire.

Inès, elle, malgré les cicatrices intérieures, semble s'en sortir. Elle envisage des études dans le paramédical, « pour accompagner des malades ». Quelques mois après notre rencontre, elle écrit ce SMS et annonce avoir décroché son bac, mention « assez bien ». « J'ai eu les félicitations pour le dernier semestre grâce à ma prof principale qui m'a toujours soutenue. »

*

L'ampleur du harcèlement scolaire est difficile à quantifier. L'Éducation nationale a entrepris une vaste étude, en février 2024, dans laquelle des élèves du CE2 à la terminale devaient répondre de manière anonyme. Bilan : un élève par classe est victime de harcèlement. Constat sans doute sous-évalué.

Autre enseignement : les violences, notamment en ligne, prospèrent dès le plus jeune âge. Un enfant sur cinq dit en avoir fait les frais.

Prenant connaissance de l'étude, le ministère de l'Éducation parle de « véritable fléau » et fait comprendre que la table sera bientôt retournée.

La boîte à promesses est ouverte. Les formations pour les profs vont s'intensifier. *Idem* pour les interventions de sensibilisation auprès des élèves.

Un slogan est même trouvé : « 100 % prévention, 100 % détection, 100 % solution », claironne le ministère de l'Éducation. En plein cœur de l'Hémicycle, la députée Karine Lebon (gauche démocrate et républicaine) dénonce une « formule marketing ». Elle exige des chiffres, afin de savoir combien l'État dépense en matière de réponse au harcèlement. « Trente millions d'euros pour la lutte contre le harcèlement à l'école, avec la création de brigades anti-harcèlement dans chaque académie, soit 150 emplois à temps plein[1] », réplique le gouvernement. La députée n'est pas la seule à soupirer en lisant les chiffres. Les syndicats de l'Éducation nationale aussi, qui réclament des embauches d'infirmières scolaires, de CPE, des rendez-vous médicaux obligatoires pour tous les élèves et des classes nettement moins chargées.

Impossible.

Trop cher.

Certes, des sensibilisations contre le harcèlement se multiplient en milieu scolaire. Mais ces actions demeurent par nature inégales selon la qualité des interlocuteurs ainsi que les lieux où elles se déroulent. Les grandes villes, où les médiateurs et formateurs sont plus nombreux, apparaissent comme systématiquement privilégiées. Les zones rurales et périphériques, sous-dotées. Tout le monde fait au mieux. Mais le mieux n'est pas certain.

*

Parmi les adversaires du harcèlement, il en est une qui mène un combat remarquable et avec constance : c'est Noémya Grohan. Son livre *De la rage dans mon cartable*[2] décrit ses années de calvaire. Quatre ans de violences physiques et verbales au collège. Au départ, elle se dépeint comme une élève « tout ce qu'il y a de plus normal ». En sixième, subitement, la voilà ciblée.

1. Réponse écrite du gouvernement, le 2 janvier 2024.
2. Le Livre de poche, 2014.

« Je n'ai pas compris ce qui m'arrivait, témoigne-t-elle lors d'une table ronde, devant une cinquantaine d'étudiants de l'Edhec-Business School à Nice. Je ne pensais pas que la violence gratuite à 11 ans existait. » Les détails sur les coups, les insultes... elle ne cache rien, ne s'apitoie pas. Au fond de la salle, les quelques élèves qui pensaient assister à une tiède sensibilisation en sont pour leurs frais. Silence de plomb. Certains pleurent. « Le harcèlement n'existe que parce qu'il y a un groupe. Sans public, pas de harcèlement. Si on garde le silence, on devient complice. »

Les élèves, Noémya sait comment les atteindre. Dans tout l'Hexagone, qu'elle parcourt pour sensibiliser, elle a déjà discuté avec des milliers d'entre eux. Le problème, ce sont les responsables scolaires. Celle qui est présidente et fondatrice de l'association Géner'action solidaire critique le silence des directeurs d'établissement. « Sur le terrain, je ne compte plus le nombre de fois où j'ai recueilli des témoignages bouleversants d'élèves, parfois dès le CP, rencontrés au sein même des écoles. Dans ces cas-là, je demande à parler aux responsables scolaires. Je leur propose par exemple des ateliers. Ils me répondent très souvent : "Pourquoi vous voulez que l'on parle de ça ? Y a pas de harcèlement ici." L'image des établissements scolaires joue pour beaucoup. Ils ne veulent pas de vagues. » La neutralité est un gilet pare-balles. Toujours dans l'intérêt, finalement, de l'agresseur, jamais de la victime.

Est-ce à dire que l'Éducation nationale ferme les yeux en permanence ? Non.

Y a-t-il des blocages ? Assurément.

*

À Nice, tous les vendredis, dans l'école Ronchèse et ses 434 élèves, le même rituel. La directrice organise des ateliers de sensibilisation. Les plus grands, en CM2, apprennent aux plus petits comment répondre aux situations de harcèlement. Ce matin-là, un livre est lu par deux enfants de 10 ans. L'histoire ? Paul embête Arthur, qui se mord les lèvres et garde pour lui. Jusqu'à un retournement de situation, une prise de conscience. Arthur reprend le pouvoir. Il dénonce, se libère.

Comme si un magicien était passé, les petits visages des enfants s'illuminent. Le *happy end*, raconté par les grands, sidère le public. La directrice, Marie Grimaldi : « Les enfants sont capables de comprendre l'empathie et la gentillesse. » Un garçon de 6 ans, longues mèches et veste en jean : « Faut toujours dire à un adulte, sinon le problème, il s'aggrave. » Un copain, juste à côté, des frisottis dans les cheveux : « Si on a peur, y a les adultes. Les adultes, c'est fait pour ça. »

Madame la directrice reste en retrait, les paroles des élèves rebondissent entre eux.

Quelques semaines plus tôt, une autre sensibilisation a eu lieu. Une visite dans un tribunal. « Pour comprendre que la justice, ça ne regarde pas uniquement les grandes personnes. »

CINQUIÈME PARTIE

LE RESSENTI D'INSÉCURITÉ

Préoccupation majeure des Français, l'insécurité mérite que l'on prenne mille précautions.

La distinction entre les faits et leur perception est telle que, dans son rapport annuel, le ministère de l'Intérieur est obligé d'ajouter ce sous-titre : « Vécu et ressenti en matière d'insécurité ».

L'une des sources principales d'insécurité – et nul ne le conteste – se trouve être le trafic de drogue. Il y a une quinzaine d'années, le terme « narcotrafic » entrait à peine dans le langage courant. Depuis, l'expression est partout, le thème sature l'espace médiatique autant que politique. Et pourtant, sur le terrain, la plupart des acteurs continuent de se considérer comme oubliés. En première ligne : les forces de l'ordre. Beaucoup regrettent de trop maigres moyens, une stratégie erratique et, plus encore, le sentiment d'être peu reconnus pour leur travail. En première ligne également : les habitants eux-mêmes. Témoins de ce trafic qui prospère, ils payent un lourd prix, celui de l'impuissance qui entrave leur quotidien.

Au-delà des stupéfiants, le trafic investit l'arrière-cour de la société française. Les nouveaux visages de l'arnaque sont hors des radars. Ils visent les oubliés. S'adaptent à leurs colères.

Et puis il y a les situations extrêmes de violence. À Mayotte, dès le collège, des enfants s'affrontent à coups de barres de fer et de machettes. Les sorties d'école se font sous protection armée de la police qui déploie des drones pour espérer éviter des affrontements entre bandes rivales prépubères. Là-bas plus que partout ailleurs en France, le sentiment d'abandon rugit.

20

Trafic de drogue : tant d'efforts, tant d'oubliés

La lutte contre les narcotrafiquants nécessite de lourds moyens financiers, rappellent à l'envi tribunaux et dirigeants politiques. Mais aussi beaucoup d'énergie et de considération, ajoutent les forces de l'ordre. C'est cet aspect qui nous intéresse ici. Pourquoi policiers et gendarmes se sentent-ils à ce point esseulés dans leur lutte quotidienne contre les trafiquants de drogue ? Pourquoi un tel degré de souffrance dans leurs rangs ?

Enquête dans le sud-est de la France, au sein de villes moyennes harponnées par le trafic de stups. Où les efforts ne sont pas toujours là où l'on croit.

Abonné au terrain, depuis vingt ans déjà. Drogue, homicides, violences conjugales. Lui, la grande gueule, le gaillard, fan du ballon rond, qui a le tutoiement facile. Un optimiste, « même quand ça ne va pas ». Il est brigadier-chef au sein de la BAC, quelque part entre Marseille et Montpellier. Pas de lieu précis mentionné ici, pour éviter tout ennui avec la hiérarchie. On l'appellera Tib.

Ce soir, dans sa voiture banalisée, après déjà deux rondes sur des points de deal, le voilà qui fonce, 115 kilomètres à l'heure, sur une petite route où la circulation est limitée à 30 kilomètres à l'heure. Deux individus ont voulu se mettre sur la gueule. Menaces, violences, pas très discrètes puisque proférées au pied de l'hôtel de ville. Une des deux personnes, blessée, livre des détails sur son agresseur. Maintenant il faut le retrouver. Il a été vu déguerpissant à bord d'un Berlingo blanc. Avec deux collègues de la BAC, Tib arpente les principaux axes. Puis se recentre sur les « lieux stratégiques ».

La galerie commerciale.

Le buffet asiatique avec son menu « à volonté » pour moins de 15 euros.

Le McDo.

Soit la sainte trinité des villes moyennes.

Tib n'a pas le temps de venir à bout de cette mission qu'une autre s'invite. Une adolescente retrouvée dans son appartement dans un état jugé préoccupant.

La journée de boulot n'a commencé que depuis deux heures.

« À côté du trafic de drogue, tout ça, c'est du gâteau. »

Vingt ans sur le terrain. Vingt ans d'adrénaline. Vingt ans à jongler d'un côté et de l'autre du « mur ». Comprendre : la séparation entre le centre, plutôt calme et, en face, les cités – là où le trafic pullule. Dans l'une d'elles, le taux de pauvreté flirte avec les 70 %.

Ce soir, l'équipe qui entoure Tib est composée de seniors. « Les jeunes ne viennent plus ou ne restent pas. Ils pensent que notre métier, c'est comme *Enquête d'action* à la télé. Quand ils testent, ça leur pique les yeux. Ils se rendent vite compte que ce n'est pas fait pour eux. J'aime leur rappeler qu'à la BAC, on en prend plein la gueule et on ne reçoit pas beaucoup d'amour en retour. »

Sur les points de deal, on bascule carrément dans la haine.

Patrouille dans un quartier plongé dans la pénombre. Les lampadaires hors d'usage. Noir intégral. Les lumières ne sont plus remplacées, le maire a abandonné l'idée alors que les guetteurs cassent systématiquement, pour mieux prospérer.

Les lieux sont constitués de plusieurs barres d'une dizaine d'étages. Ni flambantes ni insalubres. Une douzaine de jeunes hurlent « Arah », le fameux cri pour indiquer une présence policière. Les complices dans les cages d'escalier, les caves, derrière d'autres bâtiments, tous dissimulent en quelques secondes leurs pochons de coke et de cannabis. Les produits soigneusement « packagés » dans des emballages utilisant les codes visuels d'Astérix ou de Nutella disparaissent. Les autres ouvriers de la drogue, ceux qui n'ont pas la marchandise, restent tranquillement dehors, l'air de rien. Tib sort du véhicule de police en partie cabossé à cause de plusieurs courses-poursuites récentes. Face à lui, une dizaine de jeunes. Tout le monde se tutoie. Tout le monde joue au con. Les adolescents prétendent qu'ils préfèrent rester dehors pour parler. Six degrés, on est fin novembre, il est 21 heures. Tib et deux de ses collègues policiers posent des questions pour la forme. Ils envisagent de procéder à des contrôles. Mais à quoi bon ? La grande mode, désormais, quand un flic réclame des papiers d'identité, est de n'en fournir aucun. Pour ralentir le travail des hommes en bleu. Si par malheur il fallait « checker » au commissariat, c'est « deux heures de démarches de vérification. Or, avec les urgences qui s'accumulent toutes les nuits, on abandonne l'idée ».

Ce soir, le groupe n'a pas l'air agressif. Juste insolent. À Tib, on adresse des : « Ça fait longtemps qu'on ne t'a pas vu par ici », puis : « Ça va comment par chez toi ? »

Pour comprendre le niveau de dangerosité, il faut regarder l'arme portée par Tib. Plus le calibre est gros, « plus c'est craignos ». Là, un fusil d'assaut.

Tib tourne le dos aux ados et, au cours de cette lourde nuit noire, s'aventure à présent dans une cave désaffectée. À la recherche de doses planquées à la hâte. Rien.

Une fois sorti, il dit qu'il reviendra. Les gosses rigolent. L'un ose une insulte, mais ne pousse pas la voix trop fort. « On n'est pas en banlieue parisienne, ici on peut encore leur parler », relativise le brigadier-chef.

Étape suivante, un quartier moins vertical, comme un mariage arrangé où alternent maisons individuelles et résidences de trois étages. En pleine nuit, tout paraît tranquille. Les murs disent autre chose. Les tarifs des consommations de coke sont indiqués le long d'une façade. Écriture taguée, bâclée, même pas d'efforts pour paraître attrayant. La cocaïne sature l'Hexagone. Les prix baissent pour la première fois depuis dix ans[1]. Le menu affiché sur le revêtement en crépi en témoigne.

Trente mètres plus loin, deux collègues de Tib trouvent des pochons d'herbe, une douzaine au total, dissimulés au-dessus d'une armoire en métal contenant les boîtes aux lettres. Les dealers ont pris la fuite.

Des suspects traînaient à côté, les voilà alignés devant un muret. Six adolescents en survêts, bonnets, casquettes, la plupart parés de noir ou de gris foncé.

1. En 2024, le gramme de cocaïne atteint 58 euros contre 65 euros en moyenne si l'on prend en compte les dix dernières années, d'après l'Office anti-stupéfiants cité par *Le Monde* le 27 mars 2025.

Aucun n'a de carte d'identité. « Même pas en photo dans ton téléphone ? » Les jeunes ne prennent pas la peine de répondre. L'un d'eux, plus poli que les autres, fait non de la tête. Tib garde son calme. Puis, sans prévenir, monte le ton, comme pour signifier que cette situation ne l'amuse plus. « T'es connu des services de police ? » Le ton est emporté dorénavant. Face à lui, sans doute un collégien, tout sauf décontenancé. « Ne jamais paraître gentil, sinon t'es foutu », explique plus tard le brigadier-chef.

Après cinq minutes de questions sans réponse, le groupe est relâché.

« Ça arrange tout le monde que le trafic se passe dans des petits ghettos comme ici. Les habitants sont abandonnés, mais au moins, on laisse le centre tranquille. Si on venait à bout de ces temples de la drogue, si on arrêtait le narcotrafic, alors les gosses iraient arracher plus de sacs à main dans les rues commerçantes, les grands-mères se sentiraient agressées, les cambriolages repartiraient à la hausse. La drogue, ici, dans la cité, c'est pas grave, on s'en fout. C'est presque pratique. Les élus n'ont pas beaucoup de coups à prendre. Ici, on vote moins qu'ailleurs. Moi, dans tout ça ? Ça me pose un problème. Je suis censé bosser pour le bien-être de *tous* les habitants. Ceux qui vivent dans les quartiers de la drogue n'ont rien demandé, ils devraient être prioritaires. »

Le débit de Tib s'emballe, il ne cherche aucun mot, tout arrive brutalement : « On est des oubliés au service des oubliés. C'est la femme de ménage qui gagne 800 balles tous les mois, qui s'occupe de ses trois enfants mais doit partir de chez elle à 5 heures du matin. Pour elle, le fait de résider dans cette cité est vécu comme une double peine. Parce qu'en plus de galérer, elle est stigmatisée. »

*

Le trafic de drogue menace, effraie, hystérise. Il divise aussi, selon que les citoyens se rangent dans la catégorie des confrontés ou des épargnés.

Aulnay-sous-Bois, Bobigny, Bagnolet, Mulhouse, Nice, Grenoble, Châteauroux... En quelques semaines, durant l'été 2024, toutes ces villes connaissent de graves actes de violences, des tentatives d'homicide liées au trafic de drogue. Quelques mois plus tard, lors d'un déplacement à Marseille, le ministre de l'Intérieur évoque, à propos du narcotrafic, une « menace existentielle contre nos institutions, contre notre démocratie ». Avant, le crépuscule était majoritairement rejeté par la classe politique. Maintenant, il s'écrit au sommet du gouvernement.

*

Chaque jour, Tib est un peu plus découragé par l'organisation tayloriste du travail chez les narcotrafiquants. « Des gosses de 12 ans touchent 2 000 euros par mois, pour rester le cul sur une chaîne toute la journée et crier "Arah" dès qu'une voiture banalisée de la BAC se pointe. » Ces jeunes connaissent toutes les ficelles, à commencer par les plaques d'immatriculation et les visages des brigadiers.

Sur Snapchat, on recrute partout dans l'Hexagone. Pas besoin de parler français pour devenir guetteur. « Ils sont souvent sans-papiers. On leur fournit des armes pour surveiller, c'est galvanisant. Le boss les rassure.

S'ils tirent, ils ne risquent pas d'aller en taule. Leur âge protège : ils sont mineurs. »

Interrogé sur ce phénomène, le patron de la sécurité publique du Vaucluse confirme : « Le trafic de drogue, dans notre département, ce sont des coups de feu toutes les semaines. Ces jeunes ne savent pas manier les armes. Ils arrosent à tout-va. Ils visent jusqu'aux appartements de voisins qui n'ont rien demandé. »

« Ne surtout pas être naïf, analyse Tib. Le jeu du gendarme et du voleur, ça ne s'arrêtera jamais. Là où ça ne va pas, c'est quand notre direction nationale, dans des bureaux bien chauffés, nous pousse à maintenir le calme dans ces chaudrons, dans ces marmites que sont les cités, tout en disant : "Messieurs, il faut rétablir l'ordre." Mais enfin ! Ça ne marche pas d'un claquement de doigts. On n'y arrivera pas avec des fleurs et des assistantes sociales. Il faut aller au contact, il faut gueuler, bousculer, montrer les muscles pour espérer regagner des territoires. Et à la première faute, parce que tu as tutoyé un gamin, ou que l'interpellation ne se passe pas à la perfection, selon les règles d'usage, t'es suspendu. »

Sur le terrain, Tib n'allume plus sa caméra vidéo quand il le devrait, contrevenant aux règles édictées par la place Beauvau. « Quoi que je fasse, ça se retournerait contre moi comme un boomerang. Un avocat tatillon qui éplucherait tous mes faits et gestes trouverait forcément son bonheur. » Sur Google, des dizaines de cabinets référencés dans la catégorie « experts en vice de procédure » paient de tapageuses publicités en ligne pour se faire connaître en la matière et promettent d'épargner de lourdes sanctions judiciaires à leurs futurs clients.

Quand ça finit mal pour un collègue, le brigadier-chef participe aux cagnottes organisées dans les boucles WhatsApp. « Chaque année, ils sont plus nombreux à en avoir besoin. » On rétorque que des dérapages policiers existent, et qu'il convient de les condamner. Tib : « Cinq pour cent de brebis galeuses dans notre métier comme ailleurs. Ces flics-là salissent les autres. »

À l'entendre, c'est là que se niche le sentiment d'abandon le plus épais. « On fait un sacré boulot de merde, on n'est pas protégés. » Il parle des procédures chaque jour plus contraignantes. « Elles donnent envie de moins s'investir sur le terrain. Surtout vu les sanctions qui tombent. Les trafiquants, quand ils te caillassent, prennent un euro symbolique et, les bons jours, une peine avec sursis. »

Au commissariat, Tib bosse dans une petite pièce dont un pan de mur est constellé de dizaines de sachets de stups – vides – récupérés lors de centaines de saisies et punaisés tels des trophées de guerre. Il y a cette « pochette cadeau » de 10 euros, customisée aux couleurs de Noël. Une autre, vendue avec une carte à gratter. Sur les emballages, les promos pullulent. « 150 euros les 2,5 grammes. Super formule super colombienne. »

Ce marché de la drogue mange toute la bande passante. Comment, dès lors, traiter les autres urgences du quotidien ? « Il y a sept mois, mon équipe mettait fin aux agissements d'un individu ayant violé une jeune fille. Depuis, j'écris non-stop à l'état-major pour que mes gars obtiennent une lettre de félicitations. Ça ne coûte rien à la République à part une feuille A4. Et, pourtant, on ne reçoit toujours rien. »

Le travail journalier de Tib s'apparente à une forme de « précarité de reconnaissance ». Et sa conséquence est toute trouvée : de plus en plus d'équipiers raccrochent. « Ils tournent le dos à la BAC, alors que ce corps de métier faisait tant fantasmer. »

Autre constat générationnel : les plus jeunes qui restent attirés s'éloignent très tôt. « Rapidement, ils préfèrent trier des documents toute la journée, dans d'autres services, plutôt que de risquer leur vie sur le terrain. Ils ont raison. Ils gagnent la même chose que nous. Mais eux paient leurs crédits immobiliers mensuels sans risquer d'être suspendus. Le soir, à la maison, ils peuvent raconter une histoire à leurs enfants avant de les faire dormir. »

Ces contraintes ne sont pas nouvelles. Elles s'accumulent. Dangereusement, pense Tib. « On est les derniers représentants de l'administration française dans des endroits où plus personne ne va. Je dis souvent à mes gars que le système tient grâce à nous. Le système tient car il reste des cons comme nous. »

Cinq heures du matin. Fin de la journée de travail.

La jeune fille retrouvée plus tôt dans la soirée dans son appartement est morte.

*

Commissariat central d'Avignon. Dans une salle fermée à double tour, le patron des lieux présente une saisie XXL. Elle fait la fierté des équipes. Une tonne de cannabis, harponnée d'un coup. Le matos a été retrouvé emballé dans des cartons eux-mêmes enrubannés de scotch marron. Attrapé dans un camion. « Un 38-tonnes, qui faisait la route depuis l'Espagne. » Le chauffeur n'a opposé aucune résistance. « Il n'avait pas même pris soin de dissimuler la marchandise. » C'était son cinquième aller-retour sur les routes de France en une semaine. On mesure alors le changement d'échelle en cours dans le monde du narcotrafic, la bascule de l'artisanat à l'industriel. « Une tonne de perdue, pour les trafiquants, ce n'est rien. La perte est minime. C'est pas ça qui va inquiéter les narcos. »

Il y a deux ans, Emmanuel Desjars, le boss des policiers vauclusiens, nous confiait faire face à une flambée sans précédent du trafic. Vingt-quatre mois plus tard, le même décrit un brasier géant, autour duquel une violence hors norme danse sans relâche.

Toujours dans les couloirs du commissariat central d'Avignon, les équipes arborent à présent une autre saisie. Cinq boîtes rectangulaires en carton. Chacune renferme une Kalachnikov. Les AK47, nouveaux bleus de travail des trafiquants.

Certes, dans le département, quelques chiffres sont brandis pour contrebalancer. Un millier d'interpellations en dix mois, toutes liées au trafic de stups. Seize millions d'euros de coke et de cannabis repris aux malfaiteurs. Mais, micro éteint, une des huiles de la police judiciaire locale est moins optimiste. « L'organisation des narcos, c'est un fonctionnement scientifique, calibré. Si on leur filait la gestion d'une PME, ils feraient des merveilles. » Il n'y a qu'à observer les doses et formats de cocaïne désormais sur le marché. Presque de la vente en vrac, où chacun trouve son bonheur. Ceux qui n'ont jamais essayé ou ont les poches vides peuvent repartir avec des « dixièmes de gramme » de poudre.

*

D'après le ministère de l'Intérieur, 240 000 personnes sur le territoire français vivent, directement et indirectement, du trafic de drogue. Parmi elles, 21 000 « équivalents temps plein », déployés dans l'un des 3 000 points de deal officiellement recensés dans le pays. Même si cette comptabilité est périssable, à mesure que vente en ligne et livraison à domicile arrachent de nouvelles parts de marché.

Vagues multiples, marées hautes, coefficients élevés... et forces de l'ordre à genoux.

Dans la Cité des papes, toutes les semaines, les mêmes descentes dans les cages d'escalier des quartiers entourant le centre-ville, à quelques kilomètres des belles murailles blanches d'Avignon. Une dizaine de points de deal ont été terrassés en deux ans. Il en reste une trentaine, en expansion.

Une opération commence dans quelques minutes. Auparavant, briefing dans la cafétéria du commissariat. Au fond de la pièce, un réfrigérateur fatigué et, aux murs, des pubs pour les chocolats Jeff de Bruges – 30 % de réduction pour les forces de l'ordre, c'est bientôt Noël. La capitaine de police, Naoelle, prend la parole. Cheveux longs parfaitement tirés, yeux marron pailletés. Elle pointe une carte, désigne un ensemble de bâtiments. « On sait dans quel immeuble ils se planquent. Entre le troisième et le quatrième étage. Des Caddie bloquent l'accès. Il y a quinze jours, un chouffe [un guetteur] était armé. On fait gaffe. »

Le quartier Barbière n'est pas un territoire abandonné. Un tramway passe toutes les dix minutes. Il s'arrête au pied de la tour visée par l'opération du jour. Là-bas, les voies de vélo sont sécurisées, l'extension du parc paysager, achevée. Toutes les résidences ont été refaites à neuf il y a quelques années déjà. Cela n'empêche nullement le trafic de grignoter des mètres carrés.

Pour les dealers, faire profil bas, c'est perdre. « Œil pour œil, dent pour dent. » Mantra tagué sur le mur de l'arrêt sur la ligne du T1.

Les cars de CRS foncent vers la tour. Sirènes éteintes. Mais, à 2 kilomètres du point d'arrivée, le convoi est déjà repéré. Dépitée mais pas surprise, Naoelle demande aux véhicules d'accélérer encore en vue d'investir le bâtiment. Le conducteur du camion de CRS coupe la radio, branchée jusqu'alors sur Nostalgie. La portière s'ouvre. Début d'un long sprint pour les policiers jusqu'à la fameuse tour. Dans le hall, un panneau couché au sol, avec le prix du jour pour un sachet de coke. Armées, les forces de l'ordre se ruent vers le troisième étage. Vide. Les dealers se sont repliés ailleurs. Tout juste ont-ils pris soin de renverser un Caddie auparavant, pour ralentir la progression des policiers.

Dans des sacs-poubelles, au milieu de détritus, sont récupérés des pochons de cannabis ainsi que des feuilles à rouler. Les chiens renifleurs débarquent. L'un s'arrête net devant une porte d'appartement. Naoelle, épaulée par un commissaire, prend la décision de la fracturer. Un membre des forces de l'ordre sort de son sac des outils qu'on jurerait piqués sur un chantier de BTP. Dix secondes plus tard, la porte vole en éclats. Rien. Au fond de l'appartement, deux occupants jouent aux vierges effarouchées. « Ils ont lavé les lieux à l'eau de Javel pour effacer les traces, se plaint un enquêteur. On fonce dans la cuisine. » Rien.

Une fois de plus, les guetteurs ont été plus rapides. « Ils sont très cons mais de plus en plus nombreux. T'en attrapes deux, trois prennent la place le lendemain. »

Leur fonctionnement reprend le modèle des trois-huit. Une équipe le matin, l'autre l'après-midi, la troisième le soir. Repas compris dans le forfait. « On leur verse même des congés payés, s'étrangle Naoelle, qui fait ses calculs : les gamins de 13 ans gagnent parfois plus que des collègues policiers avec vingt ans de métier. Ça participe à décourager certains... »

Dans les couloirs, une frêle grand-mère se fraie un chemin jusqu'à son logement. La capitaine vient vers elle.

Naoelle : « Si vous avez le moindre souci, vous nous appelez. »

La voisine : « Ils viennent jamais devant ma porte. Et puis, j'ai ma béquille, je la leur mets dans la gueule. »

Étage supérieur, une autre résidente, âgée elle aussi. Déjà vingt-sept ans qu'elle vit dans la tour. « Je les regarde dans les yeux, je dois avoir un truc, ils se calment en me voyant. » Mais au bout de quelques minutes de conversation, loin des policiers, une autre histoire s'installe. « L'autre jour, j'ai reçu une bombe lacrymogène sur le visage. J'ai aussi été traînée en scooter par trois jeunes qui m'ont arraché mon sac à main. »

Il y a encore ce commerçant, transformé en indic depuis plusieurs mois. Par malheur, il a été vu dialoguant avec des hommes en bleu. Le lendemain, son magasin était saccagé. Il a ensuite envoyé un SMS à un policier gradé, avec lequel il était resté en contact. On nous fait lire le SMS. « Je dirai plus rien, j'ai peur pour ma famille. »

Ce harcèlement quotidien pour freiner les narcotrafiquants a un coût. À travers le pays, presque 2 milliards d'euros par an d'argent public, d'après la Cour des comptes.

Le coût est également humain : l'essoufflement chronique des équipes sur le terrain. À Avignon, ils sont beaucoup à accuser le coup. « La veille pour le lendemain, tu découvres que tu commences finalement à 6 heures du mat. Tu fais comment, quand tu as des enfants ? » Les procédures d'investigation s'allongent.

Plus complexes encore qu'auparavant. Les logiciels jamais à jour. Les ordinateurs exsangues. La faute à personne. La fatigue partout.

Les récompenses ? Trop peu nombreuses, de l'avis général, et encore, quand elles arrivent... « Au bout de cinq mois, on n'a toujours pas touché la prime promise l'été dernier, merci la considération. »

Beaucoup se demandent s'il faut arrêter. Un camarade est parti en Polynésie. Devenu ostéo. Un autre a ouvert une salle de sport. Il dégage de confortables marges en vendant des produits fitness. « Ça donne à réfléchir », dit une policière, bientôt la cinquantaine, depuis la cafétéria. Au-dessus de sa tête, une affiche. Des vacances à prix réduit à Cap-Esterel. Offre pour les policiers. « Logement refait neuf, canapé-lit deux places. » Une autre affiche jouxte la première. Un numéro de soutien psychologique à appeler en cas de besoin. Le document n'indique pas s'il est gratuit.

21

Les clopes, thermomètre du trafic à la française

C'est un produit qui cristallise, un marqueur social : la cigarette. Il y a ceux pour qui un paquet de clopes n'est pas et ne sera jamais un problème financier. Et les autres, désormais une majorité en France, pour qui l'on se rapproche du produit inabordable.

Dans ce contexte fleurit un trafic très organisé dans lequel Internet est devenu le premier buraliste de France. Un phénomène qui éclaire ce que l'on appellera les « nouveaux chemins de contournement », où les oubliés s'engouffrent parfois.

L'industrie de la cigarette aime rappeler que 40 % du tabac acheté en France provient aujourd'hui de la contrebande. Dans ses nombreuses études, un fumeur sur trois déclare ne pas être passé par la case buraliste durant l'année écoulée.

Pour s'approvisionner, il existe bien entendu les voyages de l'autre côté de la frontière. Mais, au fil des années, les différences de prix se sont estompées. En revanche, les cigarettes 100 % contrefaites, elles, connaissent une croissance délirante.

Place de Clignancourt, à Paris. Devant l'un des rares kiosques encore en activité, en ce mois de janvier 2024, plusieurs rabatteurs se disputent le trottoir. « *America, very good* », vante l'un d'eux. Il ne parle pas français. Dans ses mains, un paquet de tabac imitant une marque yankee. « American Legend ». Huit euros. À côté, un autre joue des coudes pour se faire entendre. Il parle moins fort que son concurrent, mais manie le français. « Du vrai tabac algérien, vrai de vrai. Sept euros. » Le public est réceptif. Lors de notre passage, au moins une vente toutes les cinq minutes.

Une demi-heure de marche, surgit le boulevard Barbès. Foule des grands jours au pied de la station de métro. La loi de l'offre et de la demande bat son plein. Davantage de revendeurs, donc prix en baisse. Cinq euros le paquet. Des « vraies fausses Marlboro », clame un rabatteur.

Toutes les cigarettes sont toxiques. Celles-ci plus encore. « Des métaux lourds et des résidus de déjections animales ont été retrouvés à l'intérieur », dévoile Michael Lachaux, directeur régional des douanes de Picardie à propos de ces clopes *made in* des ateliers clandestins. « Résultats fournis après analyses poussées, effectuées dans nos laboratoires. »

Ce spécialiste des circuits parallèles du tabac nous accueille à l'aéroport de Beauvais, dans une pièce aménagée pour les saisies jugées « spectaculaires ». Devant nous : 750 paquets récemment trouvés sur un seul passager, en provenance d'Égypte. Le tout avait été fourré dans deux immenses sacs de sport. « Ils n'avancent même pas masqués. Ils se font prendre ? Pas grave. D'autres, derrière, sont prêts à faire de même. L'industrie de la contrebande est lucrative. Elle ne manque pas de bras. »

Les « fausses clopes » inondent un marché français où, pendant ce temps, les paquets traditionnels des buralistes se rapprochent inexorablement de la barre des 15 euros. « Ceux qui n'ont pas les moyens ne se posent plus la question : ils foncent. Et ne leur dites pas qu'un paquet "légal" enrichit l'État, cet argument sert au contraire de repoussoir. » Depuis l'aéroport de Beauvais, l'agent des douanes qui s'exprime ainsi effectue des fouilles sur des passagers en provenance d'Europe de l'Est. Devant lui, ils sont une bonne centaine, débarquant de Roumanie et de Moldavie.

Sac en cuir rouge élégamment porté par-dessus une doudoune molletonnée beige, une dame est ciblée. Elle ouvre son grand sac de voyage à roulettes. Une kyrielle de cartouches. Confisquées. « La prochaine fois, c'est 250 euros d'amende minimum », gronde le douanier. Elle n'écoute pas, drapée dans une désinvolture de circonstance, la tête dans son smartphone. Le directeur régional des douanes insiste : « Comme pour la cocaïne, ce trafic est alimenté grâce à des mules. Sauf qu'ici, les mules posent les clopes dans leur sac de voyage et gagnent quelques dizaines d'euros tout au plus. »

Ce trafic ne fait pas de bruit. Il est multiforme, s'adresse aux populations précaires et touche tous les territoires. « Ce n'est pas de la drogue dure, ça paraît presque indolore, quand on regarde de loin. » Beaucoup de douaniers, ce jour-là, à l'aéroport de Beauvais, jugent que les autorités nationales ne saisissent pas l'enjeu.

*

Eux estiment être les premières victimes de ce trafic : les patrons de bar-tabac. Une partie importante de leurs revenus s'évapore, déplorent-ils. Mais les bons sentiments, c'est difficile quand on vend des produits cancérigènes.

Alors il reste l'argument des emplois à sauver. Ceux des buralistes.

Un tiers des lieux de vente aurait disparu en vingt ans. La France ne compterait dorénavant qu'un peu plus de 20 000 points de vente. Les revenus des buralistes sont en chute libre, clament les principaux intéressés. « Faux », rétorque l'Alliance contre le tabac, critiquant un « discours victimaire ». D'après l'association, les ventes de tabac généreraient encore autour de 90 000 euros annuels par buraliste, avant impôts.

L'État, lui, se range dans la catégorie des inquiets : 4,4 milliards d'euros d'argent public ont été consacrés aux buralistes en vingt ans, avec de multiples aides pour la reprise d'activité, la transformation[1]... Le carnet de chèques est généreusement sorti pour ne pas fragiliser des commerces perçus, à tort ou à raison, comme des monuments à protéger.

*

Autoroute A4, entre Reims et Paris. Des poids lourds arrêtés par dizaines, à la chaîne. Non pas à la gueule du client, mais en fonction des plaques d'immatriculation. Les douaniers espèrent rééditer l'exploit de la semaine passée : deux tonnes de tabac, même pas vraiment planquées, à l'arrière d'un camion. « Ils ont repris les codes des trafics de stupéfiants », se désole le chef de service de la brigade des douanes de Marne-la-Vallée. Certains chauffeurs, les plus précautionneux, planquent

1. Mathias Penguilly, « Tabac : les gains spectaculaires des buralistes français », *L'Express*, 4 octobre 2024.

la marchandise entre deux palettes. Les autres ne s'encombrent d'aucun artifice.

Et pour fabriquer de « fausses cigarettes », les trafiquants osent tout.

La scène se déroule en Seine-et-Marne, juste avant Noël, dans un petit village de 776 habitants. Depuis quelques jours, un hangar attire les regards des enquêteurs. Refaits à neuf, ses murs constitués de plaques de plâtre n'ont pas encore été repeints. Au sol, des bandes de scotch blanc pour délimiter les positions des ouvriers. L'entrepôt fait 400 m^2. Les douaniers effectuent une descente. À l'intérieur : 28 appareils d'envergure, servant à la confection de tabac manufacturé. Certaines machines ont sans doute transité depuis l'Europe de l'Est, issues des outils de production de l'ancien bloc soviétique. La configuration fait penser à une imprimerie. « Capacité de fabrication : plusieurs centaines de milliers de cigarettes », consigne le responsable local des douanes dans son rapport. L'usine servait aussi de lieu de vie pour les ouvriers, confinés à l'intérieur H24. « Un dortoir, des machines à laver, une pièce pour manger. » Ce jour-là, pour la première fois en France, une usine clandestine de tabac est démantelée par les douaniers. D'autres, depuis, ont suivi. Toutes ces installations renseignent sur la versatilité des trafiquants, tant en matière de produits qu'en moyens de production déployés.

*

Fabriquer n'étant, on vient de le voir, pas vraiment un problème, reste à écouler la marchandise. Entrent en scène les nouveaux *no man's land* juridiques de notre époque : Snapchat et Facebook. Il suffit de jouer avec les mots. Quand on tape « cartouche imprimée », on peut aisément tomber, au milieu des recharges pour imprimante, sur quantité de cartouches de tabac à des prix imbattables.

On recense 14 634 annonces illégales en 2023 ; 31 604 en 2024. Les données viennent de Webdrone, une société privée de veille. Elle alimente en data l'industrie – la vraie – du tabac. Cette start-up basée au pied des grands magasins parisiens est pilotée par un ancien gendarme, Didier Douilly. « Le tabac est devenu un marché illégal avec pignon sur rue sur le Net. » La braderie permanente. Avec branding et marketing tendance. Il y a ce personnage de cartoon, un squelette portant un chapeau de mafieux, un verre de whisky dans une main, un gros flingue dans l'autre, qui brandit un menu très détaillé. « Deux cartouches pour 80 euros. Dix cartouches pour 320 euros. » Le carton entier, pour l'équivalent d'un Smic. « Promesses juteuses de revente ensuite. »

Même plus besoin de se déplacer, les produits sont livrés à la maison grâce à des contractuels recrutés eux aussi sur les réseaux sociaux. Là encore, le Net regorge d'offres. « Neuf mille à 20 000 euros de bénéfice par mois pour les meilleurs », révèle l'ancien gendarme, lui-même ahuri par les montants. En quelques clics, on trouve sur Snapchat, dans le secteur de Lyon, une offre d'emploi ultra-détaillée. Sur la fiche de poste est indiqué : « Permis B, pas d'attaches familiales, dispo 7/7. » Merci aussi de renseigner « âge/origine/raison pour laquelle vous voulez venir bosser avec nous ». Les livraisons de « cartons » s'effectuent « partout en France ». Terminé, le trafic réservé aux banlieues. Le rayonnement est national.

22

Quand on s'attaque aux pharmaciens

Eux n'ont a priori *rien à faire dans la catégorie des « oubliés ». Les patrons de pharmacie vivent dans l'ensemble très confortablement. 157 000 euros de revenus annuels pour les titulaires ayant un statut d'entrepreneur individuel*[1]*. Leur profession est bien structurée, elle sait se faire entendre auprès des pouvoirs publics.*

Pourtant, les pharmaciens sont de plus en plus nombreux à parler d'un sentiment d'abandon. La cause ? Cette zone, de plus en plus grise, quelque part entre incivilité et insécurité.

Chaque année, le Conseil national de l'Ordre des pharmaciens établit une météo de la délinquance dans les officines. Temps actuellement très couvert. Près de deux agressions enregistrées chaque jour pour un refus de délivrer un produit, une difficulté de prise en charge ou encore une pénurie de médicaments[2]. Sur

1. *Insee première*, n° 2036, « Le revenu des pharmaciens redynamisé pendant les années de crise sanitaire », janvier 2025.

2. En 2024 : 536 agressions, soit + 80 % en cinq ans (source : bilan sécurité des pharmaciens 2024, publié par le Conseil national de l'Ordre des pharmaciens, avril 2025).

douze mois : 14 attaques au couteau ou à l'arme à feu. Sans oublier les vols dans les rayons qui se multiplient.

Le Conseil national parle d'un niveau d'alerte inédit. Sa responsable nous reçoit à Paris dans un magnifique bureau face au parc Monceau. Carine Wolf-Thal est très embêtée de devoir jongler entre le souci d'apaiser la profession et celui, tout aussi urgent, de porter le fer là où ça fait mal. « Nous sommes désabusés devant cette agressivité qui cible les pharmaciens. Certains confrères baissent les bras, pour eux c'est trop. Déjà qu'il y a les burn-out, les difficultés à se faire remplacer, à trouver un repreneur... Ils tentent de tenir la barre et quand une agression survient, certains lâchent le métier. »

En quinze ans, 4 000 officines ont disparu du territoire français. Pas toutes à cause des faits de violence, loin de là, même. Mais sur les 40 000 pharmacies actuellement en place, les gérants sont de plus en plus nombreux à se rendre le matin au travail avec une boule au ventre.

Banlieue sud de Paris. Une petite ville aux rues grises et où rien ne dépasse. Les immeubles d'habitation sont à la même hauteur que les arbres plantés sur la route. Un pharmacien nous reçoit à la condition expresse que l'on ne divulgue ni adresse ni nom de famille. Il se planque dans une petite pièce, pour que ses deux salariées n'entendent pas, une nouvelle fois, l'histoire qui les a elles-mêmes déjà trop remuées.

Un matin, 9 h 30. Un individu entre, armé. Il se dirige le plus calmement du monde derrière la caisse. Braque les employées. Demande qu'on lui verse l'intégralité de l'argent liquide présent dans le tiroir-caisse. Ses gestes sont lents, assurés. Avec le recul, ça heurte encore plus le patron des lieux, qui en est à son deuxième braquage depuis le début de sa jeune carrière. Il aurait préféré faire face à un homme tremblant, peu assuré. « Là, ça sentait le professionnel. C'est à vomir. » Le braqueur repart avec... 300 euros. Il quitte les lieux comme s'il était venu en promenade.

Une vidéo de surveillance a capté l'intégralité de la scène. En revoyant certains extraits, le pharmacien est encore sous le choc, recroquevillé sur une chaise, à l'arrière de la petite officine, entre deux boîtes de Teralithe. Barbe rousse et blonde, chemise bleue impeccablement repassée, il dit avoir tout envisagé pour qu'une troisième agression n'ait pas lieu. « Mettre un sas comme dans les banques ? Faire accéder les clients sur rendez-vous ? Si j'agis ainsi, je perds la vocation même de mon métier : accueillir tous les publics. Ça n'aurait aucun sens par rapport au bien-fondé de ma profession. »

Dans le quartier, la pharmacie est l'un des derniers commerces encore en activité. Paris n'est pourtant qu'à quelques kilomètres.

*

À une heure de route de la capitale, voici Rambouillet. Entouré de verdure. « Un charmant îlot commerçant avec cette douce ambiance de lieu de villégiature », vante le département.

Alexandre Bonnuit y exerce en qualité de pharmacien depuis vingt ans. Déjà cinq agressions en l'espace de vingt-quatre mois. Le triptyque violences, insultes et menaces de mort. Il ne se déplace pas au commissariat à chaque fois que des clients veulent en venir aux mains au motif qu'il n'y a plus de dose de vaccin disponible. Ou qu'un antidouleur n'est plus en stock. « Les gros mots, c'est devenu lambda, ce n'est pas ce qui me choque, explique Alexandre. Quand il est question de tuer un employé, là, en revanche, je porte plainte. »

Seuls 35 % des pharmaciens se résolvent à agir de la sorte. Les autres – la majorité – laissent tomber.

À Rambouillet, dans la pièce où est stockée une grande partie des médicaments, Alexandre scrute ses caméras de surveillance comme on le fait avec les réseaux sociaux : tout le temps. Sur son écran d'ordinateur, un tableau à quatre cases, comme autant de vidéos inspectant l'intérieur du commerce. Une des caméras est même planquée en hauteur, à côté des tubes de vaseline Gilbert.

À ses salariés, Alexandre Bonnuit a appris les rudiments des sports de combat.

Règle numéro un : reculer dès qu'un individu « approche de sa zone vitale ».

Règle numéro deux : des mouvements lents avec les mains, pour la « désactivation des conflits ».

« On devrait proposer des formations obligatoires de self-défense dans toutes les pharmacies de France. » Lui se dit totalement abandonné par les pouvoirs publics. Il est à noter cependant que la police municipale vient parfois patrouiller autour de la pharmacie pour montrer sa présence.

L'abandon, juge Alexandre Bonnuit, est tout aussi flagrant côté corporation. « Rien de concret n'est proposé pour nous venir en aide, on pleure mais on n'agit pas. » Et puis, juge le pharmacien, il y a l'attitude déplorable d'une partie des clients qui arrivent « avec une agressivité inouïe ». « Il est impossible de leur dire non, sinon c'est insulte ou coup de boule. » Rambouillet n'est pourtant pas un territoire que l'on pourrait qualifier de tendu.

Peu de temps après notre visite, un lundi, Alexandre nous adresse un SMS. « Dans la nuit de vendredi à samedi, incendie de la pharmacie. Dans la nuit de samedi à dimanche, cambriolage. J'en ai vulgairement tellement ras le cul. »

*

La suite se déroule à Paris, en face de la bibliothèque François-Mitterrand. Une immense pharmacie où les produits de beauté sont aussi imposants que les rayons alimentaires dans un supermarché. D'ailleurs, cette officine en a la taille. Le responsable des lieux, Yorick Berger, a le moral dans les chaussettes et une folle envie de tout envoyer valser. La raison ? Un trop-plein d'agressivité au comptoir. L'acmé ayant été atteint par une cliente ayant déployé une violence rare. Il montre la vidéo de surveillance, précieusement conservée dans son ordinateur portable.

Première scène : la cliente déambule dans la pharmacie avec son enfant d'environ 5 ans. Lui, en combi sport jaune criard, zigzague sur sa trottinette trois roues en plastique bleu dans les travées de l'officine.

Deuxième scène : le petit garçon fonce dans plusieurs clients puis percute un étal.

Troisième scène : le patron demande à la mère de mettre fin au bazar. La femme s'énerve, quelques insultes, elle prend le chemin de la sortie, avant de finalement déverser sa colère sur plusieurs étagères. Tous les produits y passent. Ils finissent leur course par terre.

Quatrième scène : la cliente prend la direction des caisses, interpelle à nouveau le responsable et, cette fois, comme dans un jeu de quilles, fait tomber plusieurs armoires contenant une foultitude de produits pharmaceutiques.

Cinquième scène : la cliente et son petit garçon à peine partis, quelques minutes plus tard un homme habillé en noir de la tête aux pieds fonce vers Yorick Berger, l'attrape par le bras, pour qu'il vienne se battre dehors. Parce qu'on ne traite pas les femmes comme ça. Surtout avec un enfant.

En visionnant à nouveau ces vidéos, ce qui choque le plus le gérant de la pharmacie, c'est la banalité dans laquelle semble s'inscrire l'attitude de la cliente ainsi que la molle réaction des témoins.

Puis on en vient au juridique. « Quoi que vous fassiez, vous êtes perdant. Vous portez plainte ? Rien ne changera ni n'aboutira. Vous ne faites rien ? C'est le nœud au ventre, le matin, en venant bosser. » Yorick a choisi la seconde option.

Aurait-il dû porter plainte ? En matière pénale, toutes affaires confondues, les délais moyens de traitement des tribunaux correctionnels jusqu'au jugement ont « augmenté de manière significative[1] ». Quarante-cinq mois en 2020.

Ces épisodes de violences, à force de se répéter au sein des officines, fragilisent un certain rapport à l'autre. De plus en plus de patrons de pharmacie en viennent à remettre en question, parfois avec brutalité, leur attachement à la profession. Plusieurs, rencontrés sur le terrain, nous parlent de « contresens ». Sans que l'on puisse déterminer, au fond, si le contresens évoqué est vis-à-vis d'eux-mêmes, de leur passion ou de la société.

À mesure que les incivilités grimpent en flèche dans les officines, les Français, eux, ont une lecture très différente, et tout aussi paradoxale. Ils sont 71 % à décla-

1. États généraux de la justice, 2022.

rer que les pharmacies devraient devenir des services publics[1].

*

@JohanCallens : Faudrait avoir une arme chargée avec des seringues de valium derrière le comptoir.

@StéphanieGandolfo : Mais c'est magnifique ce qu'il se passe en France ! À quand le retour de l'ordre et de la sécurité ?! Quand il n'y aura plus d'enseignants, de policiers, de pharmaciens et j'en passe... on va faire quoi ?

@VeraGara : Y'a que en France que tu vois ça trop de liberté et de laxisme.

@PapinArnaud : Je pense qu'il va falloir ce faire justice soit même.

@MichelSinteff : Mettre un vigile à la pharmacie.

@MadmaxxLmf : Le vivre ensemble... Mais ne vous inquiétez pas monsieur ce n'est qu'un sentiment d'insécurité...

@ChristopheBerry : Mais ces brave gens ont certainement fait barrage à la haine, ils devraient être contents du résultat.

@MarioBergeron : C'est voulu tout ça.

@RodrigueFangnigbé : Achetez une arme pour vous défendre.

@AlexRevel : Il faudrait un permis de procréer.

@lesoir : L'Europe a atteint son apogée ces le déclin.

@WilliamAL : Faut porter plainte, y'a des gens qui aime la prison faut les envoyer.

1. Sondage OpinionWay pour le *think tank* Le Sens du service public, février 2025.

23

L'école, la barre de fer et les armes à feu

Mayotte est de loin le territoire le plus oublié de la République. Dans l'archipel des Comores, le 101e département français fait face à une violence qui semble ne pas vouloir s'arrêter. Celle-ci se trouve alimentée en grande partie par les plus jeunes – eux-mêmes vivant dans une précarité suffocante. Ils s'affrontent à coups de barres de fer, de machettes. Sous les drones de surveillance de la police, sidérée autant qu'impuissante.

Dans la cour de récré du lycée, il n'est pas rare que des jets de pierre tailladent un visage. Les jours de chance, quand il y a de la place aux urgences, l'entaille est recousue. Le lendemain, c'est souvent plus calme au bahut. Puis ça reprend de plus belle.

Les jets de pierres, c'est presque de la rigolade. Quand il faut « marquer le coup », on convoque machettes et barres de fer. Chaque camp guette l'arrivée des « ennemis », à proximité immédiate des établissements scolaires. C'est très organisé, parfaitement codifié. Les plus jeunes n'ont pas 12 ans. Une parole en l'air ou une réputation souillée, et l'étincelle s'embrase. La réputation, un des rares attributs qu'on peut encore voler ici.

Automne 2023, aux portes de Mamoudzou, chef-lieu de Mayotte. Entrée du lycée Younoussa-Bamana. Un paquebot étalé sur 33 000 m². Lourd à manier, le paquebot : 2 500 élèves ; 82 divisions. Presque 200 profs.

Les enseignants se répartissent en deux camps :

– ceux qui craignent pour leur propre sécurité ;

– ceux qui disent que les choses vont s'arranger.

Tous se rejoignent sur un point : ils pratiquent leur métier dans un contexte si éreintant qu'il épuise – littéralement.

Définition d'épuiser : « Jusqu'à ce qu'il ne reste plus rien. »

Seize heures trente, sortie des classes. Les forces de l'ordre craignent un risque de dérapage majeur. Des renseignements leur sont parvenus. Ce jour-là, les policiers – on en compte une trentaine – sont déployés, armes en main, afin de fluidifier le flux d'écoliers. « On fait d'abord sortir ceux qui habitent vers Mamoudzou et ensuite on s'occupe de Mtsapéré », ordonne un homme en bleu à ses collègues. Comme on le ferait pour les manifs les plus violentes, le public est trié. Dans trente minutes, l'autre moitié du lycée pourra sortir de l'établissement. Le bâtiment est ceinturé par des barbelés, de la même manière qu'une prison. Personne n'a le droit de rester sur place. Une jeune fille, portable à la main. « Tu fais quoi toi ? T'es sûre que tu attends le bus ? » l'interpelle un flic. Elle est priée de déguerpir.

« L'idée, c'est que les bandes rivales ne se croisent pas, sinon ça va encore dégénérer. » Les moyens mis en jeu sont considérables. Ils mobilisent du personnel pourtant attendu sur tellement d'autres terrains, dans une île qui jongle avec les alertes, les plans rouges et les missions d'urgence liés à la violence du quotidien. Mais le chef du commissariat, au vu des informations qui lui remontent, en a décidé ainsi : « Priorité : le lycée. » Les cartes scolaires étant inexistantes, rien ne permet de gérer les affectations en amont et se mélangent ici des ennemis jurés. L'objectif du commissariat est simple : retarder la prochaine rixe mortelle.

Alors que le soleil s'évapore doucement derrière des bougainvilliers, les forces de l'ordre montrent les muscles. Des armes accrochées à leurs ceintures, type fusil d'assaut. La plupart des lycéens paraissent indifférents.

Au rond-point nommé Baobab, une femme policière assure la circulation. Pas encore la cinquantaine, cheveux courts, taille très fine, elle zieute un groupe qui fomente un coup ; le seul problème est que personne ne sait encore lequel. Elle a l'expérience : c'est une ancienne de la police judiciaire, longtemps cantonnée aux stups dans l'Essonne. Un regard, elle capte. « Ici, le problème n'est pas le trafic de drogue. Le problème, c'est le trafic de migrants. Et ces gosses en paient le prix. » Elle fait référence aux vagues migratoires qui s'enchaînent. Dans le 101e département français, presque 50 % de la population est de nationalité étrangère[1]. Impuissant, le gouvernement multiplie cependant les annonces. Chaque année ou presque, une « opération » est lancée par le ministère de l'Intérieur pour enrayer l'insécurité, l'habitat insalubre, l'immigration illégale – tout ça et, promis, plus encore. À grand renfort de policiers, jure-t-on. Ces « opérations », qui enregistrent des effets à court terme,

1. Insee.

ne sont jamais couronnées de succès sur la durée. Fait marquant : même dans les rangs des forces de l'ordre, on n'hésite plus à dire à voix haute que les « opérations gros machins » ne servent, *in fine*, « que les intérêts de Paris ».

Lunettes de soleil sur le nez, tatouages sur le bras, clope grillée jusqu'au filtre, l'ancienne de la police judiciaire poursuit le contrôle du rond-point, escortant des jeunes filles sur une partie du chemin. « Vu l'intensité du taf, les journées ne sont jamais les mêmes. On ne compte plus les enfants de 12 ans interpellés pour faits de violence. »

Un collègue, crâne rasé, a la fatalité comme alphabet : « Si on n'est pas là, ça tabasse le matin, le midi, le soir. »

Dans le ciel, un bourdonnement incessant. Des drones. Depuis quelques jours, un système de surveillance aérien est testé pour mieux appréhender les mouvements de foule et, surtout, les combats qui opposent les Watoros (les « gens de la forêt ») aux Terroristes – ces derniers brandissent ce nom de code pour fabriquer du frisson. Chaque camp revendique le soutien de villages entiers autour de Mamoudzou. Des extraits vidéo d'une récente rixe nous sont montrés. La scène est à la fois insoutenable, ahurissante et crépusculaire. Comme un sentiment de pire, toujours pire.

Sur l'écran, ils sont au moins 200 jeunes à courir sur une terre rougeâtre, sorte de décharge à ciel ouvert. Deux camps. Chacun tient des objets métalliques tranchants ou des pierres dans ses mains. Zoom avant. On discerne des guetteurs, des avants-centres, d'autres qui servent de fusées éclaireuses. Zoom arrière. Ça dégénère. Tabassage, ratonnade, des coups par dizaines. Le drone capte l'intégralité de l'affrontement. Dans un film, la scène serait censurée. « C'est la vraie vie à Mayotte. Les acteurs ont entre 10 et 16 ans », conclut le policier.

Pendant ce temps, l'opération « sortie d'école » se poursuit. Elle est pilotée de la cour du commissariat. Poste de contrôle : l'arrière d'un véhicule, où a été aménagé un mur d'écrans. Sous les yeux du commissaire, les images en live des drones quadrillant le ciel de Mamoudzou.

Soudain, sur un écran, un mouvement attire l'attention. Dans une petite rue escarpée, un policier en tenue est pris à partie par cinq jeunes cagoulés – ils se savent filmés, d'où les cagoules. L'un d'eux bouscule l'agent, colle son dos au sien, le fait basculer vers un muret. Le policier, au moins deux têtes de plus que les bambins, reste de marbre. Il cherche par tous les moyens à ne surtout pas envenimer la situation. Heureusement, deux collègues accourent en moins de trente secondes.

À l'arrière du véhicule qui sert de salle de commandement, le commissaire ordonne : « On piste les gosses en essayant de repérer leurs tenues ! On va voir si on arrive à les retrouver. » Par manque d'effectifs, et puisque dans les minutes qui suivent, les intimidations comme celle-ci vont se multiplier, la promesse ne sera pas suivie d'effet.

Une heure plus tard, le bilan de l'opération est dressé. Il est positif. Pas de combat mortel autour du lycée. Les derniers bus scolaires ont quitté la zone sans avoir été attaqués.

Les bus en question n'ont plus de vitres. Trop dangereux, le verre, trop de caillassages. Dorénavant, les fenêtres sont recouvertes de plexiglass. Assise sur un siège, Gaëtane, 15 ans. Longue tresse, barrette sagement posée sur le côté gauche de son crâne, qui lui donne un air enfantin. Son sac à dos bleu saphir appuie le côté petite fille. Ses mots disent tout autre chose. « Maman a peur pour moi tout le temps. » À la maison, Gaëtane est la seule à garder son calme. « Maman nous élève seule. Je suis la plus grande. Tous les matins, elle est persuadée qu'il va m'arriver quelque chose. Mes petits frères et sœurs aussi ont peur, parce qu'ils voient maman effrayée. »

Dans le secteur de Mamoudzou, les embouteillages font partie du paysage. Quand le bus de Gaëtane s'arrête au mauvais moment, au mauvais endroit, dans le mauvais quartier, si l'un des élèves assis est reconnu par une bande rivale, une pluie de cailloux s'abat. Des barres de fer, aussi, qui fracassent la carcasse du bus.

Les conducteurs sont légitimement rongés par l'anxiété. Il y a ceux qui refusent ensuite de reprendre le travail, ceux qui espèrent un sursaut et tentent une grève. Et puis, irrémédiablement, après plusieurs jours ou semaines, les mêmes cailloux qui s'abattent à nouveau sur le véhicule.

*

Que peut la puissance publique quand les violences s'enracinent à ce point dans le quotidien ? Depuis son bureau aux rideaux fermés, celui qui est alors commissaire n'a pas la réponse. Laurent Simonin est à la tête de la Direction territoriale de la police nationale pour quelques jours encore. Dans quelques semaines, une mutation doit le conduire direction le Pas-de-Calais.

Son constat sur Mayotte est vespéral. « Malgré les efforts humains, matériels et financiers dégagés, c'est la catastrophe. Les jeunes partent à 40 en direction d'un quartier, ils ont une cible et rien ne les arrête. Ce sont des batailles type "Intifada". » Avec comme arsenal « des barres de fer, des pierres, des tournevis et des ciseaux ».

Le commissaire s'exprime comme s'il décrivait une épreuve olympique. « Les gamins apprennent à viser à 30 mètres avec leurs pierres. Ils touchent avec une précision moyenne de 40 centimètres. » Heureusement peu d'armes sont en circulation. La police ? « Déployée au maximum de ce que nous pouvons. Mais ça ne change presque rien. »

Fin septembre 2023, quartier Kavani, un jeune homme est récupéré par les pompiers avec une barre de fer plantée au-dessus de l'œil gauche. La tige épaisse de 6 millimètres est enfoncée dans le crâne. Presque 10 centimètres de profondeur. Dans le dossier judiciaire, une photo montre l'individu pris en charge dans une ambulance. La situation est si grave que l'hôpital de Mayotte, impuissant médicalement parlant, réclame le renfort des collègues de La Réunion. Il faut transporter le jeune homme en avion, 1 435 kilomètres pour sauver une victime de ces affrontements qui voient s'entredéchirer des enfants très souvent déscolarisés. Quasi exclusivement des garçons. Les filles ? Exclues des combats, mais de plus en plus objets de menaces. « Des pièces sur un jeu d'échecs. »

Dire que l'État de droit s'écroule à Mayotte serait un raccourci malhonnête. Fin 2023, lors de notre présence sur place, les incarcérations bondissent. Deux tiers de plus que l'an passé. Les renforts, exigés, ont été honorés. Le commissaire compte alors 119 fonctionnaires de police supplémentaires, sans oublier l'appui d'une quarantaine de gendarmes. Mais le quotidien est une spirale. Après une maigre accalmie, dans les mois qui suivent, l'insécurité repart de plus belle, avec la surenchère comme valeur cardinale. Même sur la paradisiaque plage de N'Gouja, là où les touristes plongent à côté de tortues dans une eau couleur aigue-marine qui n'a rien à envier aux Maldives, des gendarmes en tenue font tampon. « Si vous dépassez notre position, on vous aura prévenus, vous serez dépouillés dans la minute, faudra pas venir pleurer. » Derrière des arbres : des ados avec des machettes à leurs pieds.

*

L'île vit au rythme des opérations coup de poing, annoncées à grand renfort de communiqués de presse par la place Beauvau. « Ce n'est pas efficace, point », balaie un cadre de la police, dépité quand on lui rappelle les promesses de résultat du ministère de l'Intérieur.

« À Mayotte, relate pour sa part le patron du commissariat, nous sommes le plus gros consommateur de grenades de France. Jusqu'à 2 000 en une journée. Foutre du bleu partout est une connerie. Les jeunes continuent jusqu'à ce qu'ils obtiennent ce qu'ils appellent des "prisonniers" qu'ils retiennent dans leurs quartiers. Du coup, actuellement, on ne se déplace que pour des actes de police judiciaire, en fonction des plaintes des habitants. »

Le lendemain, une patrouille de police prend la direction d'un quartier périphérique de Mamoudzou. Trente minutes de voiture vers un endroit où la nature exubérante enveloppe les bidonvilles toujours plus grands, toujours plus incontrôlables. Sur l'île, la moitié de la population vit avec moins de 160 euros par mois, un tiers de l'habitat est considéré comme « informel ».

L'informel, ce sont des cases en tôle qui surplombent le paysage de Mamoudzou, et qui ont été détruites par milliers lors de la tempête de décembre 2024.

Les policiers empruntent un véhicule en parfait état, ce qui jure presque avec le reste, car, sur le parking du commissariat, on compte au moins une dizaine de voitures aux vitres explosées, avec des impacts de pierres sur les carrosseries et de multiples traces de barres de fer.

Sur le chemin, siège passager avant, un policier « enfant du coin » revient sur le problème numéro un de Mayotte en matière d'insécurité : les barrages incessants montés à la dernière seconde pour bloquer les routes. « De jour comme de nuit, ils volent les passagers. » La raison ? « Pas toujours pour l'argent. La violence est souvent gratuite, pour marquer les victimes, faire peur et espérer gagner en influence sur leur territoire. »

Ce matin, les policiers répondent à l'appel d'habitants qui, depuis plusieurs jours, se plaignent d'avoir été volés à leur domicile. Des objets de valeur subtilisés. Les plaintes étant insistantes, la police décide d'y aller. « On veut faire notre boulot », assure, presque avec candeur, l'un des occupants dans la voiture. Il a débarqué de métropole voilà quelques semaines.

Ont été mobilisés pour cette opération *light :* deux véhicules, six hommes, et presque autant d'armes.

L'entrée du « village » est marquée par une cohabitation de tôles et de bananiers. Le flic « enfant du coin » part le premier en repérage. Il connaît les gestes et paroles à ne surtout pas utiliser, pour garder un semblant de maîtrise de la situation. Et puis, son visage passera mieux que ceux des collègues.

On croise un enfant de 4 ans, errant avec une longue barre de fer plus grande que lui. Le policier fait signe à ses collègues, loin derrière, de ne surtout pas agir. L'urgence est ailleurs : « On est venus pour autre chose. »

Un grand gaillard taillé comme un SUV prévient : « On reste quelques minutes, pas plus. » Il se positionne près des véhicules, l'arme prête en cas de légitime défense. Entre-temps, « l'enfant du coin » s'est enfoncé dans une impasse. Il sait dans quelle case se rendre, il connaît les noms de deux jeunes suspects – ils ont l'âge d'être au collège mais n'y vont certainement pas. Une mère surgit. Un fichu sur la tête, des habits traditionnels mahorais pourpres brodés de fil blanc, elle parle lentement au policier, mais personne n'entend ni ne comprend un mot. Derrière elle, regardant par terre, deux ados paraissent. Ils traînent des pieds. L'un en survêt blanc, l'autre avec un short de contrefaçon marque Burberry. « Ils sont à vous », livre-t-elle dans un dialecte local. Le policier, « enfant du coin », est lui-même surpris.

Sur la route du retour, le petit garçon avec la barre de fer est toujours présent, même carrefour, même désœuvrement.

Au commissariat, des prélèvements ADN sont réalisés sur les deux ados, la BAC récupérera les résultats sur tablette, les fichiers sont partagés, en tout cas l'administration nous dit que ça fonctionne enfin convenablement.

Dans un couloir faiblement éclairé, les enfants patientent sur des chaises. De cette procédure ne restera probablement pour le binôme rien d'autre que l'impact psychologique d'être resté plusieurs heures aux mains des enquêteurs. « C'est déjà beaucoup », se persuade un policier.

Mayotte n'attire pas les vocations, côté forces de l'ordre. Pour chaque poste d'encadrant, c'est, d'après le commissaire, « entre zéro et un postulant ». Les primes ne suffisent plus à recruter.

*

Plantée dans l'océan Indien entre Madagascar et le Mozambique, Mayotte est un chaudron attisé non-stop par la violence. Les braises rougeoient sans discontinuer. Mais c'est pire autour. Mayotte reste en effet l'endroit le plus prospère de l'archipel des Comores. Les territoires alentour sont décimés par la pauvreté. Conséquence : le département tricolore attire ceux qui rêvent de la France et paient plusieurs centaines d'euros pour débarquer en *kwassa* – des pirogues en bois – sur les côtes de la République.

Les criminels derrière ces réseaux proposent, pour les enfants, des tarifs réduits. Pour les bébés, c'est encore moins cher. Il y a aussi des traversées VIP à partir de 1 000 euros, que s'offrent les migrants les plus aisés. À chaque fois, le voyage s'effectue au péril de leur vie. Les autorités comoriennes parlent de 20 000 morts ces trente dernières années. Ceux qui survivent, une fois arrivés, affrontent mille formes de difficultés. *A fortiori* quand ils ne sont pas encore adultes, sans parents.

À l'Assemblée nationale, les débats sur Mayotte secouent régulièrement l'Hémicycle. Certains députés – généralement à gauche – veulent, proposition de loi à l'appui, que les régions de l'Hexagone se répartissent les mineurs isolés – on en compte plusieurs milliers sur l'île. D'autres – généralement plus à droite – réclament l'abrogation pure et simple du droit du sol (droit déjà durci ces dernières années).

Au sein du commissariat aussi, on fait de la politique. « Le grand remplacement, en métropole, ça ne veut rien dire, commente un cadre. Ici, c'est une réalité. Les Mahorais ne sont plus majoritaires sur l'île. » Plus nuancée, une policière de terrain : « Ici, c'est le paradis puis l'enfer, sans transition. »

*

On repart vers un autre bidonville. Seuls, cette fois. Sans policier. Sur la route nationale, à côté d'un salon de beauté et d'une auto-école de fortune, deux voitures blanches font soudainement demi-tour en pleine voie. Des klaxons préviennent les autres véhicules. Un caillassage commence. Plusieurs ados coursent un plus petit qu'eux. « Il va se faire massacrer », crie un passant, sans rien faire d'autre ensuite que soupirer. Le plus jeune se cache à côté de l'auto-école. Trois pierres frôlent son visage. Ses ennemis ont l'air habités par la rage. L'un des assaillants a les yeux injectés de rouge. Une matraque dans la main. Un regard vers nous, prière de déguerpir *illico* avant que notre voiture ne soit recouverte d'impacts.

La suite se passe au pied d'une colline. Kawéni : officiellement le plus grand bidonville de France. Vingt mille habitants, sur des pentes descendant jusqu'aux mangroves. Les « décasés », ceux à qui on a rasé les habitations en tôle, viennent s'y réfugier. L'insalubrité est ici l'épouse de la détresse.

S'approchent de nous deux jeunes de 15 ans. Eux aussi sont déscolarisés. Sur leurs épaules, ils portent des gilets jaunes, « comité de prévention ». Pour ceux, nombreux dans le bidonville, qui versent dans la violence et s'en galvanisent, ces gilets, c'est la honte et le non-respect assuré. Pour les deux ados, c'est une faible source de revenus dans ce décor de favelas où l'électricité et l'eau sont des biens de luxe. L'eau, justement : le duo est chargé d'encadrer la seule source publique ouverte à la population. « Pas plus de cinq seaux », annonce celui des deux qui a un regard juvénile. Son comparse détaille. « Les premiers arrivent à 3 heures du matin. Les derniers repartent à 15 heures. Ensuite, le robinet est fermé. »

En ce mois d'octobre 2023, un peu plus d'un an avant que la tempête Chido ne vienne s'abattre sur le bidonville, le manque d'eau est alarmant. C'est vrai partout sur l'île. On n'en est plus à parler d'insécurité, mais à savoir qui pourra fournir un verre d'eau à ses enfants. Les distributions de packs de bouteilles sont promises par les autorités, qui reçoivent des charters de La Réunion, mais les bouteilles en question n'arrivent pas jusqu'au bidonville où vivent des Comoriens sans-papiers et sans avenir.

Dans une supérette au nord de Mamoudzou, les six bouteilles (1,5 litre) de Bonaqua sont à 12 euros. La caissière, pas le moins du monde perturbée à l'idée de rajouter de la cherté à la cherté, justifie : « Chacun ses marges, je ne force personne. » L'offre – la demande.

Dans un hangar, la municipalité garde au frais – sous protection policière – des centaines de packs d'eau, en vue de les distribuer le lendemain aux plus démunis qui doivent faire le déplacement sur une place publique, avec encadrement par l'armée pour éviter tout débordement. Les personnes âgées sont servies les premières. À tous, il est demandé de patienter, parfois de longues heures, pour quelques bouteilles.

Lors de notre passage à Mayotte, deux jours sur trois, les robinets sont à l'arrêt. Distribution alternative, faute de mieux. Les infrastructures de traitement de l'eau sont mourantes, les sous-investissements, chroniques, les nouvelles solutions, pas encore prêtes.

Pierre-Emmanuel Ancenys est pharmacien à Mamoudzou (il a grandi en métropole). « Les conditions d'hygiène minimales ne sont plus respectées. Pas seulement dans les bidonvilles, dans toute l'île aussi. Il faut du temps pour intégrer cette privation essentielle que vivent les habitants. Il faut, ensuite, encore plus de temps pour réaliser... qu'on est en France. »

Sur les collines du bidonville où les deux ados en gilets jaunes passent leurs journées à apaiser les colères, la situation sanitaire empire chaque jour. Maladies, virus, mais pas de prise en charge, ou alors trop peu, faute de moyens et de personnel – la même musique, toujours. Devant la fontaine qui semble aussi fatiguée que le terrain sur lequel elle repose, les regards des deux ados sont vides, comme dépeuplés. Une mère de famille joue des coudes pour repartir avec six seaux au lieu de cinq. L'adolescent, deux fois plus jeune que son interlocutrice, celui au regard d'enfant, va devoir jouer au policier de l'eau. Dans le 101e département français.

Depuis, Mayotte poursuit sa chute. Le cyclone Chido et les pointes de vent à plus de 200 kilomètres à l'heure ont détruit des milliers d'habitations. La facture globale des dégâts monte à 3,5 milliards d'euros.

Dans le chef-lieu de Mayotte, presque 90 % des écoles ont subi des dégâts. De quoi fragiliser encore plus un système scolaire asphyxié. Pour ne parler que des plus jeunes, avant même le cyclone : un enfant sur deux inscrit en école primaire subissait la règle des rotations, faute de places suffisantes. Un groupe à l'école le matin, l'autre l'après-midi. Beaucoup de classes qui ne sont pas dédoublées, deux profs partageant fréquemment la même salle. Au déjeuner, neuf fois sur dix, pas de repas chaud mais une « collation[1] ». Dans le territoire le plus pauvre de France.

Le cyclone passé, plans, promesses, engagements s'empilent. Les actions, beaucoup moins. Trop de paperasse, trop de normes, mais aussi des banques qui ne suivent plus. Chez les habitants, le ras-le-bol et l'écœurement gagnent encore des parts de marché. Quatre mois après Chido, alors que le président de la République retourne sur l'île, il est pris à partie par certains. Eux expriment leur épuisement. Le chef de l'État leur répond. « Si c'était pas la France, vous seriez dix mille fois plus dans la merde. »

1. Rapport de la chambre régionale des comptes, publié par *Le Monde*, le 21 mai 2025.

SIXIÈME PARTIE

IMMIGRATION, TOUS PERDANTS

En 1946, la population immigrée représentait 5 % des personnes vivant en France. En 1975, ce chiffre était de 7,4 %. D'après l'Insee, il a aujourd'hui atteint 10,7 %.

Parmi ces 7,3 millions d'immigrés, un tiers sont français – ils ont donc acquis la nationalité tricolore depuis leur arrivée dans le pays.

En ce qui concerne l'immigration illégale, sur une décennie, l'Union européenne a vu ses arrivées irrégulières passer d'un million en 2015 (avec le contexte particulier de la guerre en Syrie) à 239 000 en 2024[1]*.*

En France, aucun chiffre consolidé n'existe sur le sujet mais le ministère de l'Intérieur évoquait en 2021 une fourchette comprise entre 600 000 et 800 000 personnes, soit « beaucoup moins de clandestins que les grands pays d'Europe[2] *».*

1. Bilan chiffré de la Commission européenne, Frontex, « Irregular Border Crossings into EU Drop Sharply in 2024 », janvier 2025.

2. Voir « "LR singe Éric Zemmour et Marine Le Pen" : immigration, insécurité... Gérald Darmanin défend son bilan », *Le Parisien*, 20 novembre 2021.

Immigration, tous perdants

Dans ce chapitre, l'éclairage est mis sur les deux lieux les plus emblématiques de l'immigration illégale en France.

Menton, tout d'abord. Collée à la frontière italienne, cette ville des Alpes-Maritimes voit transiter chaque année des milliers de sans-papiers ayant traversé la Méditerranée.

Calais, ensuite, dans le Nord. Là-bas, depuis un quart de siècle, les migrants tentent leur chance pour rejoindre la Grande-Bretagne.

Les tensions migratoires saturent le débat public. Réfugiés, forces de l'ordre, associations... La réalité du terrain et les croyances se heurtent, reconfigurant jusqu'au rapport à l'autre.

La nationalité, champ de bataille politique.

24

Porte d'entrée, l'immigration dans le sud-est de la France

Ils ont, souvent au péril de leur vie, traversé la Méditerranée. Débarqués en Italie, beaucoup tentent ensuite le point de passage de Menton. Ce carrefour raconte mieux que n'importe quelle autre localité en France les récentes vagues migratoires. Il y est question de parcours chaotiques, d'incohérences politiques et sécuritaires. De business, aussi. Car derrière chaque vague migratoire prospère un trafic plus lucratif encore que celui de la drogue.

Le véhicule file sur l'autoroute. La frontière italienne est éloignée d'une dizaine de kilomètres seulement. Ils sont cinq à bord. Trois Équatoriens, deux Péruviens. Dans le coffre ont été dissimulés des outils pour plusieurs chantiers de construction, glissés entre trois sacs à dos. Avec un peu de chance, ça va passer, pensent-ils. Après tout, le poste-frontière a été franchi sans encombre.

Pas un bruit à bord du véhicule quand soudain, sur l'asphalte, un agent des forces de l'ordre en chasuble jaune fluo surgit. Un signe des mains, prière de s'arrêter. L'équipage s'exécute. Le contrôle est expéditif. « Vous parlez français ? » interroge le policier. Le conducteur, dans un mélange mal maîtrisé d'italien et d'espagnol : « *Hablo un po Italiano*[1]. » L'arrière du véhicule est ouvert, les outils repérés instantanément. Les cinq passagers se rendaient sur un chantier près de Montpellier. Travail au black.

« Ça, c'est l'immigration pour le boulot, version intérim. Vraiment une petite partie de l'iceberg », décrypte Vincent Kasprzyk, commandant divisionnaire de la police aux frontières de Menton. Les vagues migratoires, celles qui agitent l'Hémicycle et les chaînes infos, il les a toutes observées. Ce cadre de la police a bossé pendant des années à Calais, à la tête de la brigade mobile de recherche. Précis dans son discours, Vincent Kasprzyk évite les raccourcis autant que les pièges quand il parle de ces sans-papiers qui, de l'Italie, traversent la France pour se rendre en Grande-Bretagne. L'immigration ? « Comme le trafic de drogue, mais en plus rentable. »

Dans le cadre de sa mission, à Menton, Vincent Kasprzyk désigne une cible prioritaire : les passeurs, ceux qui organisent ce « trafic d'êtres humains, aux dépens des humains ».

Pendant vingt-quatre heures, ce policier aguerri qui connaît les chiffres, les objectifs, la pression politique, la pression médiatique, et compose aussi avec la réalité du terrain, sera notre fil rouge.

*

Printemps 2023, petit matin à la gare de Menton. Arrive le premier train en provenance de Vintimille (Italie). Les forces de l'ordre, de l'autre côté des Alpes, ne contrôlent jamais le premier train. Trop tôt, pas assez

1. « Je parle un peu italien. »

d'effectifs, les journées sont déjà assez longues comme ça. Du coup, côté français, à cette heure-ci, la vigilance est comme compensée. Le jour n'est pas encore levé, une dizaine d'agents sont disposés sur le quai. Le TER s'immobilise en gare.

Un salut au conducteur qui observe le même ballet se mettre en place presque quotidiennement, puis les agents entrent dans les wagons. Chacun sa porte. Sur les tenues des policiers, des écussons affichent : « Réserve opérationnelle ». Ils sont retraités de la police, mais reprennent du service – en moyenne douze jours par mois – afin de prêter main-forte à des collègues sur les genoux, faute d'effectifs suffisants pour assurer les missions de contrôle imposées par la place Beauvau, dont les exigences montent à chaque nouvelle vague migratoire. Celle qui est enregistrée actuellement est qualifiée d'« intense ». Ils ont les mêmes armes, les mêmes prérogatives que leurs collègues policiers.

La première réserviste à effectuer un contrôle est une femme d'une soixantaine d'années. Brushing impeccable, elle interroge un jeune homme sur son âge. Il ne comprend pas le français, dit qu'il est né en 2008, mais sa carte d'identité indique 2005. « On appelle un traducteur, ça sera plus simple. » L'homme est escorté vers le quai. Son visage se décompose. À côté, une femme enceinte. Elle dit venir d'Irak. Deux enfants accrochés à elle, dont une petite fille de 2 ans. La mère est si exténuée qu'elle n'a pas la force de laisser la peur se refléter dans ses yeux.

En l'espace de cinq minutes, ils sont dix-huit sur le quai, tous en situation irrégulière. Dans quelques instants, une fois les papiers et documents inspectés, ils seront emmenés dans deux camions des forces de l'ordre et conduits au poste-frontière. Là-bas, des vérifications plus poussées seront réalisées par les équipes de la Police aux frontières (PAF).

Sur le quai, le discours tenu par les réservistes, sans brutalité, mais sans laisser aux contrôlés une chance de s'accrocher à un espoir de tranquillité, est le suivant : « Si on confirme au poste que vous n'avez pas vos papiers, on va vous refuser l'entrée et vous allez retourner en Italie. Vous repartirez libres. »

Un individu émeut particulièrement la dame au brushing qui fait tout pour ne pas le montrer. Il porte un sweat fatigué, avec deux bandes rouges qui remontent au niveau du bras. Son anglais est précaire. « Vous êtes à la frontière française », lui dit la réserviste. Trois fois, elle répète les mêmes mots. Il ne comprend pas. Sous ses bras, il serre un manteau en fausse laine, s'y agrippe comme à un refuge. Il n'a pas de sac à dos. Toutes ses affaires personnelles ont été abandonnées en Italie. Le moins d'indices, le moins de traces, lui ont conseillé les autres, ceux qui tentaient le passage avant lui. Il dit s'appeler Kamara, venir d'Afrique subsaharienne, être passé par la Tunisie, avoir dû travailler deux ans dans une usine afin de financer sa traversée de la Méditerranée. Cet épisode, remémoré à voix haute, dans un anglais sommaire, tord le ventre. Il lui a fallu deux tentatives pour rejoindre l'Italie. Trois jours en mer. Une arrivée à Lampedusa. Puis un long périple, jusqu'à la frontière avec la France. Il a la vingtaine. Des joues anormalement creuses pour son âge.

« On va vérifier sur les fichiers internationaux », lui explique la policière, remuée. Une fois dans le fourgon, elle se retourne quelques secondes pour encaisser. Efface une mince trace de mascara sur le haut de sa joue. Il fait encore presque nuit, les collègues ne verront rien. « Certains, explique-t-elle plus tard, sont un peu plus costauds que moi, ils ne comprennent pas que je pleure parfois. »

Dans le département, en seulement quatre mois, déjà 9 000 personnes ont été interceptées en situation irrégulière et remises aux autorités italiennes. « La plupart tentent à nouveau de rejoindre la France, parfois dès le lendemain. »

Au poste-frontière, qui mériterait une bonne rénovation, mais vu la liste des urgences plus personne n'ose avancer des revendications « de confort », au poste donc, dans chaque salle, les interrogatoires sont menés avec rapidité, faute de moyens humains suffisants. Les couloirs sont pleins à craquer.

*

Le casse-tête principal, c'est la question de la majorité. Comment décréter qu'un individu a plus ou moins de 18 ans ? Un certain nombre ment, dans l'espoir de rester en France. S'ils sont reconnus mineurs, ils bénéficient d'une prise en charge dans un centre d'accueil géré par le département. Lors de notre passage, les policiers de la PAF pratiquent des « entretiens d'appréciation de minorité ». Une dizaine d'associations locales – notamment Emmaüs, le Secours catholique – ainsi que le syndicat de la magistrature s'apprêtent alors – nous sommes en août 2023 – à porter plainte, estimant que de telles pratiques mènent à des « renvois arbitraires ». Il faudra que la justice tranche, en faveur de la PAF, pour que le litige prenne fin. « Pas de doute sérieux sur la légalité du protocole d'accord », dit le juge des référés.

Les associations ne sont pas les seules à s'offusquer. La vague migratoire percute jusqu'aux enjeux immobiliers. À Menton, on parle d'un hôtel Ibis Budget qui pourrait être très bientôt réquisitionné. Parce que l'afflux de sans-papiers ne cesse de progresser et qu'il convient de trouver des lieux d'hébergement. Cette année-là, les passages illégaux entre l'Italie et la France affichent + 105 % en douze mois. Du côté des habitants, il y a ceux qui acceptent et estiment nécessaire d'aider. Les autres affirment qu'on leur vole leur sérénité.

Un bâtiment désaffecté appartenant à EDF cristallise l'attention. Avant, l'immeuble servait de centre de vacances pour les employés de l'énergéticien. Maintenant, le département envisage d'en faire un centre d'accueil pour les mineurs non accompagnés (MNA). Rien n'est encore signé que, déjà, des tags fleurissent, le temps d'un week-end, sur la façade de la structure. « Insécurité. » « Viol. » Sur un autre graffiti, on dénonce la probable baisse du marché immobilier, si ça continue ainsi.

Un peu plus à l'est, dans la ville de Carros, le département a déboursé 2,2 millions d'euros pour racheter deux villas et les transformer en centres d'accueil. « Ces investissements, c'est bien la preuve que ça va durer. L'immigration, on va vivre avec », observe, une certaine fatalité dans le ton, un cadre local de la police.

*

Dans le cadre d'une patrouille de jour, Vincent Kasprzyk nous amène au sommet qui coiffe la ville de Menton. Paysage à couper le souffle, la Méditerranée en majesté. L'accès est aussi périlleux que le spectacle, saisissant. Des chemins escarpés, des ravins de plus de 60 mètres de profondeur. Beaucoup de migrants empruntent ces passages plutôt que le train, pariant sur la probabilité d'y être moins contrôlés. La semaine dernière, un individu a fait une chute de plus de 50 mètres. Il s'en est miraculeusement sorti avec quelques blessures superficielles.

Pour ne pas se perdre, les réfugiés suivent des flèches jaunes taguées sur des pierres. Le grillage rouillé qui délimite les terres tricolores des terres italiennes, et qui date de la Seconde Guerre mondiale, a été découpé en son centre. « Faut remercier les "No Borders[1]", c'est eux qui aident les migrants dans leurs tentatives de traversée. On appelle ce lieu "les pas de la mort". Si on se trompe de chemin, une chute et terminé. Une folie d'amener les migrants ici. »

C'est que la traversée en hauteur est moins chère que celle par la route, qui se monnaie plusieurs centaines d'euros.

Des kilomètres durant, partout, des vêtements laissés en pleine nature. Mais aussi des papiers, des lettres manuscrites, des préservatifs, des jouets, des couches-culottes usagées.

Aucun migrant repéré lors de la patrouille. La faute au temps. Fortes averses attendues. Un couvercle de nuages s'abat sur le ciel de Menton. La nuit s'impose en quelques instants.

La suite se déroule en voiture. En coordination avec la police italienne, une équipe de la PAF est pré-positionnée pour intervenir, dans un décor qui emprunte au maquis corse. On attend des renseignements de l'autre côté des Alpes. Qui finissent par tomber, les téléphones portables vibrent. Est recherché un véhicule de marque Renault, on a l'immatriculation. Vincent Kasprzyk et

1. Littéralement, « pas de frontières ».

deux collègues dépassent les 140 kilomètres à l'heure. Gyrophare. Quelques minutes de course et la voiture en question est repérée, puis immobilisée sans entrave. S'extrayant du véhicule, le conducteur fait celui qui ne comprend pas ce qui arrive. Banquette arrière, ils sont quatre, mutiques.

– On va pas tourner autour du pot, demande un membre de la PAF. Qui, ici, a des papiers d'identité en règle ?

– Je ne les connais pas, bredouille le conducteur.

– Comment ça ? s'énerve un autre policier, plus baraque que les autres.

– Des Africains, ils n'ont rien à manger, rien à boire, je les ai ramassés sur la route.

Manque de chance pour le conducteur, parmi les passagers à l'arrière se trouve une femme qu'un agent reconnaît immédiatement. Interpellée la veille au soir, elle a déjà subi un interrogatoire au poste frontalier de Menton.

Autre élément à charge : dans les poches du chauffeur, six billets de 100 euros.

Les téléphones portables de tous les occupants sont confisqués, placés dans des enveloppes – les mêmes en plus grand que celles utilisées dans les bureaux de vote lors des élections. Sur le côté de la scène, un enquêteur décrypte : « Si on voit qu'un coup de fil a été passé ces dernières heures entre l'un des occupants et le passeur présumé, on a une preuve irréfutable. »

La soirée se poursuit au bureau pour Vincent Kasprzyk, après déjà une quinzaine d'heures au compteur. L'enjeu numéro un, dorénavant : « Attraper ceux qui organisent ce trafic. Ils risquent chacun plusieurs années de prison. » Mais pour cela, il faut rehausser moyens et effectifs. Les promesses d'action du ministère de l'Intérieur ne sont pas toujours en adéquation avec les lignes budgétaires ensuite déclenchées. Il faut aussi faciliter la paperasse administrative et la compréhension des règles. En dix ans, la législation sur l'immigration a été modifiée à 133 reprises.

Lors de notre reportage de vingt-quatre heures à la PAF de Menton, 80 policiers ont arpenté le terrain, épaulés par quatre unités mobiles de la police, soit une soixantaine de personnes en plus. Sans compter les militaires de l'opération Sentinelle, le long des chemins pédestres, principalement dans les montagnes. C'est beaucoup. Beaucoup d'efforts, dit-on à Beauvau. Beaucoup d'argent, répond-on du côté de la Cour des comptes (1,8 milliard d'euros par an au niveau national). Beaucoup trop peu, concluent les policiers de la PAF.

*

Quatre mois ont passé quand on décide de retourner à Menton. Le contexte – un afflux de migrants depuis l'Italie – est « explosif », pour reprendre l'expression de plusieurs partis politique, à droite, à la droite de la droite, voire plus à droite encore. La « vague migratoire », disent-ils, est en train de « se fracasser » sur le département des Alpes-Maritimes. D'autres utilisent la métaphore du tsunami.

Un membre de la PAF, café serré entre les mains, dans le rôle du comptable : « Avant, c'était 150 migrants par semaine. Maintenant, c'est 150 migrants par jour. »

Le même, pour nous éclairer sur l'ambiance générale : « Rien n'a changé, tout empire. » Les souffrances, le désespoir, côté migrants. Le manque de moyens malgré les renforts. Le découragement, aussi, parfois, côté forces de l'ordre.

Le premier train du matin échappe toujours à la vigilance des carabiniers italiens. 5 h 22. La même scène dans les wagons. Contrôles d'identité. Dans un souci d'efficacité, les questions fusent directement en anglais : « Police, bonjour. *Where are you from ? Passeport ? Nigeria ?* » En file indienne, une vingtaine d'individus rejoignent le quai. Beaucoup plus de femmes interceptées qu'au printemps. Parmi elles, une maman et ses trois enfants. Le plus âgé a 10 ans. Il porte un maillot d'une équipe de foot italienne. La fratrie est originaire du Soudan. Pas de père. Tous les membres montent dans le fourgon de la police. À côté, une femme enceinte. À chaque mouvement, elle tient son ventre. Accouchement imminent. « À mon avis, ça se compte en heures », jauge une policière réserviste. Robe de chambre blanche à rayures bleu foncé, un jean de grossesse déboutonné, elle avance lentement, chaque geste est une douleur. « Vous, madame, pas besoin d'attendre. » Entendue quelques instants, elle sera transportée dans la foulée vers un hôpital. « Elle accouchera en France, décrypte un superviseur. Elle donnera naissance à un enfant qui deviendra français. Elle devrait être régularisée. »

Pendant ce temps, au poste de Menton a lieu l'interrogatoire musclé d'un passeur arrêté en flagrant délit. Possiblement un gros bonnet. Il est mutique. Pour que l'enquête avance vite, un migrant ayant payé ce passeur est, lui, interrogé dans une fourgonnette. Face à lui, trois policiers de Marseille venus prêter main-forte – toujours le même problème d'effectifs à Menton. Le téléphone du migrant est épluché. On précise au jeune homme qu'il peut se sentir en confiance, que dénoncer les agissements de ceux auprès de qui il a payé son ticket d'entrée pour traverser la Méditerranée serait salutaire. Combien a-t-il déboursé pour le passage ?

Souvent, la réponse dépend du climat géopolitique, des chutes de régime – Syrie, Libye... Mais aussi des guerres – Soudan, Somalie... Le « confort » des bateaux entre également en ligne de compte. Depuis la Tunisie, 900 euros, pour un bateau transportant jusqu'à 50 personnes. Avec deux moteurs, et une capacité réduite de 30 occupants, prévoir au moins le triple. Les enquêteurs ont d'épais dossiers dans lesquels il est consigné noir sur blanc qu'une traversée peut générer entre 40 000 et 70 000 euros de recettes. Certains groupes mafieux arrivent à toucher 2 millions de revenus annuels, grâce à un parc d'une trentaine de bateaux.

Comment bloquer la route tunisienne ? Après d'âpres négociations, l'Europe scelle un accord avec le gouvernement de Tunis. Cent cinq millions d'euros sont accordés en 2024 en échange d'une lutte « plus efficace » contre l'immigration illégale. *De facto*, quelques mois plus tard, la route migratoire méditerranéenne sera moins empruntée.

*

Physiquement, Vincent Kasprzyk est plus marqué que lors de notre précédent passage, quatre mois plus tôt. Les polémiques sur les migrants secouent les élus locaux, le Parlement, le gouvernement, les médias, les réseaux sociaux...

Aux yeux de certains, Menton est dépeint comme la porte d'entrée du grand remplacement. Un aspirateur à craintes. Les fantasmes débordent.

Le poste-frontière, lui, poursuit méthodiquement les mêmes « reconduites à la frontière ». À quoi correspondent-elles réellement, ces reconduites à la frontière ?

Dix heures trente ce matin-là. Quatre individus, deux hommes et deux femmes, sortent du centre de la PAF après avoir été entendus. Ils marchent seuls vers l'Italie, à moins de 100 mètres. Sac vert fluo repérable à 200 mètres à la ronde, celui qui devance le reste du groupe sait déjà qu'il retentera sa chance dans les prochains jours. Derrière lui, une femme avec un sac sur la tête. Les deux autres migrants ferment le rang. Le quatuor vient de Côte d'Ivoire. Sur l'asphalte, ils empruntent un virage, le même que pour les voitures. La mer à droite, la montagne à gauche. Se volatiliser n'est pas une option. Côté italien, on vérifiera leurs identités et ils regagneront une base arrière, sans doute à côté de Vintimille. Un policier français surveille au loin. « Vous avez vu la dame avec un sac en bandoulière ? Ce n'est pas un sac, c'est un nourrisson. » Pause. « Un gosse. » Nouvelle pause, plus longue. « Moi, conclut le policier, j'ai un bébé de 8 mois à la maison. Ça me tord le ventre. »

25

Porte de sortie, l'immigration dans le nord de la France

Depuis vingt-cinq ans déjà, forces de l'ordre, riverains, associations s'affrontent sur la manière d'appréhender la vague migratoire qui touche le nord de la France.

À Calais, la situation est régulièrement jugée « explosive ». Murs, barbelés... la zone portuaire emprunte les mêmes décors que ceux des prisons.

À l'épuisement des migrants se joignent plusieurs colères. Celle des associations qui dénoncent un traitement inhumain. Et celle des policiers qui critiquent un système mafieux derrière les traversées.

Sur le marché des eldorados, Londres reste, aux yeux des migrants, une valeur refuge. Parce que beaucoup parlent anglais. Parce qu'on imagine – souvent à tort – des opportunités incomparables en matière de travail.

Fin 2024, on compte 1 700 policiers et gendarmes théoriquement mobilisables le long des 110 kilomètres de côte. En un an, les autorités ont enregistré plus de 37 000 migrants ayant effectué la traversée de l'autre côté de la Manche. Le nombre de morts en mer, cette année-là, est officiellement d'« au moins 89 personnes ». C'est beaucoup plus, déplorent les associations.

Chaque semaine, sur le sable, des tragédies. Dans un fracas déchirant, pour qui les observe.

Brigitte Duhen-Rybczysnki est bénévole au sein de l'association Osmose 62. Devant elle ce matin-là, un bateau qu'on appelle *small boat*. À bord, une soixantaine de volontaires prêts à traverser la Manche. Les passagers ont bon espoir de réussir – « en six heures », promettent les passeurs – à gagner le littoral anglais. La plupart ont payé plusieurs milliers d'euros. En fonction des nationalités, les tarifs fluctuent. Avant de foncer tout droit, le bateau pneumatique effectue un nouvel arrêt, comme le ferait un omnibus. Sur le rivage, près de Wimereux, à côté de Brigitte, une douzaine de réfugiés attendent. Il leur faut rejoindre l'embarcation à la nage, 25 mètres tout au plus. Une épreuve, pour ceux qui savent à peine effectuer la brasse. Certains s'appuient sur leurs comparses. Seuls deux hommes ont des gilets de sauvetage, un dernier arbore une épaisse bouée noire. Les autres n'ont rien. Pas assez d'argent pour payer le « supplément » que constitue une veste de survie. Leur a-t-on dit que les navires qui croisent au large peuvent, en formant de puissantes vagues, retourner l'embarcation en une seconde ?

Ce matin-là, effrayée, Brigitte constate que la mer est déjà agitée. L'opération, vue du sable, paraît une pure folie. Le bateau est trop chargé, il faut faire un tri. Les derniers arrivés à la nage se voient soudainement refuser l'accès. Ils sont au moins deux à avoir des enfants déjà installés dans le *small boat*. Un passeur tranche, il faudra que les adultes attendent le prochain convoi. Retour sur le sable. Familles séparées. Brigitte épaule du mieux qu'elle peut, c'est son rôle de bénévole. Tenir la main à la détresse. Plus tard dans l'après-midi, elle reçoit un appel d'un des enfants. Oui, il est bien arrivé de l'autre côté. D'autres migrants lui ont fait la promesse de veiller sur lui. Jusqu'à ce que les parents rejoignent à leur tour l'Angleterre.

« Venir en aide aux migrants, c'est comme aller à la guerre, dit Brigitte. Il faut être prêt pour affronter des personnes qui ont déjà tant enduré en traversant la Méditerranée. Si on ne les considère plus pour ce qu'elles sont, on perd toute dignité. »

*

Avant que le soleil ne se lève et que les boulangeries n'ouvrent, accompagnée de deux ou trois volontaires, dès que les conditions météo sont clémentes, Brigitte patrouille le matin sur les plages, à la recherche de sans-papiers « naufragés », rejetés par la Manche. Quand ils échouent, il faut parfois leur prêter secours. Une couverture de survie, un café chaud. « La règle est claire : on leur vient en aide après les tentatives, pas avant. » Les détracteurs de l'association jugent leurs membres coupables d'envoyer ces individus « à la mort ». Brigitte répond : « On fait de la prévention dans les gares du coin, on leur dit : "N'y allez pas, c'est trop risqué." On distribue des numéros d'urgence, si les choses tournent mal. Mais on ne dissuade personne. » Les maraudes commencent à 5 h 30. L'été. L'hiver aussi. Même quand l'eau descend sous les 10 degrés. « Pour l'immigration non plus, il n'y a plus de saison. Les traversées, c'est tout le temps, dès que les vagues et le vent s'atténuent. »

Depuis les quais de la chic villégiature de Wimereux, les côtes anglaises paraissent presque voisines. Elles sont pourtant situées à une quarantaine de kilomètres. Ici, les villas Belle Époque se monnayent une fortune. Chez le notaire, les acheteurs n'ont pas tous conscience qu'ils deviennent propriétaires d'un bien dorénavant à proximité immédiate de la route des passeurs.

Brigitte regarde son application météo marine. Aucune expédition de *small boat* n'aura lieu aujourd'hui car, dans les prochaines heures, le vent va se déchaîner. La bénévole a fini par tout apprendre du langage de la mer : les coefficients, les houles. Elle sait aussi que dans trois jours, vu les prévisions, de nouvelles traversées seront sans nul doute organisées ; qu'il faudra absolument venir en aide à des dizaines de migrants, au gré des rencontres sur le rivage. Certains réfugiés ont son numéro de portable, ils préviennent avant de prendre la mer. D'autres avancent, tête baissée, cachés dans des bois puis amenés dans les dunes, pour affronter la Manche, en espérant ne pas être repérés par les forces de l'ordre qui, si elles identifient une opération en cours, ont pour consigne de crever les pneumatiques en priorité. « Casser l'outil de travail des trafiquants », se justifient les policiers de Calais. Brigitte : « Je vous parle sciemment de guerre. Une guerre où tout le monde est perdant. »

*

Dans cette « guerre », ceux qui secourent sont aussi ceux qui gênent. Le maire de Wimereux, Jean-Luc Dubaële (sans étiquette) : « On a des camps qui s'installent dans les forêts, derrière notre camping [...]. Les associations ne nous aident pas, [elles] alimentent en tentes et en tout ce qu'il faut pour les faire venir sur le secteur[1]. »

Visé, le collectif Alors on aide, composé d'une quarantaine de citoyens, parle de propos injurieux.

Dans les faits, le groupe se relaie pour proposer des distributions de nourriture ainsi que pour recharger les portables des migrants au départ. Au plus près des camps de fortune, ses membres installent une table pliante, des Thermos, des verres en plastique, du pain blanc, de la confiture, du Nutella et de la Vache qui rit. Ils disent agir par solidarité. Le bras de fer avec le maire, tous les habitants le contemplent sans trop vouloir en rajouter. L'édile refuse de répondre à nos questions. Des années qu'il réclame plus de moyens pour sa commune qu'il qualifie de « démunie » face à la crise migratoire. L'élu a déjà écrit au ministre de l'Intérieur, Gérald Darmanin à l'époque, expliquant que le personnel municipal était sursollicité par l'impératif de récupérer les embarcations fantômes.

Rentrée 2024, cinq personnes viennent de périr, noyées dans la Manche, au large du cap Gris-Nez, près de Wimereux. Une autre association – Utopia 56 – s'en prend directement au locataire de la place Beauvau. « Par leur arrogance, leur incompétence et leur violence, le ministère de l'Intérieur et Gérald Darmanin [alors premier flic de France] doivent impérativement être tenus pour responsables. »

*

1. France Info, septembre 2024.

Calais est enlacé par un cordon dunaire de près de 60 kilomètres, comme on en observe dans les paysages nordiques. Dans une rue commerçante du centre-ville, des enfants sortent du collège, sac sur le dos. C'est l'heure du goûter. Les adolescents croisent plusieurs grappes de migrants, organisés par nationalités.

Il y a ceux qui refusent de parler, méfiants. D'autres qui s'excusent avant de filer. Et puis il y a Will. Il indique un banc, dans un parc où les arbres eux-mêmes paraissent esseulés. La vingtaine, ses dreads tombent sur les épaules. Aux pieds, des Timberland usées. Il a appris le français dans la rue. Plusieurs années qu'il est coincé « autour de Calais ». Avant, il dormait dehors ou dans des refuges. Désormais, de plus en plus, il squatte. « Des maisons pas habitées », précise-t-il. À Calais, presque un logement sur dix n'est pas occupé. Les policiers assurent que cette tendance est pour l'heure minime. Certains riverains se demandent s'il ne s'agit pas d'un point de bascule – avec l'idée que la réponse est dans la question. Youssef, lui, se justifie : « J'ai presque connu la mort, en Méditerranée. Alors, la suite... De toute façon, j'irai en Angleterre. » Il lui manque encore plus de 1 000 euros pour effectuer la traversée.

Près de la zone des embarcadères, Youssef. Un Érythréen, le visage mangé par plusieurs microcoupures. Il vit en permanence avec son sac sur le dos. Londres, c'est sa planche de salut. On y est, jure-t-il, plus accueillant, les opportunités de travail y sont multiples, il y arrivera. Londres, c'est demain, et demain sera meilleur. « Là-bas, on me laissera être qui je veux. » À ses côtés, Yolaine Bernard, une bénévole – association Salam – sur le pont tous les matins afin d'assurer des distributions de petits déjeuners aux abords d'un bois occupé par une centaine de migrants cachés ou installés ici, on ne sait plus comment dire. Elle sait que Londres est un mirage plus qu'un eldorado. Pour les migrants, la réalité sur place y est dure.

Sur les grilles délimitant la clôture privée d'une entreprise, Yolaine observe des vêtements en train de sécher à l'air libre. Un tee-shirt de Bambi. Des bodies, taille nouveau-né. « Ici, on les empêche de partir et on les empêche de rester, déplore la bénévole. Les migrants ne savent plus quoi faire. Leur dernière chance, c'est l'Angleterre. »

Vingt-cinq ans que ça dure.

*

Une patrouille de police sur les plages calaisiennes, début de soirée. Dans des véhicules tout-terrain, des agents arpentent un paysage composé de dunes où s'attachent des oyats. Les bolides, équipés de phares aussi puissants que les projecteurs des stades de foot, ont été payés par les Anglais. Dans ce jeu de rôles figé, Londres fournit les chèques et Paris, les hommes.

Cette nuit-là, les forces de l'ordre tricolores traquent d'éventuelles embarcations planquées derrière les dunes en vue d'un départ prochain. « Généralement, les passeurs attendent la dernière minute pour déployer le matos. Mais patrouiller, c'est marquer notre présence, ça dissuade. Enfin, peut-être. » Tout est dans le « peut-être » auquel les plus optimistes des policiers se raccrochent. Ils sont de moins en moins nombreux. Les autres, les pessimistes, sont convaincus que cette partie de cache-cache avec les passeurs est vouée à s'éterniser. « Pour des décennies sans doute », s'exaspère un cadre de la police locale.

Dans le ciel, on entend le bruit d'un avion de Frontex, la police des frontières européenne. Dès qu'un mouvement suspect est enregistré, l'appareil envoie une géolocalisation. Notamment la nuit. Grâce à des caméras thermiques. Prière alors d'agir dans les minutes qui suivent.

Dans la cour du commissariat, sous un entrepôt couvert, sont stockées les pièces saisies ces derniers jours par la police. Des pneumatiques de 10 mètres de long, perforés par les forces de l'ordre pour éviter toute traversée. Des moteurs flambant neufs, marque Mercury, sans une rayure. Et une quantité anormalement faible de gilets de sauvetage. « Les passeurs en proposent encore parfois aux femmes et aux enfants, mais on ne sait pas si c'est par bonté d'âme ou s'ils les font payer. » Tout se contractualise. Y compris les chances de survivre.

Les passeurs ? « De plus en plus violents, dénonce Anthony Leulliette, officier de commandement de nuit à Calais. Dans leurs sacs, avant les traversées, ils glissent des ballasts volés sur les chemins de fer, mais aussi des projectiles, des cailloux. Ils nous visent avec, pourvu qu'on ne saisisse pas leurs bateaux pneumatiques. » Bateaux achetés sur des sites chinois, comme on le ferait pour une robe ou un jean sur Shein.

Rejoindre les côtes anglaises par la Manche coûte souvent plusieurs milliers d'euros. Ceux qui n'ont pas l'argent suffisant pour la traversée en mer tentent le tunnel et s'invitent dans des camions.

Minuit approche. Un trio de jeunes sans-papiers est caché dans la pénombre, sous un panneau publicitaire. Le policier qui patrouille en voiture repère les individus. Il baisse sa vitre. Le trio déguerpit dans la seconde.

Pour mieux revenir plus tard. « Ils ouvrent des portes arrières de poids lourds juste avant le départ, ou alors ils se glissent sous des trappes. Au péril de leur vie », dit le policier au volant.

*

C'était le 24 novembre 2021. Le pire naufrage de migrants survenu dans la Manche.

Il est 14 heures quand un navire de pêche aperçoit des dizaines de corps flottant. Le journal *Le Monde* révélera plus tard que les migrants ont appelé à l'aide à maintes reprises. D'après plusieurs enregistrements, les secours français répondent avec mépris et attendent que l'embarcation clandestine passe dans les eaux britanniques. Depuis, 65 associations humanitaires françaises, britanniques et belges traitant des questions migratoires dénoncent des « manquements inacceptables de la part des secours français et anglais[1] ». Dans cette affaire, cinq militaires rattachés au centre opération de surveillance et de sauvetage de Griz-Nez (Pas-de-Calais) sont mis en examen pour non-assistance à personne en danger.

Mars 2025. En Grande-Bretagne, une commission d'enquête est ouverte afin de comprendre la terrible mécanique ayant amené à cette tragédie. L'audition est menée par Sir Ross Cranston – ancien député et ex-avocat général. Face à lui, Issa Mohamed Omar, l'un des deux survivants du naufrage. Originaire de Somalie, il a aujourd'hui la trentaine. À la barre, il décrit ce

1. Tribune, « Morts de migrants dans la Manche : le nouvel accord franco-britannique, signé le 14 novembre, ne fait qu'entériner la logique sécuritaire », *Le Monde*, 24 novembre 2022.

bateau pneumatique de 8 mètres de long dans lequel il embarque. C'est alors sa troisième tentative de traversée.

– On nous avait dit que nous étions 33 dans le bateau.

– Dans vos témoignages, vous dites qu'il y avait des enfants en plus, est-ce correct ?

– Oui. En général, ils [les passeurs] ne comptent pas les enfants [...]. Certains avaient reçu des instructions. Il y avait des personnes amenées sur le bateau par plusieurs passeurs différents. D'autres n'avaient pas reçu d'explications.

– Vous aviez rejoint le bateau à la dernière minute ?

– J'arrivais tout juste de la jungle. À la dernière minute. On venait de me dire : « C'est bon ? Tu veux traverser maintenant ? »

– Les passeurs vous expliquent que vous obtiendrez l'asile politique dès que vous entrerez dans les eaux britanniques, c'est bien cela ?

– Oui.

– Vous dites qu'une heure après avoir quitté les côtes, il est alors 22 heures, un gros bateau apparaît, et au bout d'une heure, il fait demi-tour. C'est correct ?

– Oui, il est reparti [...] après nous avoir suivis.

Les questions portent ensuite sur le naufrage lui-même :

– L'eau rentre très vite depuis le fond du bateau, plus vite qu'il n'est possible pour vous de l'évider.

– Oui. Il y avait beaucoup de personnes dans le bateau, qui poursuivait tout de même sa route.

– Vu ce qui se produisait, quelqu'un a appelé à l'aide ?

– Le conducteur nous demandait de continuer de vider l'eau. Il nous disait que nous étions maintenant dans les eaux anglaises. On a appelé à l'aide. Tout le monde était dans une situation désespérée. Il y avait des coups de fil de passés. Ma carte SIM était italienne, je n'avais pas de connexion internet. Tout le monde passait des coups de fil.

– Des coups de fil aux autorités anglaises ?

– Oui. Oui, le conducteur appelait les passeurs qui, eux-mêmes, réclamaient de joindre les autorités anglaises, parce qu'on était soi-disant dans les eaux anglaises. Un homme d'origine iranienne appelait. Il avait l'air d'avoir beaucoup d'expérience. Les Éthiopiens aussi appelaient. Ils appelaient leurs familles. Les Kurdes aussi appelaient. Même un enfant kurde appelait. Même certaines femmes appelaient leurs proches, alors que de plus en plus d'eau entrait dans le bateau. Tout le monde réalisait qu'on n'allait pas survivre. Je ne comprenais pas les langues parlées, ça criait tellement fort. L'homme iranien, il parlait aux autorités et elles répondaient : « On va vous envoyer un numéro par WhatsApp. » La plupart des autres appels, personne n'y répondait.

– Le dernier appel d'urgence dont vous vous souvenez a été donné par un homme assis en face de vous. Vous vous remémorez sa nationalité ?

– Il était afghan.

– Cette personne a délivré à un opérateur votre géolocalisation par WhatsApp, est-ce correct ?

– Oui, c'est la dernière chose que j'ai entendue.

– Vous décrivez comment certaines personnes utilisaient des lampes de poche pour attirer l'attention...

– On espérait que d'autres navires nous voient. Tout le monde a enclenché les lumières des portables, dans l'espoir qu'on nous repère, soit des bateaux, soit des avions. Mais personne n'est venu à notre secours.

– Pour être bien clair, Issa, personne, à part le gros bateau un peu plus tôt, n'est venu à proximité de vous ? Jamais ?

– Non.

– Vous avez dû ensuite plonger dans la mer ?

– Ça a été un choc quand le bateau s'est renversé. L'eau était glacée [...]. Tout le monde est tombé dans la mer. On a compris qu'on allait mourir.

– Vous avez dit que vous portiez un gilet de sauvetage...

– Si vous ne savez pas nager, le gilet de sauvetage ne peut pas vous aider [...]. Il faisait noir. Je me tenais à un débris de bateau qui flottait. Le matin, j'entendais encore des personnes qui criaient. Si les secours étaient arrivés [à ce moment-là], la moitié des passagers auraient survécu. On s'était signalés comme réfugiés, je pense que c'est la raison pour laquelle les secours ne sont pas venus à nous. On a été traités comme des animaux.

26

Les salons de la honte

L'immigration illégale, outre le fait qu'elle est contrainte de fabriquer sa propre survie, alimente aussi la traite d'êtres humains.

Une illustration, connue de tous, mais dont personne ne semble vouloir arrêter la terrible logique : les réseaux de prostitution de sans-papiers.

Dans la capitale, plus de 400 salons de massage sont les arrière-salles d'une prostitution cachée. Le phénomène, qui n'est pas récent, gagne en ampleur, partout en France. Les pouvoirs publics toussent, mais rien ne bouge. Les premières victimes ? Les masseuses elles-mêmes, sans-papiers, aux mains de mafias asiatiques sans scrupule.

Tout le monde sait. Tout le monde regarde par terre.

On l'appellera Samia. Mariée, deux enfants. Son garçon a 8 ans, sa fille, 12. Elle vit à Alger. Ne supportant plus son mari, elle s'apprête à divorcer. Rester en Algérie avec l'étiquette de « femme séparée » lui paraît impensable. Elle achète trois billets d'avion pour la France. Officiellement, pour du tourisme. Elle et ses enfants ne feront jamais le voyage retour. Ils s'installent près de Lille.

Très vite, Samia fait la connaissance de Lei R. : une Chinoise arrivée voilà des années dans l'Hexagone afin d'étudier le graphisme à la faculté. Depuis, Lei s'est muée en entrepreneuse dynamique, plusieurs commerces à son nom, mais elle reste très discrète sur ses activités. La jeune femme évoque auprès de Samia ses trois salons de massage dans l'agglomération lilloise : le L Source, le Zen Garden et le Spaô. Samia est embauchée pour faire du ménage dans l'un des salons. Deal conclu en quelques minutes.

Après avoir testé la fiabilité de Samia, la gérante lui propose de passer à la vitesse supérieure. Est-elle d'accord pour réaliser des massages, au même titre que les Chinoises sans-papiers travaillant dans d'autres box ? « J'y connais rien, mais je suis partante », répond Samia, qui a surtout besoin d'argent pour elle et ses enfants.

Le salon pratique une double tarification en fonction des « menus ». Ces derniers sont de deux ordres. Le menu « traditionnel », exposé à l'entrée. Le second, imprimé sur des feuilles plastifiées, propose un massage « naturiste », un « royal partage », ainsi que le plus équivoque, le « body-body ». Lors de la première journée de travail de Samia en qualité de masseuse, un client exige une « finition » – le mot est connu de toutes les salariées de Lei R., même celles qui ne prononcent pas un mot de français. La « finition » ? Une masturbation à la main. Samia joue l'innocente, assure ne pas comprendre. Le client s'offusque, la gérante débarque, furieuse. « Tu fais ce que le client demande. » Samia est du genre grande gueule, mais les menaces de Lei R. sont de nature à bloquer toute riposte. « Tu n'as pas de papiers, ne fais pas la maline. »

Pendant huit mois, Samia s'exécute. Chaque acte l'abîme davantage. Le retour à la maison s'accompagne d'effondrements, de pleurs, une fois les enfants endormis. « Certains clients, notamment les Maghrébins, me disaient que je n'avais rien à foutre ici. Ils voyaient que j'étais très mal. Ils disaient à la patronne qu'ils avaient eu la finition, ils payaient, mais avec eux je ne faisais rien de sexuel. Ils me protégeaient. »

Pour tout acte sexuel pratiqué dans le salon, les gains sont partagés en deux. La moitié pour la masseuse, l'autre pour la gérante. La plupart des services sont payés cash. La carte bleue est acceptée, mais ça n'arrange pas la patronne, très prudente par ailleurs puisqu'elle éteint précautionneusement les caméras de surveillance et communique avec ses employées par le biais de messages systématiquement effacés juste après réception.

Le Covid n'ébranle aucunement les affaires de cette dame. Pas question de stopper ce business lucratif qui repose en grande partie sur des salariées sans-papiers. Des employées « dociles à souhait », se rappelle Samia. Pandémie oblige, vu les restrictions de déplacements, la gérante offre à Samia l'aller-retour au salon en Uber. Sur les justificatifs de déplacement, elle écrit « ménage ». Samia arrive au travail le ventre déjà retourné. Les semaines passant, elle trouve la force de protester auprès de la gérante qui sait quoi répondre : « Si tu me dénonces, j'ai un copain à Marseille, il te fera taire. »

Lei R. connaît tout des mécanismes de la prostitution clandestine. Une fois arrivée en France, elle-même s'est retrouvée prise dans l'engrenage. « Elle s'est échappée d'un réseau mafieux et a décidé de monter sa propre affaire, pour en profiter à son tour, avec des filles chinoises. Elle inflige aux autres ce qu'elle a subi par le passé », se rappelle Samia. Pour recruter plus de clientèle, les trois salons tenus par Lei R. voient arriver des profils de masseuses « occidentales et arabes ». Samia travaille dans une cabine collée à celle d'une mère célibataire en situation de grande précarité.

Prévenir la police ? Samia met de longs mois avant de se décider à dénoncer les agissements de son employeur. « OK, je tomberai, on me virera de France, je repartirai à Alger avec mes gosses, mais au moins, terminé les dégâts. »

Lei R. est mise sur écoute. Son mari, français, est lui aussi surveillé. La police déploie des moyens importants, ce qui ne se produit que rarement dans ce type d'affaires. Pour présenter un dossier nourri, Samia se rapproche de la CGT et d'une association, Le Mouvement du nid, qui accompagne les personnes victimes de proxénètes, avec l'idée de constituer un dossier béton.

Jeudi 20 janvier 2022, audience au tribunal de Lille. Cinquième chambre correctionnelle. Lei R. et son conjoint sont jugés pour « proxénétisme aggravé ».

Trois femmes témoignent à la barre. Samia est la plus angoissée. Son statut de sans-papiers y est pour beaucoup. Son avocat déclare : « On juge deux personnes qui se sont rempli les poches avec le corps de femmes. » Jusqu'à 800 euros d'activité générés quotidiennement par certaines masseuses.

Lei R. nie en bloc. Elle accuse Samia d'avoir « elle-même proposé ses services », sans qu'elle, jure-t-elle, ait été au courant. « Où sont les preuves ? » plaide l'avocat de la défense. Les écoutes téléphoniques répondent à sa question. La justice prend deux semaines pour délibérer. Bilan : cinq ans de prison, 30 000 euros d'amende pour la gérante. Quatre ans de prison dont deux fermes, ainsi que 20 000 euros pour son compagnon.

Trois ans plus tard. Samia travaille à présent dans une blanchisserie lilloise. Elle n'a encore rien dit à ses enfants du cauchemar vécu dans le salon de massage. « Un jour, je le ferai, quand ils seront tous les deux sortis de l'adolescence. » Elle ajoute : « Si un jour mon fils paie pour une femme, il m'aura sur le dos jusqu'à la fin de sa vie. »

*

Le phénomène des faux salons de massage est généralisé dans toute la France. Il progresse irrémédiablement, sans que le moindre démantèlement d'envergure soit entrepris. L'association Zero Macho, qui effectue des constatations sur le terrain, considère que pour la seule ville de Paris, « au moins 426 salons de massage pratiquent des actes sexuels ». Chaque année, de nouvelles adresses fleurissent. Près de la gare Saint-Lazare, certains gérants distribuent des flyers, posés négligemment sur les pare-brise, comme on le ferait pour un vide-greniers. On y voit de jeunes filles, généralement de type asiatique, le regard soumis. Certaines, sur les photos, ont ostensiblement moins de 18 ans. Il y a des fautes d'orthographe. On écrit par exemple « Massge ». Les prix sont imprimés en gros, typographie noire ou jaune. La démarche reprend les codes des soldes. « Vingt-cinq euros », prix plancher. Pire : sur Internet, des clients notent, donnent des avis, des indices aussi. « Un bonbon à la fin », pour que les autres internautes comprennent. Tout cela, en toute impunité.

Les victimes ? D'abord et avant tout les femmes sans-papiers, prisonnières de mafias très organisées.

Frédéric Robert, fondateur de Zero Macho : « C'est une activité de traite d'êtres humains, une activité d'esclavage sexuel, avec pignon sur rue. Les salons sont immatriculés au registre du commerce. Ils font de la publicité. Tous les riverains savent. Les copropriétaires des immeubles où se trouvent les adresses douteuses font semblant de ne pas voir. Personne ne bouge. Les masseuses sont des victimes oubliées de tous. Elles viennent souvent du nord-est de la Chine, on leur promet des papiers mais d'abord, elles doivent rembourser 10 000 euros aux passeurs. »

Depuis des années, Geoffroy Boulard (LR), le maire du 17e arrondissement de Paris, qui compte une des concentrations les plus importantes de salons douteux de la capitale, déplore un manque de moyens criant de la police, mais se veut compréhensif. « Le terrorisme, les actes malveillants, constituent la priorité des flics. Mais en attendant, dans les salons, les abus se poursuivent. »

Début 2025, le gouvernement assure que « 100 % des salons » douteux vont disparaître. Promesse intenable mais qu'importe, une circulaire est en préparation. Les ministères de la Justice et de l'Intérieur viennent en appui. Fraude fiscale, travail dissimulé, conditions de travail, emploi de personnes en situation illégale. « Il n'y aura aucune tolérance. »

« C'est courageux, il n'y a nul gain politique à agir de la sorte, puisque tout le monde s'en fout », salue le fondateur de Zero Macho, qui doute cependant que des actions probantes soient enregistrées dans la foulée.

En *off*, la préfecture de police de Paris se pince. Dans les couloirs, personne ne considère avec sérieux un tel objectif de « 100 % ». Quand on demande le bilan de l'an passé, la même préfecture répond par mail : « La

Brigade de répression du proxénétisme a démantelé cinq salons dans le cadre de deux enquêtes. »

Certains de ces salons ont rouvert quelques centaines de mètres plus loin. Parfois, avec le même matériel, les mêmes fournitures.

SEPTIÈME PARTIE

QUAND LA RÉPUBLIQUE FABRIQUE DES OUBLIÉS

Un maire sur trois est aujourd'hui confronté à une forme plus ou moins dévastatrice d'épuisement.

Dans les petites villes, l'exaspération des édiles face aux tâches, aux normes qui avalent, au manque de considération, n'annonce rien de positif. Ce faisant, la question est de savoir qui prendra le relais, quand les élus se détourneront en masse de leurs fonctions. L'association des maires de France craint un « crash démocratique » à plus ou moins long terme.

Dans les grandes agglomérations françaises aussi, l'épuisement frappe à la porte. Épuisement face aux défis qui s'accumulent et face aux promesses d'aide annoncées au sommet de l'État, mais non tenues.

Au sein de l'administration, une autre crise d'envergure, tout aussi grave, puisque touchant au sens même de l'action publique, secoue ceux qui veulent bien faire mais s'estiment empêchés.

Tableau apocalyptique ? Non. Des solutions se devinent, offrant un pas de côté salutaire, fait d'autocritiques et de perspectives.

27

Les maires de petites villes et le paradoxe des « mal-aimés »

Le syndrome du mal-aimé semblait, voilà peu, se concentrer sur la classe politique nationale. Aujourd'hui, ce problème s'invite dans les mairies des petites communes. Face à des administrés pas toujours conciliants, beaucoup d'élus flirtent avec le burn-out et la crise de vocation. Ce grand ras-le-bol des maires locaux inquiète. Surtout quand il touche des personnes passionnées, acteurs essentiels de terrain, sur le point de raccrocher.

À première vue, Autouillet offre un bulletin de santé tonitruant pour un petit village encerclé de champs. Presque 700 habitants, quand il n'en comptait que 180 dans les années 1940. Les nouveaux arrivants fuient la petite et la grande couronne parisiennes. Migration contemporaine. Triptyque maison-jardin-barbecue. Les projets se multiplient. Certes, en découvrant les nouvelles règles du jeu, quelques-uns râlent à propos du prix de la cantine – 4 euros – pour les bambins de l'école élémentaire. « C'est quand même beaucoup ! On n'a pas quitté la capitale pour payer autant. » Conciliante, madame la maire sait quoi répondre. « Cinq plats proposés par jour, ce n'est pas rien. Et on n'est pas à Paris, les économies d'échelle sont un peu différentes. Il faut aussi savoir où on met les pieds. » Elle déroule avec tact et garde son sourire, ça passe.

Dans le camp d'en face se trouvent les seniors, ceux qui ne travaillent plus mais commentent. Il y a du spleen dans les voix. Le temps où le village était surtout composé de belles demeures avec parc leur manque. Ceux-là râlent parce que les petits-enfants ont hérité des grandes maisons et les revendent en lots. Parfois pour construire des bâtiments qui formeront plus tard des lotissements – le mot fait trembler, comme une menace, un méchant virus. Madame la maire, là encore, rassure : « On fait ça pour le bien commun. » Chaque territoire, ses arguments. Chaque territoire, son équilibre.

Autouillet est une magnifique bourgade des Yvelines et madame la maire n'a, sur le papier, aucune raison de se considérer comme mal lotie. Dans les faits, une fois qu'elle est assise devant son bureau, ça tire fort.

*

Françoise Lenard entame sa carrière politique à la fin des années 1980. Au commencement, il y a la joie de découvrir les conseils municipaux. À cette époque-là, elle est directrice des ressources humaines dans un groupe, ce qui l'amène souvent à prendre l'avion pour des restructurations d'entreprises. Le conseil, c'est un autre continent, public, l'expression des possibles. Un théâtre de poche où chaque décision est enveloppée de la religion du concret. Rapidement, Françoise Lenard devient première adjointe. Deux mandats défilent, la voilà maire. Pas de parti, pas d'étiquette.

Les vies personnelle, publique, professionnelle se sont embrassées. Souvent, l'épuisement frappait à la porte. Se plaindre ? Jamais. « Encore moins quand on est une femme et qu'on vous attend au tournant. » Aujourd'hui, pesant chaque syllabe, Françoise Lenard décrit son écharpe tricolore comme un « sacerdoce ». La table de son bureau est avalée par les dossiers.

Son quotidien est une forme contemporaine de jonglage. Le jonglage administratif, pour commencer, le plus prenant. Il y a la comptabilité publique, les erreurs de 5 centimes sur une facture, les problèmes d'imputation budgétaire, la préfecture qui n'est plus joignable à partir de 16 heures alors qu'il faut trancher un détail technique de la plus haute importance.

Le jonglage, ce sont aussi d'interminables réunions qui finissent après 21 h 30. Les semaines de l'édile s'étalent parfois sur 70 heures. Pour une commune miniature qui tient sur seulement 5 kilomètres carrés.

Bien sûr, au sein du conseil, Françoise Lenard n'est pas la seule à offrir disponibilité et volontarisme. Mais les bonnes âmes commencent à manquer pour faire vivre la cité. Il y a pénurie de dévouement, de don de soi.

La faute, tente d'expliquer l'élue, aux vents contraires qui soufflent sur les citoyens. « Boulot, famille, ils sont désorientés. Rajoutez le collectif par-dessus, et il n'y a presque plus personne. »

Autre difficulté qu'on appellera la « machine à alourdir » : le regroupement de petites communes. « Il a fallu se fédérer, arrêter de penser pour soi-même. On promettait plus de liberté, ça a empiré. » Le mal, pour Françoise Lenard, a un visage : les EPCI, pour « établissements publics de coopération intercommunale ». Sur le papier, ces structures sont censées permettre à plusieurs petites villes d'exercer des compétences de manière mutualisée. Dans la grande famille des EPCI, on compte des communautés urbaines, des communautés d'agglomérations, des communautés de communes, des syndicats d'agglomérations nouvelles, des syndicats de communes... Certaines EPCI comptent plus de 130 bourgs adhérents. Cela signifie souvent un nombre massif de délégués, une impossibilité de trancher, des frais de structure qui enflent...

« Avant, on gérait très bien le ramassage des poubelles, deux jours par semaine et tout le monde était content, se souvient Françoise Lenard. Puis, on nous a imposé la mutualisation. C'est devenu un immense bordel. » Quatre ans que la commune d'Autouillet cherche à liquider administrativement la précédente structure. Sans succès pour l'heure. Le simple fait de tourner la page est un « cauchemar » de paperasse.

S'ajoute à cela la suppression de la taxe d'habitation sur les résidences principales, couplée à la baisse des impôts de production. Voilà qui a « profondément modifié le panier de recettes de tous les niveaux de collectivités[1] », *dixit* la Cour des comptes. Conséquence : un système « à bout de souffle ». Fragilisé à coups de décisions rarement – voire jamais – concertées avec les élus de terrain qui découvrent, au mieux, les nouvelles règles du jeu lors d'allocutions ministérielles. La même Cour des comptes, quand il est question de juger cette fois le gouvernement sur le front budgétaire, écrit : « pilotage à vue », « gestion erratique [...] chaotique », « manque d'ambition »[2]. Le sommet de l'État, copieusement avoiné.

1. Cour des comptes, rapport « Les scénarios de financement des collectivités territoriales », octobre 2022.

2. Commentaires du président de la Cour des comptes, avril 2025, sur l'exercice 2024.

Bien qu'elle ait une considération de tous les instants pour son rôle de maire, Françoise Lenard a des mots très durs pour évoquer le « mépris » dont elle se sent victime de la part de ceux « d'en haut ». « Nous ne sommes pas des "oubliés", parce qu'on vote encore, parce qu'on tranche encore en tant que citoyens. Nous sommes "mal-aimés". Il faut justifier le moindre acte, la moindre décision, aussi insignifiante soit-elle. » Le fils de Françoise Lenard lui intime souvent d'arrêter. « Maman, dans quel bazar tu t'es mise, à être maire ? »

Gérard Larcher, le président du Sénat, qu'elle croise parfois dans le département, lui rappelle fréquemment sa phrase préférée : « Le maire, c'est l'élu à portée d'engueulade. » À ce slogan, Françoise Lenard répond : « Si on se fait engueuler, c'est qu'on garde un peu la confiance des autres. Jusqu'à quand ? » Si elle pouvait, Françoise Lenard ajouterait la phrase de Charles Péguy : « Il faut toujours dire ce que l'on voit. Surtout, il faut toujours, ce qui est plus difficile, voir ce que l'on voit. »

Pour tenir, madame la maire compte les victoires. Celles-ci prennent la forme de deux logements locatifs sur le point d'être achevés. Ils sont destinés à de « jeunes couples qui veulent prendre leur élan ». « Pas des HLM, trop compliqué, ici, on organise et on gère nous-mêmes. » Autre fierté : la place du village sera bientôt « sécurisée ». Enveloppe : 700 000 euros. Sécurisée pour quoi ? demande-t-on. Ici, pas de dealers ou de délinquance. La sécurité est routière. « Quand les bus passeront, ça ne sera plus dangereux pour les piétons et les autres voitures. » Où l'on se rend compte qu'en fonction des territoires, les mots en politique empruntent des sens discordants.

*

« Réussir une construction, un projet éducatif, est devenu le leitmotiv majeur des élus des petites communes. Quand ils bouclent un projet ou un budget, leur satisfaction est maximale. Mais les emmerdes technico-administratives plombent l'ambiance », résume Cédric Szabo, directeur de l'Association des maires ruraux de France. Il a mis en place deux baromètres, indicateurs du moral des édiles. Le « satisfactomètre ». Et le « stressomètre ». Dans le premier, on mesure la réussite d'un projet, l'impact d'une cérémonie, l'ambiance au conseil municipal. Dans le second, place aux lourdeurs administratives (on y revient toujours), aux problèmes de subventions ou encore au manque de temps. Bilan des courses : deux tiers des maires disent être à l'aise dans leur fonction.

Cependant, les histoires de gros sous prennent de plus en plus le dessus sur les sources d'épanouissement. En période de restrictions budgétaires, trancher, c'est souffrir. « Les dotations baissent tendanciellement depuis dix ans. On doit faire des choix. Sauver l'Ehpad ou [miser sur] un autre projet social. »

Parallèlement, le niveau de complexité s'est intensifié. « Les territoires ruraux sont sous-administrés. Rénover un bâtiment communal, avec quels critères environnementaux ? Je demande à qui ? J'ai droit à quelle aide ? »

Pour autant, Cédric Szabo déteste le pessimisme ambiant. Quand il entend le refrain selon lequel les élus sont tous au bout du scotch, il s'emporte : « Arrêtons avec ce cataclysme qui ne reflète pas la réalité des élus ruraux. Ils sont 70 % à continuer d'éprouver un grand plaisir d'être des élus de la République. » L'envers du miroir est tout de même glaçant : 30 % subissent un début d'épuisement.

*

Juin 2024. La dissolution vient d'être décidée par le président Macron. La façade en pierre de la mairie d'Autouillet, rue des châteaux, est bombardée par le soleil. À l'intérieur, ce jour-là, c'est plus sombre. Long collier de billes multicolores autour du cou, blouse blanche satinée, la douceur naturelle de madame la maire ne suffit pas. La voilà fâchée contre le chef de l'État. « Il a beaucoup promis, là, il a beaucoup détruit. »

Les élections au Parlement européen à peine achevées, la salle du conseil municipal doit être, une nouvelle fois, transformée en bureau de vote. Les hommes chargés de l'entretien des espaces verts qui coupaient il y a trois minutes encore des haies accourent afin de soulever les tables. Le drapeau bleu blanc rouge est remisé au fond de la pièce, les chaises, empilées les unes sur les autres. Un nouveau vote, donc. Après les européennes. Aujourd'hui encore, madame la maire se rappelle avec précision le regard de ses administrés lors de ces législatives. Toute la journée, elle les a observés s'engouffrer sans passion dans l'isoloir. Plus que leurs mouvements, ce sont leurs yeux, vides, qui l'ont frappée. « Ils étaient hagards devant les bulletins de vote. Ils ne savaient pas qui choisir. Ils se disaient : “Voter d'un côté ou de l'autre, ça sera la même chose. Ça va mal, ça va continuer à aller mal.” »

Françoise Lenard prononce à son tour des mots qui la débectaient jusqu'alors, des mots qu'elle attribuait à ceux qui n'avaient – pensait-elle – pas conscience des enjeux : « Moi aussi, je vais voter par défaut. »

*

Six mois ont passé. Michel Barnier tombé. François Bayrou, appelé.

Absente du débat pendant des années, l'urgence, aujourd'hui, c'est la dette.

Régions, départements, communes : l'État entend trouver plus de 2 milliards d'économies dans le cadre du budget 2025.

Sans plus attendre, des décisions sont prises.

La Normandie diffère la modernisation du réseau ferré.

La Gironde annule la construction de plusieurs collèges. Les routes ne seront plus refaites que tous les vingt-trois ans, contre quinze actuellement.

Dans les petites communes, des centaines de maires envisagent d'abandonner des bâtiments publics qui, sous la contrainte budgétaire, sont soudainement désignés comme inutiles.

Tous ces efforts à faire, alors que sont parallèlement provisionnés 1 695 milliards d'euros de dépenses publiques en 2025. Soit 43 milliards de plus que l'année précédente[1].

Résumons ; il est question de plus de dépenses et de plus d'efforts à la fois. Comprenne qui peut. De cette injonction paradoxale, les élus – les citoyens aussi – ressortent perdus ou indifférents. Jamais rassurés.

Cet antagonisme, pour faire court, est lié aux dépenses inhérentes à la lourde – généreuse aussi – politique redistributive employée par le pays[2] ainsi qu'à la dette

---

1. Denis Cosnard, Manon Romain, « Budget 2025 : travail, aide au développement, compétitivité, les grands perdants de la diminution des dépenses de l'État », *Le Monde*, 6 février 2025.

2. « L'essentiel du surcroît de dépenses publiques depuis quatre décennies est lié aux prestations et transferts sociaux [alors que les] dépenses de

qui s'accumule au point de transformer la France en mauvais élève de la classe Europe. Comment concevoir la suite ? Faut-il renforcer l'État social ? Inventer un nouvel État régalien ? Élargir encore ou resserrer les canaux d'action des pouvoirs publics ? Le débat pourrait être brûlant. Dans les faits, il est comme écarté, laissé de côté, rangé dans un placard, pour plus tard. L'urgence c'est de ne pas trancher.

Voilà pour l'équation macro-politique. Et sur le terrain ? Localement, ces interrogations trouvent un écho bien plus vif qu'on ne pourrait l'imaginer. « Qu'on nous dise où l'on va », résume Françoise Lenard.

Il est 21 h 30 ce soir-là. Madame la maire sort d'une nouvelle réunion communale. Sa décision est prise. « Je ne me représente pas aux prochaines élections. J'arrête », nous confie-t-elle. Françoise Lenard sait déjà qu'elle regrettera ces moments de grâce, à la fin de l'année calendaire, quand quelques administrés déposent une boîte de chocolats ou un bouquet de fleurs sur son bureau encombré de parapheurs. « Pour dire merci. »

---

fonctionnement pour la santé, l'éducation ou la sécurité, par exemple, ainsi que l'investissement public régressent sur la même période », *in* Olivier Bargain et Nicolas Hérault, tribune « La dérive des déficits liée au coût de fonctionnement de l'État est un mythe », *Le Monde*, 27 octobre 2024.

28

Les oubliés d'en bas, les oubliés d'en haut

Si les inégalités progressent dans la population française, c'est aussi vrai entre communes. Et pas seulement en ce qui concerne les moyens financiers.

Considérons la question environnementale et les nombreuses obligations auxquelles sont soumises les mairies. D'une localité à l'autre, des traitements de faveur laissent place à des cas d'injustice sévère. Il y a les bons élèves qui maîtrisent tous les codes pour éviter de grosses quantités de devoirs ; et les autres, au fond de la classe, qui crient à l'injustice et croulent sous les contraintes.

L'écologie est un combat noble – mais c'est toujours plus sympa quand c'est le voisin qui se bat à votre place. Si l'on prend les éoliennes, par exemple, la Nouvelle-Aquitaine est une terre de contrastes ahurissante. Au nord, des centaines de mâts agitent leurs pales dans un rayon d'une cinquantaine de kilomètres. Au sud, rien ! Pas une seule éolienne en Gironde ni dans les Landes. Certes, ces deux départements investissent dans le photovoltaïque, mais en matière de pollution visuelle, la saveur n'est pas la même. En Charente, en revanche, on prévoit à présent des pylônes blancs dépassant les 230 mètres – quasiment la même hauteur que la tour Montparnasse.

Situés dans le bassin-versant de la Charente, Ruffec et ses 7 000 habitants dénoncent une « invasion » d'éoliennes. Personne ne sait où s'arrêtera l'« envahissement ». Des collectifs se montent, des manifestations sont régulièrement organisées. On y parle d'un deux poids, deux mesures alors que les « terres riches » échappent aux pales. « Nous sommes pris pour des gueux, des moins-que-rien, des culs-terreux à qui on refourgue des éoliennes dont personne ne veut ailleurs », ose l'une des têtes pensantes de la fronde, Laurent Leleu. Ce Parisien ancien patron de PME vit désormais en pleine campagne dans une demeure en pierres apparentes magnifiquement retapée. Avec son copain d'enfance, Xavier Mathieu, du collectif Stop Éolien 16, il forme un duo qui joue la complémentarité. Au premier, les dossiers techniques, l'épluchage des textes de loi ; au second, les actions parfois nerveuses sur le terrain, pour espérer réveiller les consciences. Mais en face, les « promoteurs » d'éoliennes déploient des trésors de persuasion pour convaincre des agriculteurs de signer de futurs projets sur leurs terres. Les chantiers en devenir sur le territoire ? « Cent vingt recensés rien qu'actuellement », comptabilise Laurent Leleu. Même le conseil régional trouve qu'on est allés trop loin. L'un de ses vice-présidents évoque un « far west » auquel il serait de bon goût de « mettre fin ».

Dans son salon, où quelques animaux empaillés surplombent la cheminée, l'ancien patron de PME a transformé sa table à manger en bureau de guerre. Le voilà qui dissèque les comptes de résultats d'une entreprise, La Faye énergies. Cette dernière possède six éoliennes dans le secteur. « Sur son bilan financier 2023, le bénéfice net est quasiment de 1,4 million d'euros. Ça représente 34 % de marge, l'équivalent du secteur du luxe ! Sauf qu'ici, c'est le luxe du vent ! Avec l'argent du contribuable [les tarifs d'électricité produits par éoliennes étant en partie soutenus par l'État]. Attendez la suite. »

Laurent Leleu pointe une autre ligne du bilan financier, celle ayant trait aux salaires versés par l'entreprise. « Aucun euro. Zéro. Et ils vont vous dire qu'ils font tourner l'économie locale. Ils se foutent de nous. » L'entreprise, que l'on tente de joindre, est aux abonnés absents. La maison mère se vante d'avoir un total de six branches dont deux seulement sont en activité. « Se battre contre ces promoteurs est usant. Ils draguent les agriculteurs après avoir ciblé leurs terres. Et ils essaiment partout. »

Il est temps de quitter le salon. « On va aller dire coucou à la pollution visuelle. »

Dix kilomètres en voiture suffisent pour achever la démonstration. Des éoliennes, partout. L'idée ici n'est pas de remettre en cause leurs vertus environnementales. C'est la saturation de l'espace qui heurte les citoyens. Y compris à proximité immédiate d'un château classé. Y compris à l'entrée de hameaux. Raison pour laquelle même les militants écolos sont vent debout – si l'on peut dire.

Xavier et Laurent freinent à l'entrée d'un lieu-dit caché par plusieurs bosquets. « Stop aux éoliennes » annonce un panneau d'accueil, peint à la main. À côté, punaisée sur une planche de bois, une affiche sous plastique indique la position d'une vingtaine d'éoliennes tout autour. La carte doit dater un peu. On compte nous-mêmes, à vue d'œil, 33 mâts autour de la maison de Michel Thivet. « Mon voisin est parti. Il cultivait des fruits rouges bio. Il n'en pouvait plus du bruit des hélices. »

Désormais à la retraite, Michel est originaire des Pyrénées. Il n'avait pour ainsi dire jamais côtoyé d'éoliennes avant. Maintenant, elles l'assiègent. « J'ouvre ma fenêtre, je vois des pylones. Je m'endors, ça clignote de partout, à 360 degrés. On dirait Las Vegas. » Et ce n'est pas fini. Six nouvelles éoliennes pourraient bientôt sortir de terre. « La misère attire la misère », soupire-t-il.

Pour contrer ces nuisances, de pénibles et parfois infructueuses actions au tribunal sont entreprises. Laurent et Xavier donnent des coups de main sur le front juridique. Mais solliciter un avocat coûte des milliers d'euros, surtout au vu des procédures, aussi longues que les saisons de *Grey's Anatomy*. Alors, il faut bricoler. « On demande aux riverains si, avec leurs assurances habitations, ils peuvent solliciter une aide juridictionnelle, histoire que les factures ne s'envolent pas. Mais soyons honnêtes, on ne décroche pas toujours les meilleurs avocats. »

En face, les « promoteurs » sollicitent des cabinets rodés à l'exercice, adeptes du temps long et usant de tous les recours possibles.

*

Nouvelle manifestation devant l'hôtel de ville de Ruffec. Xavier et Laurent sont entourés d'une petite centaine de participants. Sur les pancartes, des « ça suffit », des « stop éoliennes ». Et puis ce panneau reprenant des promesses de campagnes datant de 2021 – temps des élections régionales. Les phrases sont écrites en rouge vif.

« En Poitou-Charente, il ne faut plus mettre un mât. L'acceptabilité est au point mort. » (Le député EELV Nicolas Thierry)

« Je dis moratoire, cela devient intolérable. » (Alain Rousset, président de région, PS)

« On stoppera l'objectif de 1 600 mâts. » (Nicolas Florian, défunt maire de Bordeaux, LR)

La liste se conclut en ces termes : « 2025 : que des paroles. »

*

Deux heures trente de route, un autre paysage se déploie, débarrassé de toute éolienne : le bassin d'Arcachon.

Pourquoi aucun mât blanc à hélices ? Sur le papier, trois explications.

Un, l'espace aérien sert de couloir pour les militaires de la base 120 de Cazaux, lesquels s'entraînent parfois au ras du sol.

Deux, les vents sont moins porteurs que dans le nord de la région.

Trois, élus et associations sont d'une efficacité redoutable afin que l'on ne touche pas à un centimètre carré de terre.

C'est ce troisième point qui nous intéresse. De loin le plus stratégique. Celui qui crée aussi le plus de disparités d'une localité à l'autre.

Pour mener la bataille de l'opinion, le bassin d'Arcachon sait pouvoir compter sur un artisan hors pair, surnommé localement « le Khmer Vert » ou « le Croisé », c'est selon. Jacques Storelli, 72 ans, possède tous les attributs du parfait lobbyiste. Juriste de formation, il est madré, introduit, parisien, possède un carnet d'adresses aussi épais que ses vestes en laine.

Ce passionné d'écologie, à la tête d'un collectif de plus de vingt associations, bande les muscles dès qu'un camping ou un promoteur immobilier dégaine un projet de construction. Avec son allure british, Jacques a longtemps été avocat. Droit privé, divorces, affaires courantes... Avec ses premiers honoraires, il s'offre une « cabane » – à Arcachon, on aime l'euphémisme immobilier – face à la mer. Le début d'une histoire d'amour qu'il accompagne de « trente-trois ans de procès environnementaux ».

L'un de ses faits d'armes est une bataille contre la société Eiffage. Voilà de longues années, le groupe de BTP tente de bâtir « plusieurs centaines de maisons sur des dizaines d'hectares ». L'avocat parisien s'interpose alors. Physiquement. Sur le chantier. Il s'installe les bras en croix, face aux « machines grandes comme des immeubles qui arrachaient les arbres ». Les médias adorent. Puis la bataille migre des écrans vers les tribunaux. Même pas peur, réplique Jacques. « Je sais écrire les lettres qui effraient, appeler les bons experts-comptables, rameuter les sportifs et poids lourds des médias au bon moment. » Il a les codes. Et le réseau qui va avec.

Autre avantage : La Teste, Arcachon, Cap-Ferret sont autant de lieux iconiques, connus de tous les Français, ce qui facilite grandement le combat télégénique. « Ces lieux ont du pouvoir symbolique », résume l'ex-avocat.

Une autre qualité du collectif emmené par Jacques Storelli consiste à ne jamais se laisser impressionner par les autorités locales. Les préfets, par exemple. « Tous les mêmes ! Ils veulent des résultats économiques. Paris les note sur la base de ce critère. Donc parfois, ils disent oui à certains projets qui ne devraient pas être validés. Dans ces cas-là, on intervient sans attendre. » Les vacanciers, les stars de la télé et du cinéma, les vedettes du foot ou du rugby, les patrons de grands groupes qui investissent des millions dans des demeures – d'autres de ces fameuses « cabanes » face à la mer – se révèlent souvent de précieux appuis. « Ils sont habitués à dire "je veux". Donc ils remuent ciel et terre en un claquement de doigts si notre combat devient le leur. Je plains les élus qui doivent les gérer. »

On résume, et cela va bien au-delà des éoliennes : quand certaines communes se battent avec leurs maigres moyens et échouent, d'autres, discrètement, savent parfaitement riposter. « C'est la judiciarisation de notre société. Tout, absolument tout, passe par la justice. Il faut être patient, attendre, échafauder, parfois ça prend dix ans, résume l'ancien avocat, qui a parfaitement conscience de dépeindre un système à deux niveaux. Je viens de la campagne profonde, je suis né en Dordogne, dans les terres. Cette société à deux étages m'attriste. Si t'es pas doué en droit, tu n'arriveras pas à sauver une rivière ou à empêcher un épandage. »

Aux maires du coin, Jacques Storelli glisse parfois : « Attention, avec la loi paysage, votre responsabilité est en jeu. » Ou bien : « Les vents dominants, le bruit des pales, les notions vibratoires, ça va vous retomber dessus. » Il conclut : « La modernité environnementale de ce nouveau siècle nous dérange de manière respectable. C'est odieusement compliqué. »

29

Le petit déjeuner des désillusions

Paroles sans filtre tenues lors d'un échange informel entre élus de tous bords. Des élus épuisés et, plus grave encore, déçus de ne plus se reconnaître dans le processus républicain.

Le décor est celui de Paris Expo Porte de Versailles. Dans deux heures, des milliers de maires arrivés de toute la France viendront écouter quelques têtes d'affiche, dans la grande salle de conférence. On leur parlera manque de reconnaissance, violences physiques et verbales, burn-out aussi. Une thérapie de groupe, en somme, pour cette 105e édition du Salon des maires où 50 000 visiteurs sont attendus. Nous sommes en novembre 2023.

Avant les prises de parole, un petit déjeuner est organisé en sous-sol. On s'assied autour d'une des tables couvertes de nappes blanches. Une demi-douzaine d'édiles sont déjà installés. Beaucoup de fatigue dans leurs mots, on est à mi-mandat. On taira les noms des participants. Certains sont inconnus du grand public et gèrent de petites communes, d'autres aspirent à devenir un jour, pourquoi pas, ministres. La plupart ne se connaissent pas. Ils discourent librement. Personne ne touche aux croissants.

L'élu star d'une grande commune de la banlieue nord de Paris : « La fonction de maire n'a jamais été autant précarisée. Qui, aujourd'hui, peut encore se vanter d'avoir une "oreille complice" de la part de ses administrés ? Quasiment plus personne. Combien de maires vont repartir pour un autre mandat ? Il nous restait le pouvoir symbolique de maire. Ce pouvoir est en train de foutre le camp. On est touchés à notre tour. »

La maire d'une commune de 50 000 habitants, dans le Sud-Ouest : « Il faut en vouloir à notre société actuelle, tellement individualiste. À mon poste, j'ai l'impression d'être face à une armée de résistants qui m'épuisent. Tout le monde proteste. Même quand on installe un mur végétalisé dans une école, c'est le bras de fer. Non, je ne décide pas d'un mur végétalisé pour avoir des électeurs ! Plus personne ne "vit le territoire", comme on dit. Chacun pour soi. Et nous, on prend des pétitions dans la gueule. Les vitres de ma mairie sont parfois caillassées. »

Le maire d'une petite commune plantée dans la diagonale du vide : « La politique n'arrive pas à offrir des exemples. Au-dessus de nous, beaucoup de députés sont loin de tenir la route. Même leur désignation, au sein des partis, pose problème. Pour faire candidature, désormais, il suffit parfois de cliquer sur le site internet d'une formation politique. Ce changement de posture est dingue ! »

Le maire d'une banlieue parisienne : « Auparavant, compter sur des élus issus du militantisme, ça avait du bon. Aujourd'hui, ce modèle n'existe plus. Au mieux, quand on vient de quelque part, c'est de la société civile. C'est quoi, la société civile ? »

L'adjoint au maire d'une commune cossue du sud de l'Île-de-France : « Dans une entreprise, on applaudit le salarié qui, sur son temps libre, est sapeur-pompier volontaire. Pourquoi on n'applaudit plus jamais les élus ? »

Le maire d'une petite commune : « Quand il y a une croix gammée taguée sur l'affiche d'un élu, on peut compter les soutiens – il n'y en a presque pas. Pourtant, en matière de civisme, je reste optimiste. Quand il faut repeindre un portail d'école, la majorité silencieuse est encore là. »

Une maire du Sud-Ouest : « Des collègues craquent parce que leurs décisions, prises démocratiquement, sont remises en cause. J'ai reçu des menaces de mort parce que des citoyens n'étaient pas d'accord avec une délibération au conseil municipal. Trop de collègues ne sont pas prêts à devenir maires. Ils n'ont pas d'expérience de la chose démocratique. La démocratie participative, ce n'est pas la même chose que d'adresser des lettres au père Noël. C'est d'abord beaucoup d'obligations. »

30

Ces normes qui abîment la politique

Normes et règles sont les garants de notre République. Mais quand les élus locaux doivent jongler avec plus de 400 000 d'entre elles, le quotidien vire au cauchemar. Cette inflation – perpétuellement dénoncée, jamais arrêtée – entraîne des aberrations qui fissurent la maison République.

Le ruban est sur le point d'être découpé, monsieur le maire est emmitouflé dans une écharpe grise. Autour : des képis, des médaillés, des gradés de la police et de la gendarmerie. « Le lieu est à la hauteur de nos ambitions », entonne l'édile de Dreux, Pierre-Frédéric Billet (LR). L'inauguration du nouveau bureau de la police municipale s'effectue sur la place de l'ancien siège du fabricant de chaussures Minelli. Sacrée bascule qui résume l'époque.

Décembre 2023, Dreux compte 30 000 habitants et 22 agents de police municipale. Ces derniers réalisent environ 5 000 interventions par an. À leurs côtés, quatre voitures de patrouilles, trois motos, une dizaine de VTT. Et pour compléter la liste, dorénavant, ce splendide bâtiment. Au départ, il devait être revendu à un promoteur, lequel espérait y construire des logements. Le maire a dit non. Le début des emmerdes. « La faute aux normes », gronde celui qui s'est fait une spécialité de dénoncer ce qu'il nomme « des incohérences qui empêchent ». À la tête de la commune depuis 2020, Pierre-Frédéric Billet dit rêver « un jour, par miracle, [de] rencontrer ceux qui pondent toutes ces normes pour tenter de comprendre leur cohérence intellectuelle ».

Un nouveau commissariat municipal, donc. Pour réhabiliter l'espace, il a fallu respecter un cahier des charges « ultra-contraint ». Soit « un appel d'offres, une mise en concurrence, une accessibilité repensée, les critères environnementaux, la sélection des matériaux, une armée de juristes, pour – à chaque fois – se conformer au droit ». Monsieur le maire savoure la chute de son histoire. « Le coût du réaménagement pour le contribuable ? Vingt-cinq à trente pour cent de plus que si un particulier ou une entreprise avait investi ce lieu. » Dans les faits, la mairie a dû mettre un chèque de 1,4 million d'euros sur la table. « Le perdant, c'est le contribuable. À la fin, c'est lui qui paie. Merci le poids de l'administratif en France. » La facture globale a du mal à passer.

Au nouveau commissariat municipal, les normes paralysent jusqu'au personnel. Lors de notre visite, une demi-douzaine de policiers municipaux discutent armes à feu. Des pistolets semi-automatiques, munitions 9 millimètres. Leur autorisation a été rendue possible après une « longue bataille juridique ». Dans l'équipe, monsieur le maire pointe le plus expérimenté des policiers municipaux. « En matière de tir, c'est lui qui réalise les sessions de formation pour ses collègues. Mais pour qu'il obtienne l'autorisation de porter une arme dans le cadre de ses propres fonctions au sein de la police municipale, il a fallu deux ans ! Deux ans, à cause d'une obscure histoire de règle administrative insensée, qui bloquait tout. Ses camarades, sans expérience, pouvaient tirer. Mais lui, le professionnel du tir, en était empêché. On nous emmerde, on nous ralentit, c'est à se demander si on ne veut pas notre échec. »

*

Bureau de monsieur le maire, à l'hôtel de ville. Autour de la table, devant les parapheurs du jour, cinq collaborateurs qui, tous, de près ou de loin, aident à arbitrer le quotidien. « Les normes obligent en permanence à se demander ce qu'on doit choisir, comment, avec quels critères. Comprendre des textes de loi qui changent tout le temps est usant. » On pense au constitutionnaliste Guy Carcassonne, qui avait pour habitude de rappeler que tout sujet du journal de 20 heures est « virtuellement une loi », tant les politiques surréagissent aux soubresauts de l'opinion publique. Mais derrière, ce sont les localités qui trinquent. Le maire de Dreux – DEA en droit public – en convient. La surenchère normative coûte si cher qu'elle se transforme en usine à échecs.

Le voilà qui sort un dossier lié à la voirie. « Aujourd'hui, avant de refaire une route, il est obligatoire d'analyser l'enrobé du bitume pour savoir s'il contient de l'amiante. » On appelle cela le diagnostic de sol bitumineux. « Vous connaissez beaucoup de personnes qui lèchent la route ? » ironise monsieur le maire.

Une gorgée d'eau – il empoigne la bouteille en plastique comme on se saisirait d'une boule antistress –, puis Pierre-Frédéric Billet fait ses calculs. « Pour avaler les normes, il faut une direction juridique, une assistante, des consultants... Pour la ville, le coût annuel est de l'ordre de 300 000 euros. Afin de ne pas faire de conneries vis-à-vis de la loi. »

Pierre-Frédéric Billet fonce à présent vers une petite table où paradent le Code général des collectivités territoriales, le Code civil, le Code de la construction et de l'habitat, le Code de l'environnement... De tous, ce dernier est peut-être celui qui hérisse le plus l'élu LR.

« À peu près 3 500 pages ; 867 modifications en vingt ans. Un record. Il grossit d'année en année. On ne l'achète plus. Quand on le reçoit, il est déjà devenu obsolète. »

Pour achever sa démonstration, l'édile agrippe un tout autre ouvrage de fine épaisseur. Celui-là date de 1870. Reliure en cuir, lettres qui brillent comme de l'or. Son titre : *Bulletin des lois*. « À cette époque bénie, tout tenait dans cet ouvrage. »

L'État fabrique de l'administratif sans percevoir l'urgence de la situation. À l'image d'une voiture, quand elle fonce vers un mur en béton : dans pareille situation, juste avant l'impact, faut-il vérifier la qualité des pneus, celle des essuie-glaces, ou appuyer sur le frein ?

*

Normes, règles, alinéas, textes... Pourquoi ce qui oblige finit-il par empêcher ? « On a manqué de courage », regrette un ancien artisan du pouvoir. En ce jour de ciel gris, à côté du cimetière du Montparnasse, Jean-Pierre Jouyet fait amende honorable. L'ex-haut fonctionnaire, secrétaire général de l'Élysée sous Hollande, ancien ministre, reconnaît que de tout temps, la classe politique a promis une simplification qui n'est pas venue.

« Nous avons multiplié les reportings, les compilations d'analyses, les indicateurs à fournir à la hiérarchie. » Entre autres aberrations, Jean-Pierre Jouyet aime rappeler que la réglementation thermique des bâtiments scolaires s'étale sur 1 800 pages.

Tous les secteurs pratiquent la même inflation. Une norme pour se dédouaner, une autre pour déléguer, se protéger, se justifier, tricoter, détricoter. Jouyet : « Un maire doit jongler avec 400 000 normes et règlements. C'est indigeste. » Un virus. « Une maladie très française, un millefeuille impossible à avaler. » Et quand, de surcroît, on additionne les millefeuilles... « L'État, les régions, les métropoles, l'intercommunalité, les communes... Les pauvres maires et élus locaux n'en peuvent juste plus. » Il a fallu des années à cet énarque pour mesurer les dégâts. « Nous avons manqué de volonté », admet-il. Il n'est pas le premier.

*

1964. Présidence de Gaulle. Un dîner avec de jeunes patrons, transformés, déjà, à l'époque, en vibrants porte-parole de la fronde anti-normes. Face à eux, Georges Pompidou, alors Premier ministre, promet que tout va changer. « À l'heure actuelle, investir en France est un travail. C'est d'abord un travail administratif, car il faut passer toutes les filières et tous les bureaux, remonter toute la hiérarchie pour obtenir toutes les permissions, toutes les bénédictions. Je reconnais que c'est une calamité. »

1978. Valéry Giscard d'Estaing, plus direct encore : « La marée blanche de la paperasse doit être refoulée. » La feuille de route adressée au gouvernement est limpide : « Dans leur gestion, les ministres doivent être guidés par la hantise de la simplicité. » Quelques mois plus tard, on annonce – tambours, trompettes – la création du ministère de la Réforme.

1982. François Mitterrand choisit le Syndicat national des entrepreneurs de travaux publics, qui souffle alors ses cent bougies, pour en remettre une couche sur les normes administratives qui ankylosent le pays. « Il est nécessaire de rechercher une meilleure simplification des formalités administratives, refrain entonné cent fois au cours de ces dernières années. Mais je dois le dire, pour avoir été moi-même longtemps maire, conseiller général, président d'un conseil général, j'ai constaté le grignotage de la paperasserie, source de tracas le plus souvent inutiles, et j'attache beaucoup de prix à éliminer ce qui n'est pas indispensable. »

1997. Jacques Chirac. En déplacement à Tulle, ce dernier entend renverser sinon le cours des choses, du moins la table. « Nous savons tous combien les charges de toutes sortes se sont développées dans le cadre d'un système d'irresponsabilité qui a duré trop longtemps, et ces charges découragent les commerçants, les artisans, les professions libérales, les exploitants agricoles, et finissent par faire obstacle à l'embauche ou à l'installation. Il était urgent de renverser le cours des choses. »

2007. Nicolas Sarkozy. Fraîchement élu chef de l'État, en visite à Nantes, lui aussi sort de ses cartons un projet de modernisation de la fonction publique. « Il ne faut pas que votre ardeur se consume dans un enchevêtrement inextricable de règles et de procédures. Il ne faut pas que toute votre énergie s'épuise à essayer de lutter en vain contre le rouleau compresseur des logiques bureaucratiques. »

2012. François Hollande. Il intervient dans le cadre des états généraux de la démocratie territoriale – rien de moins. « La confiance, c'est l'allégement des normes. » Il propose une – encore ! – « nouvelle méthode » et jure que le gouvernement mettra en œuvre cet agenda. « J'ai demandé au Premier ministre que tout nouveau texte, toute nouvelle norme soit accompagné de la suppression d'un autre. »

2017. Comme les ex-locataires de l'Élysée, Emmanuel Macron certifie, la main sur le cœur, vouloir des institutions tricolores new-look. Devant le Parlement réuni en congrès : « Sachons mettre un terme à la prolifération législative. Cette maladie, nous la connaissons, elle a été tant et tant nommée, et je crains moi-même dans une vie antérieure d'y avoir participé. Elle affaiblit la loi, qui perd dans l'accumulation des textes une part de sa vigueur et certainement de son sens. » Le sens, visiblement, a – ici tout du moins – les capacités pour s'en remettre.

*

Retour à Dreux. Les normes ont beau gagner tous les mois en épaisseur, cela ne doit pas empêcher la débrouillardise de s'exprimer. Les équipes du maire ont ainsi mis en place une technique – validée par le ministère de l'Économie, « après des mois d'allers-retours et de questionnements » – pour récupérer une infime partie des taxes payées par les entreprises du coin et qui, jusqu'ici, alimentaient les caisses de l'État à Paris. L'idée ? Réunir 400 000 euros pour acheter des véhicules avec ou sans permis, afin de les proposer à des travailleurs souvent précaires, laissés sans moyen de transport. Le maire appelle cela « flécher des taxes », plutôt que de les laisser partir à Bercy sans direction précise. À Dreux, c'est un succès. Déjà 110 entreprises partenaires. Les hauts fonctionnaires du ministère ont fini par convenir que « fiscalement, ça peut se justifier ».

L'élu a dû prévoir des garde-fous. « On a équipé les voitures de géolocalisation, pour qu'on ne retrouve personne à Marseille en vacances. » Attention, cependant, au conte de fées fiscal. Monsieur le maire craint un retour de bâton. « La chambre régionale des comptes va sans doute nous tomber dessus : "Fallait pas faire ça ainsi, fallait pas mettre la virgule à cet endroit dans le règlement, vous vous êtes appuyés sur le mauvais texte de loi." »

Pour ce tour de passe-passe fiscal ont été mobilisés un référent en déontologie ainsi qu'un contrôleur de gestion. « On remplit des tableaux de bord, à la fin on ne sait même pas qui les lira, si tant est que quelqu'un les lise un jour, se désole celui qui aimerait qu'on laisse les préfets expérimenter, puisque ce sont eux, localement, qui lancent les feux verts. Mais les préfets ont peur que ça remonte à Beauvau. » Pierre-Frédéric Billet rêve d'une période de grâce. « Trois ans sans [nouvelles] normes et on dresse le bilan à la fin ? » Comme beaucoup d'élus locaux, il voudrait – ce n'est pas le moindre des paradoxes actuels – qu'on l'oublie pour mieux exister. Un peu comme un ado enfermé dans sa chambre, fantasmant un contrôle parental réduit.

31

Le sauvetage qui n'en était pas un

On n'avait jamais vu un tel traitement de faveur venant du sommet de l'État pour une commune désignée : le grand plan de sauvetage de Marseille et ses 5 milliards sur la table. Au revoir problèmes d'insécurité, désert médical, ségrégation sociale, jurait-on.

Toutes les grandes villes de France rêvent d'obtenir pareille considération.

Sauf que, dans les faits, les promesses adressées aux Marseillais ont bien du mal à se concrétiser.

Là-haut, dans les quartiers nord – ceux dont on ne parle que pour dire que ça va mal –, le docteur Saïd Ouichou observe de son regard délavé la ville et ses 900 000 habitants.

« S'ils pouvaient ériger une barrière, un mur, et nous laisser de l'autre côté pour toujours, ils le feraient. » Le médecin reçoit dans son cabinet : une pièce blanche, impersonnelle, où les murs affichent un certain ennui. La maison de santé est entourée de plusieurs barres d'immeubles. Le parking est « protégé par SSP, Standing System Protection ». En anglais, ça doit être plus intimidant. À côté, un salon de coiffure Hair Glam' et un centre d'imageries. Les trois structures sont mitoyennes, elles se tiennent en rang sur une petite dalle elle-même ourlée d'une barrière blanche haute de 2 mètres. Presque un bunker.

L'insécurité, ici, est épidémique. Et elle coûte cher. Saïd a déboursé un millier d'euros pour bénéficier en permanence de six caméras de surveillance scrutant 24 heures sur 24 la salle d'attente, les couloirs, le parvis. Il a aussi investi dans un disque dur surpuissant afin de stocker le maximum d'images. « Pour fournir des preuves », ont conseillé des commerçants déjà visés par plusieurs faits de violence. Il y a aussi un bouton caché sous sa table de travail, à enclencher en cas d'intrusion, comme pour les conducteurs de bus de la RATP.

Dans la salle d'attente, un article de presse est affiché. « Douze mois de prison sous bracelet électronique pour l'agresseur de Sara Hambli. » Sara, c'était la collègue de Saïd. Cheveux raides enroulés dans une tresse, lunettes à monture noire fine, Sara venait d'accepter de s'installer dans le bureau inoccupé de l'autre côté du couloir. Un soir, à 18 heures 30, pendant une consultation, une patiente de 18 ans, menaçante, exige une ordonnance pour un tiers. « Cette personne n'est pas à vos côtés, répond Sara. Je ne suis pas fournisseuse de papiers, on ne bosse pas comme ça. » La femme lui saute dessus, lui arrache des cheveux. Puis elle la mord. L'attaque est médiatisée. Un procès a lieu, sept semaines plus tard. À la barre, on évoque le profil de l'agresseuse. Incapacité à gérer la moindre frustration. Parcours chaotique. Des violences, déjà, contre son ex-conjoint et son ancienne belle-mère.

« Sara est partie. Elle a quitté Marseille », s'attriste le docteur Saïd. Depuis, il cherche désespérément un confrère à même de l'aider à maintenir son activité. Trois des quatre salles de consultation sont vides. Le docteur a déboursé 20 000 euros pour refaire cette maison de santé qui ressemble à un vaisseau fantôme. « Sans la moindre aide publique. »

Les violences, le médecin y est habitué. Il consigne chaque preuve sur son portable, comme un catalogue de mains courantes. Un patient lui a déjà griffé le visage à l'œil droit. Photo. Lunettes cassées après altercation avec un malade. Photo. Tentative d'incendie de son cabinet. Photo.

« Bêtement, à chaque fois, j'ai cru que j'allais être entendu par les autorités. » À défaut d'être entendu, parfois il y a une écoute. Pour l'agression de sa collègue Sara, en tant que gestionnaire des lieux, le sous-préfet et un représentant de l'ARS viennent à sa rencontre. « Monsieur le maire aussi, il est resté deux heures, il a noté mon portable. » Ensuite ? Rien. Le généraliste a réclamé une aide financière pour assurer sa protection et celle des futurs collègues. « Une solution est en cours », a affirmé l'ARS. Mise en place... « dans deux ans ». « En attendant, je suis obligé de payer pour ma propre sécurité tout en continuant de soigner des habitants qui, sinon, iraient engorger encore plus le seul hôpital du quartier. »

Les trois autres antennes de l'AP-HM – le troisième plus grand centre hospitalier de France – sont dans le Sud. « Quand on dit "le Sud", là-bas, de l'autre côté de la ville, c'est pour parler de la vie normale. »

*

Le quotidien ne change donc pas dans les quartiers nord. Mais un jour, on a fait croire le contraire. Le désenclavement, la fin du « mur symbolique » de la honte, tout ça allait tomber.

Le plan se nommait « Marseille en grand ». Lancé le 2 septembre 2021 par Emmanuel Macron, avec ces mots : « Si nous ne réussissons pas à Marseille, nous ne pourrons pas faire réussir le pays. » On a connu promesse moins engageante. Le chef de l'État assure que 5 milliards d'euros seront alignés. Insécurité, logement, transports, écoles. Tous les piliers de la République dans une même action groupée.

« Presque une inégalité de traitement, tant les sommes ont rendu jaloux tous les maires des autres grandes villes », s'excuse faussement celle qui a piloté pendant un an le dossier, l'ancienne secrétaire d'État à la ville, Sabrina Agresti-Roubache. Cette enfant de la cité phocéenne est la première mise dans la confidence, sept mois plus tôt, lors d'un déjeuner à l'Élysée, en présence d'Emmanuel Macron et de son épouse, Brigitte. Autour de la table, pendant que la Première dame discourt avec le designer star Ora-ïto, le président et la future secrétaire d'État cherchent comment gommer « les décennies perdues à ne rien faire pour Marseille ». La politique a cette facilité déconcertante de fabriquer des sauvetages.

Le problème, avec la parole publique, c'est quand on y croit trop fort.

*

Trois ans après les annonces du président de la République, la Cour des comptes fait ses calculs dans un rapport où est mentionné noir sur blanc le fait qu'une immense partie de la cagnotte n'a toujours pas été dépensée. « Les sommes décaissées par l'État se limitent à 1,31 % du montant total annoncé. » Nous sommes à l'automne 2024 et le docteur Saïd croit à une mauvaise blague. À trois reprises, il relit le chiffre de 1,31. « On nous a débranchés », dit le médecin.

Au palais présidentiel, on critique la vision « court termiste », « mesquine » du patron de la Cour des comptes, et on pratique l'art de la guerre, option contre-feu. « Pierre Moscovici est vexé parce qu'il n'a pas été nommé dans le gouvernement Barnier. » « Qu'il vienne me voir, je lui pète la gueule », ose pour sa part Sabrina Agresti-Roubache, depuis le salon de son appartement, rue Bonaparte, à Paris. « Il fait de la politique, moi, du terrain. »

*

Au départ, le plan Marseille en grand est multi-ambitieux. Reconstruire 188 écoles. Lancer 15 projets de transport. Retaper des centaines d'appartements menaçant de s'effondrer. Investir dans une cité judiciaire, « pour faire comme à Paris ».

Un responsable de la cour des comptes régionale, qui a amendé le rapport d'étape, sort la sulfateuse. « On a oublié de dire : "Qui fait quoi ?" et, plus grave : "On va où ?" Il n'y a tout bonnement pas eu de travail commun. » Un préfet a pourtant été nommé dans le rôle du pilote en chef, en lien avec la mairie de Marseille, la métropole, le département, la région. Le problème, c'est l'impossible concerto symphonique entre toutes ces entités. Chacun ses instruments, chacun sa partition. Lors des réunions de coordination, plusieurs participants témoignent avoir assisté à des « concours d'*ego* » qui les ont sciés.

« Dans la vraie vie, face à un dossier de cette ampleur, on rédige des contrats, on fixe des objectifs. Là, rien », tranche – micro éteint – la Cour des comptes.

Trois ans après, il faut relire plusieurs fois la phrase qui suit pour mesurer les empêchements dont est parfois victime la République. L'urgence, pour Marseille, est de « dépenser l'argent qui, sinon, va retourner à Paris ». La recommandation en question est tirée d'une note confidentielle déposée sur le bureau même du président Macron le 5 septembre 2024. Cette phrase, pour terrible qu'elle soit, valide le mur face auquel se trouve la deuxième plus grande ville de France. Il existe bien « un risque de non-utilisation des crédits à l'horizon 2026 ».

Le docteur Saïd Ouichou ne sait plus s'il faut « rire ou pleurer ». « Mes 2 353 patients et moi-même ne sommes pas des oubliés du système de santé et de la politique. C'est pire. On nous marche dessus. »

Un coup d'œil à la salle d'attente. Pleine à craquer. Début du service, il est 14 h 30. « Quand je partirai à la retraite, il faudra trois collègues pour me remplacer. » Le docteur Saïd travaille jusqu'à 21 jours non-stop dans les quartiers nord où l'on dénombre 65 médecins pour 100 000 habitants. Moitié moins que la moyenne nationale. « On fabrique notre propre misère. »

*

Plus que la lutte contre le désert médical, le plan Marseille est avant tout une réponse au narcotrafic. En 2023, 49 personnes sont mortes en l'espace d'un an en raison du marché de la drogue dans la cité phocéenne. C'est dire si le grand plan était attendu, notamment chez les habitants des quartiers populaires. Sofiane, chauffeur de taxi, en fait partie. Le trafic a eu raison de son outil de travail. Son véhicule est sacrément endommagé. La voiture, éraflée de chaque côté. Un rétro, arraché. « J'ai eu le malheur de louer ma bagnole quatre jours à un mec qui me faisait croire qu'il en avait besoin pour se rendre dans une villa, de l'autre côté de Marseille. » L'individu en question parcourt en réalité des milliers de kilomètres. Le véhicule borne à Bordeaux, à Nantes, puis en Espagne. « Il s'est servi de ma caisse pour des *go fast*[1]. » Sofiane, barbe blanche et noire, petit bonnet sur le crâne, n'en revient toujours pas. Ses doigts, longs et fins, pianotent sur l'écran GPS de sa Tesla. « Le connard qui a fait ça connaît mieux que moi le système de surveillance. Il a effacé toutes les vidéos internes. »

Depuis combien d'années la drogue amoche-t-elle les quartiers nord ? La géographie des points de deal – chacun pouvant générer 50 000 euros de chiffre d'affaires quotidien – épouse parfaitement les poches de la précarité. Les narco-ouvriers ont l'âge d'aller au collège. Certains se voient proposer jusqu'à 8 000 euros mensuels pour effectuer des livraisons de la main à la main. Les adolescentes sont particulièrement recherchées. Cinq cents mineurs interpellés en douze mois.

Le mode opératoire ? En mouvement. Drive privilégié. Modèle McDo. La police réalise des opérations coup de poing. Beaucoup. « On agresse les agresseurs. » Mais les narcotrafiquants sont plastiques. Et perdent en « morale » ce qu'ils gagnent en « violence ». Sofiane, le chauffeur Uber, connaît depuis l'enfance chaque recoin des quartiers nord. « J'ai 37 ans, j'ai grandi ici.

1. Technique utilisée par les trafiquants pour transporter des produits stupéfiants.

À l'époque, le trafic était pratiqué avec respect, par des gars du coin. Dehors, loin des immeubles. Maintenant, on condamne des cages d'escalier pour installer le trafic. Et les travailleurs ne viennent pas d'ici. Ils s'en foutent, d'agresser et de tirer sur quelqu'un. Si par malheur tu es chétif ou tu montres une peur, n'importe quelle peur, t'es foutu. » Sofiane avoue qu'il aurait pu, à plusieurs reprises, tomber lui-même « du mauvais côté ».

Dans son package de présentation, le plan « Marseille en grand » promettait plus d'effectifs de police et une foultitude d'outils en vue de gagner la guerre contre le narcotrafic. Trois ans plus tard, seules 90 des 500 caméras de vidéosurveillance prévues sont opérationnelles. Plus grave, malgré les renforts policiers, les départs à la retraite et les mutations sont largement plus nombreux que les nouvelles arrivées. Le nombre de forces de l'ordre sur le terrain ? Inférieur à celui de 2017[1]. Seule bonne nouvelle : officiellement, le nombre de points de deal a été divisé par deux en quelques années dans les quartiers nord. Avec un report important vers d'autres localités dans et autour de Marseille. Sans compter le trafic 2.0 sur des plateformes virtuelles qui explose.

*

« Marseille en grand », c'était aussi la promesse d'écoles rénovées et de transports publics pour casser les enclaves. Commençons par les transports. Dans les faits, les quartiers nord attendent toujours leur tour. « On ne prête qu'aux riches, on nous prête donc très peu, se

1. Cour des comptes, rapport « Les forces de police à Marseille », 21 octobre 2024.

désole un élu de premier plan de la mairie de Marseille. Les transports en commun sont vitaux ici. Macron avait promis des chantiers d'exception. Mais dans l'ensemble, on prolonge les tronçons existants, là où l'offre est déjà abondante, loin des quartiers nord. »

Reste l'enjeu fondamental de l'éducation. Le plan de sauvetage de Marseille devait permettre la réhabilitation de 188 écoles maternelles et élémentaires (sur un total de 470). Un milliard d'euros sur la table, dont 400 millions directement offerts par l'État.

Ce vendredi matin de novembre 2024, c'est veille de fête scolaire au groupe Malpassé-Les Oliviers. L'école comprend 28 classes, dans ce quartier défavorisé où commerces et services publics sont rares. Plusieurs parents d'élèves ont trouvé une formule qui claque pour illustrer leurs revendications : « Plus de tableaux, moins de coke. »

Ici, les engagements semblent tenus. La cour de récré, toute neuve, est ceinturée d'un aussi élégant que minimaliste mur ocre en béton dessinant des arches aux formes aléatoires. L'ossature en fer de l'ancienne école a été conservée, ignifugée, puis peinte en bleu. Les classes sont baignées de lumière. « On a même un système thermique dernier cri », vante l'élu chargé du plan école, Pierre-Marie Ganozzi. Pour l'inauguration de demain, on a distribué des invitations format carte postale, avec fausse signature manuscrite du maire. Un château gonflable a même été commandé.

Sur place, le chantier le plus délicat concerne le fonctionnement de la cantine. Pendant des années, Sodexo, le prestataire, a négocié avec la mairie la règle suivante : si une famille ne paie pas, terminé les repas. Le marché avait été conclu quasiment en ces termes. Il a fallu un bras de fer juridique de quinze jours, nous dit la mairie, pour annuler cette règle. Dorénavant, les enfants « mauvais payeurs » ne sont plus exclus de la table du déjeuner. La négociation se déroule sans passer par la case élève.

Auparavant, les tarifs adaptés pour chacun étaient calculés deux mois après la rentrée, en fonction des revenus par ménage. En attendant, pendant sept à huit semaines, les familles devaient payer le tarif de base. En conséquence, beaucoup attendaient le retour des vacances de la Toussaint pour inscrire leur progéniture à la cantine. Résultat : « En septembre et octobre, des dizaines d'élèves sautaient des repas et ne mangeaient pas à leur faim », regrette Léa Martinovic, chargée des questions éducatives au cabinet du maire de Marseille. À la place, un nouveau dispositif a été concocté. Dès le jour de la rentrée, le ticket quotidien pour chaque enfant est directement lié aux revenus des parents. Fini les mauvaises surprises. Bilan des courses : sur 500 élèves qui déjeunent dans ce centre scolaire, plus de la moitié sont exonérés ou se voient proposer un demi-tarif à 1,60 euro par jour. Et pas question d'augmenter les prix. La mairie a abandonné, pour la quatrième année consécutive, l'idée.

Une école coûte cher. Celle de Malpassé-Les Oliviers a nécessité 19 millions d'euros de dépense publique. Aujourd'hui, l'établissement apparaît comme l'un des seuls poumons en capacité de faire circuler de l'oxygène dans le quartier. Un service de l'État prend donc la place des usines, des entreprises, des start-up qui manquent tant ici, plus qu'ailleurs.

Dans ce contexte, on espère que chaque euro dépensé aura plusieurs usages. Le futur gymnase scolaire – 3 millions d'euros – accueillera par exemple des clubs de sport mais aussi un centre social, à destination d'un public englué dans la précarité, le mercredi après-midi et le samedi. « On aimerait redonner envie de croire en l'action publique », résume l'élu chargé du plan écoles.

*

@AZALE92 : À Neuilly sur Seine, au moindre haussement de ton, le RAID intervient avec blindés. À Marseille, on attend le bruit de la kalash... Si un innocent est mort, on envoie un gardien de la paix fraîchement diplômé en Twingo.

@THEBIGGESTHUNTER1216 : Ce n'est pas qu'une question d'argent c'est une question d'éducation.

@JULIOGGDL : Je suis chef de projets techniques... je peux être débauché... je crois qu'il va falloir beaucoup de coordination...

@JULIEN3525 : Marseille sera toujours une poubelle de toute façon !!!!

@UNIVERSDESJEUXVIDEOS : La faute aux français qui acceptent une justice a 2 balles et peuvent s'en prendre qu'à eux.

@LAETITIABENHAMMADI9173 : Les promesses n'engagent que ceux qui y croient.

@JEROME3615-D1R : Des crédits des crédits encore et toujours des crédits la vie a crédits.

@GYMARBOSS4873 : Paris a tout pris, Marseille en a marre.

@GAETANBG : Et dans ma campagne on ferme les classes mais ça dérange personne.

@HANDIVISION22 : Dans les années 60, 70, il y avait la ville le département et l'État, point final.

@LEITIZI22 : Il suffit de déployer l'armée !

32

L'administration et le syndrome de l'objet perdu

Un problème secoue la France ? Une commission, un comité et tout va s'arranger, promis, juré.

Or, l'efficacité de ces « comités Théodule » est sujette à critiques en même temps qu'elle illustre une certaine capacité à fabriquer du vide.

Gare toutefois aux caricatures. Derrière ces initiatives, la bonne volonté est souvent de rigueur. Pour chaque entité, des fonctionnaires ou cadres supérieurs se demandent, en vain parfois, comment ils pourraient être utiles.

Ils sont oubliés, mais on a coutume de penser que ça les arrange, les membres de ces comités présentés comme « fantômes ». Plus de 300 agences et satellites éparpillés dans le ciel administratif tricolore, souvent cachés dans des recoins que même les ministères de tutelle peinent à identifier.

Le général de Gaulle voulait les éliminer, prétextant, en septembre 1963, lors d'un déplacement à Orange, qu'ils étaient « fort peu utiles ».

Plus de six décennies se sont écoulées depuis et, à

Matignon, chaque nouveau locataire s'efforce de prononcer des vœux d'élimination.

La réalité est plus subtile, nous allons y revenir. Mais d'abord, il faut comprendre de quoi on parle. Et là n'est pas la moindre des tâches.

Figurent dans la liste des 300 :
– le Conseil de la montagne ;
– la Grande Commission nautique ;
– le Conseil de l'immobilier d'État ;
– la Commission nationale d'examen des circuits de vitesse ;
– la Commission interministérielle des biens à double usage...

Certains dépendent de Bercy. On appelle donc le ministère. Un interlocuteur promet : « On vous recontactera, quand on les aura trouvés. » Six mois plus tard, on attend toujours.

L'étape suivante nous mène au Sénat, où une élue cherche par tous les moyens à faire disparaître ces « sous-couches de complexité » qui alourdissent les murs de l'appareil étatique. Elle s'appelle Nathalie Goulet. Sénatrice de l'Orne, cette ancienne avocate du barreau de Paris aime quand c'est compliqué (elle bosse aussi sur les questions du narcotrafic et de l'argent du terrorisme). Pour les comités Théodule, elle a rédigé une proposition de loi régie par une règle simplissime : « On annule tous les comités existants qui ne servent à rien, sauf s'ils arrivent à prouver le contraire. »

Nous retrouvons la sénatrice dans la somptueuse salle de lecture de la bibliothèque du Sénat, où des échelles veulent embrasser de vieux livres reliés en cuir. L'espace ressemble à un vaisseau boisé. On soumet à Nathalie Goulet une liste de comités aux noms exotiques. Mais celle qui tente, depuis des années déjà, de stopper ces comités, est incapable de dire à quoi ces noms font référence. « Le "Comité du secret statistique", je vous assure, je ne sais toujours pas ce qu'ils font. » La juriste ne remet pas seulement en cause le fonctionnement de ces branches, mais, au-delà, leur fondement même.

« Là n'est pas le plus grave, poursuit-elle. Le plus grave, c'est : pourquoi on en est là, aujourd'hui ? À cause de l'empilement des lois. Chaque comité, chaque commission est le fruit d'une loi. Nous souffrons depuis tant d'années d'une diarrhée administrative telle qu'on vote des lois qui se contredisent les unes les autres. Personne ne cherche à savoir ce qu'un texte va apporter sur le long terme. On vote, on pose sur l'étagère, plus personne ne regarde, on crée des contre-feux, des "comités de contrôle de comités qui contrôlent". Ça s'arrêtera quand ? »

La sénatrice ne croit pas si bien dire. Quelques mois après notre rencontre, la création d'un nouveau comité est célébrée en grande pompe par le gouvernement qui, quelques jours plus tôt, râlait contre l'inflation de comités. Le nouveau vaisseau se nomme « Comité d'alerte ». Trois fois par an, il réunira les ministres de Bercy, des parlementaires de la commission des finances et des affaires sociales, ou encore des représentants de la Sécurité sociale. Sa mission est dans son titre : alerter.

La sénatrice Nathalie Goulet, furieuse, empoigne son portable pour répondre, sur les réseaux sociaux. « Un comité de plus, c'est une blague ! Il serait préférable de nous écouter au lieu de nous tromper ou de nous ignorer. C'est pathétique. »

Voilà pour le point de vue du législateur, qui réclame, comme la Cour des comptes, un toilettage express et radical. Mais de l'autre côté du rideau, quand on donne la parole aux membres de ces comités Théodule, beaucoup racontent une autre histoire de l'administration tricolore actuelle.

*

La Commission consultative des polices municipales (CCPM) a été créée par la loi numéro 99-291 du 15 avril 1999. Son organisme de tutelle est la place Beauvau. Vingt-quatre membres titulaires, nommés par arrêtés, signés des mains du ministre de l'Intérieur. Huit maires de communes. Huit représentants de l'État. Huit représentants de la police municipale. À chaque membre est associé un suppléant – décidément, pourquoi faire simple ? C'est le cas de Fabien Golfier. Il représente la Fédération autonome de la fonction publique territoriale et reçoit dans son bureau du nord de Paris. Automne 2024, le suppléant est plus remonté que jamais. « On parle insécurité matin, midi et soir sur les chaînes infos, on s'écharpe sur les violences policières, on dirait parfois que le pays est en guerre, et nous... ? Depuis quatre ans, toujours aucune convocation ! Aucune réunion au ministère de l'Intérieur ! C'est pourtant le ministère de l'Intérieur qui nous a créés, c'est lui qui nous a demandé de bosser sur l'avenir de la police municipale. Le décret rédigé par le gouvernement ne dit pas autre chose. » Fabien Golfier joint à la parole des copies de lettres envoyées aux locataires successifs de la place Beauvau, leur implorant de réunir la Commission consultative des polices municipales. « Aucune réponse n'est jamais parvenue. Quel mépris ! Leur inintérêt est complet. C'est affiché comme tel, assumé même. L'État n'est pas mobilisé sur les questions de sécurité du quotidien, seulement sur le spectaculaire. »

Écouter la colère de Fabien Golfier permet de saisir pourquoi autant de « forces vives » abandonnent, par désespoir, tout ou partie de la notion de responsabilité. « Au final, c'est la parole politique qui est abîmée. Au final, le désinvestissement, c'est pour les policiers ; puisqu'ils ne sont pas écoutés. » Or le seul enjeu des armes à feu dans la police municipale (un agent sur deux en est désormais équipé) mériterait de longues concertations entre acteurs concernés.

Malgré elle, l'administration construit oubli et colère. Chez les policiers municipaux comme ailleurs.

*

Lui se nomme le Conseil national des opérations funéraires. Créé – on s'accroche – par l'article 7 de la loi numéro 93-23 relative à la législation dans le domaine funéraire et codifié à l'article L. 1241-1 du Code général des collectivités territoriales. Lui aussi dépend du ministère de l'Intérieur, bien qu'on puisse supposer qu'il eût été logique que ce soit son homologue de la Santé – les chemins de l'administration française aiment l'alambiqué.

Le comité a pour mission principale d'indiquer des orientations à même d'éclairer « les conditions de fonctionnement du secteur ». En clair, il faut des règles du jeu pour les professionnels de la mort, particulièrement éprouvés depuis le Covid.

Justement, les faits décrits ci-dessous se déroulent en pleine pandémie.

Florence Fresse est alors déléguée générale de la Fédération française des pompes funèbres. « Les doctrines changeaient tous les jours. Que faire avec la dépouille d'un défunt mort du coronavirus ? Mise en bière à quel moment ? Quelles constatations ? Quelle sécurité pour les employés ? Des masques, quels masques ? Et nos proches qui paniquaient à l'idée que l'on rapporte le virus à la maison. »

Florence Fresse évoque une souffrance qui, pendant l'épidémie, ébranle toute la profession, laquelle représente 25 000 personnes, 4 000 entreprises, 2,5 milliards d'euros de chiffre d'affaires annuel.

En comparant avec ce que vivaient à la même période les hôpitaux et les Ehpad, où la situation n'était guère plus sereine, elle en conclut : « Eux au moins avaient des organismes de tutelle pour guider, des représentants avec du poids. Nous, nous étions des pestiférés. Or, sans aucune instance pour répondre ni écouter, sans parole donnée, nous n'existons tout simplement plus. »

Le 4 décembre 2020, le comité tient séance. La situation sanitaire liée à la fin de la deuxième vague de coronavirus est alors à nouveau jugée « préoccupante » par Santé publique France. Un excès de mortalité « très élevé » est signalé en Auvergne-Rhône-Alpes et en Bourgogne-Franche-Comté. Depuis le début de l'épidémie, l'Hexagone déplore déjà 62 000 morts. Le monde entier compte ses défunts. Près de 2 millions, officiellement.

Autour de la table, la directrice générale des pompes funèbres intercommunales de l'agglomération tourangelle prend la parole. Un événement la trouble. Une plainte de la police, déjà remontée à la préfecture. Les forces de l'ordre sont très mécontentes d'avoir dû attendre, sur le terrain, huit heures pour qu'un corps soit amené aux pompes funèbres. La directrice générale se remémore le contexte : « J'ai alors cinq personnes en arrêt maladie et accident du travail et on me demande, à moi, pourquoi j'ai autant d'arrêts. Mon adjoint est obligé d'aller chercher lui-même un corps Covid [décédé du Covid] en pleine nuit à 2 heures du matin. » Elle évoque ensuite les délais de mise en bière, les nouvelles réglementations qui n'en finissent pas d'être modifiées. La description dressée est celle d'un parcours de haies. Tous autour de la table savent. Personne pour contredire ce constat, accablant, dans lequel le désarroi ponctue chaque phrase.

C'est maintenant à Florence Fresse de prendre la parole. Elle entame son propos avec le cas de familles à qui l'on aurait imposé, pour des défunts morts du coronavirus, une crémation. « Contre leur avis. » Stupeur dans la salle. Certains demandent si c'est un nouveau « buzz » inventé par la presse afin de susciter des clics. « C'est ce qui nous remonte », soupirent plusieurs participants, fatigués de ne pas être pris au sérieux par leurs pairs. Florence Fresse n'attend aucune solution, elle déroule les problèmes, point. La suite ? Les jauges. « Elles ne sont plus d'actualité dans les lieux de culte, alors qu'elles le sont toujours dans les cimetières. C'est un peu compliqué à gérer quand on est opérateur funéraire – déjà que les familles, dans ces circonstances, ne sont pas toujours très à l'écoute... » Elle agrippe son smartphone. « Au moment où je vous parle, ça change encore ! J'ai un mail d'une préfecture qui dit : "Fini le nombre maximal dans les cimetières, on peut être 200." » Florence prend le temps d'une respiration. « On est vraiment laissés face à nous-mêmes. »

Un autre intervenant lève le doigt. Il souhaite décrire la situation dans les crématoriums. Il cite une obscure décision du Conseil d'État que personne autour de la table ne semble ni comprendre ni être capable de résumer. « Maintenant, on parle d'une jauge par nombre de mètres carrés. À supposer qu'une salle fasse 300 mètres carrés, on pourrait tolérer qu'il y ait éventuellement plus de 30 personnes. » La conversation s'engouffre dans des détails techniques plus kafkaïens les uns que les autres. « Quand on est en période de crise sanitaire, éructe un participant, il faut qu'on trouve une règle, un équilibre qui soit acceptable pour tout le monde. »

Avant que la séance ne soit levée, à 16 h 22, le président achève la réunion de la plus labyrinthique des façons. « J'ai bien noté le sujet des jauges. Nous allons le faire remonter au CIC, le centre interministériel de crise, qui est l'instance qui émet des recommandations et qui propose aussi, en lien évident avec le ministère de la Santé, des évolutions des textes encadrant notamment les conditions de fonctionnement de notre vie en société. Ce texte sera remonté pour qu'il puisse être soumis à une éventuelle évolution des textes applicables. En vous remerciant de cet échange que j'ai trouvé très riche. »

Florence Fresse n'a pas l'énergie de souffler de dépit.

Automne 2024, le Covid étant alors considéré comme un lointain souvenir, et le temps ayant fait son œuvre, on retrouve Florence Fresse dans son bureau, en haut du centre d'affaires de Rosny 2. Nous souhaitons avoir son regard sur les comités Théodule. Le gouvernement relance une nouvelle fois l'idée d'en supprimer des dizaines, afin que la machine administrative avance avec davantage d'efficacité, tout en faisant de précieuses économies. Florence Fresse pouffe. « Je bosse bénévolement au comité. Même le ticket de métro pour me rendre aux réunions, c'est moi qui le prends en charge, à mes frais. » Sur l'efficacité toute relative des comités ?

« Supprimons. On disparaîtra du champ de vision de la République. »

Les comités Théodule coûtent chaque année aux contribuables un montant somme toute modeste : l'équivalent de 30 millions d'euros. Un comité sur dix ne s'est pas réuni dans les douze derniers mois. Le vrai tri ne devrait-il pas être celui de l'efficacité ? Mais qui décrète ce qui est ou n'est pas nécessaire ? Qui pour inventer le ministère de l'Utilité ? Et avec quels critères, quelle lecture de la société ?

*

Lorsque la crise des Gilets jaunes secoue la France, l'ancienne ministre Chantal Jouanno se retrouve dans la tourmente. En cause : la rémunération encadrant son poste de présidente de la CNDP – la Commission nationale du débat public ; 14 700 euros brut mensuels. Soit quasiment le même montant que les émoluments du chef de l'État et de son Premier ministre. Chantal Jouanno n'a pas choisi ce montant. Un décret en a décidé ainsi. Son salaire est le même que celui de son prédécesseur. Mais alors que les ronds-points se remplissent de Français en colère contre la vie chère, de nombreuses voix considèrent qu'un tel revenu pour un métier consistant à arbitrer ce qui est digne ou non de faire débat au sein de la société, c'est un poil exagéré.

La polémique est sèche, violente. Une communication de crise est enclenchée, la présidente se justifie dans les médias, Matignon et l'Élysée sont bien embêtés... et puis tout ça retombe aussi vite que c'est monté. « On va corriger le tir », entend-on au loin, dans l'entourage du chef de l'État.

Octobre 2024, la Commission nationale du débat public étant toujours en vie (mais son nom jamais cité dans le moindre… débat public), nous vient l'idée de demander au successeur de Chantal Jouanno le montant de sa rémunération actuelle. Après tout, l'Élysée promettait une correction salariale et, Matignon, un régime budgétaire drastique à tous les étages de la République.

La réponse met deux jours à parvenir, par mail. Attention ! Cela ne surprendra personne, elle est technique.

« La rémunération de monsieur Papinutti est décomposée comme suit :

– un traitement indiciaire brut qui s'établit à l'indice 1 284 (qui correspond au traitement indiciaire hors échelle E-Chevron I), soit 6 320,85 euros brut mensuels sur la base de l'indice de rémunération des fonctionnaires ;

– une indemnité de résidence de l'ordre de 197 euros brut mensuels ;

– une indemnité de fonction de l'ordre de 6 666,66 euros brut mensuels. »

Soit, à peu de chose près, le même montant que celle de Chantal Jouanno.

*

Juillet 2025, une commission d'enquête sénatoriale sur les « missions des agences, opérateurs et organismes consultatifs de l'État » remet ses conclusions. La première, la plus cinglante : l'exécutif a lui-même enfanté ce monstre administratif composé de près de 2 000 entités. Deuxième conclusion : ce même État paraît, aujourd'hui, dans l'incapacité de maîtriser quoi que ce soit.

Les sénateurs évoquent le terme d'« agencification » comme on parlerait d'un polluant éternel. Les années 1990 ont servi d'accélérateur à ce phénomène. À cette époque, il est de bon ton de séparer les prises de décision de leur exécution. Un souci, un défi ? Une entité. Tant pis pour la cohérence d'ensemble. Les interlocuteurs se multiplient, les circuits de financement se complexifient, les actions sont scindées.

Le sénateur Pierre Barros parle même d'une « archipélisation des services de l'État ».

Dorénavant, ce mikado est d'une complexité telle que les sénateurs peinent à voir les rayons de lumière à travers.

Or, paradoxalement, on n'a – en politique – jamais autant réclamé de lumière qu'aujourd'hui.

Épilogue

Les électeurs et la politique de l'oubli

Le désintérêt pour la démocratie s'installe et son ampleur est alimentée par les vents contraires qui secouent la France. Le vote n'est plus ritualisé. Il y a les intermittents, les abstentionnistes, les atrabilaires. Ils ne sont pas seulement à chercher du côté des classes populaires.

Se dessinent deux conséquences : d'abord, le fait que la majorité sociale devient ainsi minoritaire, électoralement parlant. Ensuite, le fait que les candidats se retrouvent in fine *victimes à leur tour... d'oubli.*

Dans ce chapitre sont consignées des paroles recueillies sur le vif, des paroles de citoyens en colère, décontenancés, raisonnables – souvent –, perdus – presque tout le temps...

Un détail qui n'en est pas un : aucun n'a levé le doigt pour s'exprimer. Nous sommes allés les chercher, les déranger parfois, dans des endroits peu éclairés par l'actualité. Ils composent de ce fait un précieux nuancier.

On dirait que le ciel noir va avaler les briques rouges de la maison devant laquelle se tient la brocante de ce samedi matin. Nous sommes fin juin 2024 à Avelin (Nord). Le cœur de la campagne pour les législatives n'émet aucun battement. Le président Macron ayant dissous, « faut y retourner », soupire derrière son stand un père de famille pourtant jovial quelques instants auparavant. Une heure et demie que l'on cherchait désespérément un interlocuteur acceptant de livrer son regard sur la situation politique. Une cinquantaine de refus polis essuyés. Jusqu'à ce que ce papa, qui « aime ne pas aimer la politique, mais [qui] l'aime quand même », dise oui. Attiré par la conversation, un voisin s'assied sur un transat, une coupette à la main. Pas de champagne mais de rosé. Barbichette naissante, cheveux mi-longs, le jeune adulte joue la carte débonnaire. L'affrontement peut commencer. Le père de famille quadragénaire face à l'étudiant. Deux générations, deux manières de lire la politique, dans ce bastion historique de la gauche qui n'en est plus vraiment un.

C'est le quadragénaire qui ouvre :

– Le front commun ? Le front comment, déjà ? Ils ont osé appeler ça « populaire » ?

– Où est le problème ? Moi, c'est Mélenchon !

– Ça va pas bien, de parler comme ça ?

– Le PS, jamais de la vie.

– Tu vas me faire le coup de la peste et du choléra ?

Le jeune homme, assis sur sa chaise de camping, reprend une gorgée de rosé :

– Je procède par élimination.

Les joues du voisin commençant à s'empourprer, le ton monte :

– Mais éliminer quoi, bon Dieu ?

– LFI, c'est pas l'extrême gauche. Je parle comme ça parce qu'autour de la table, tout le monde dit « extrême gauche », mais c'est totalement faux et malhonnête.

Un autre voisin s'immisce dans la conversation. Il parle plus fort, ça vient du cœur, l'intensité de sa voix le surprend lui-même :

– C'est la gauche, point à la ligne.

Le quadragénaire s'emporte, pense que « la jeunesse » est non pas « mal informée » mais « mal politisée », qu'elle ne se rend pas compte, « la jeunesse », qu'elle ne connaît pas les livres d'histoire, que c'est une génération apathique, « la jeunesse », que ça lui passera. Le jeune aux cheveux mi-longs a fini son verre. Il rigole. « On verra bien. » Il faut trouver une autre bouteille de rosé.

Autour du stand, plusieurs passants ont suivi le débat sans en perdre une miette. Celui-ci désormais achevé, tout le monde regarde ailleurs. Circulez.

Le nord de la France était une terre de gauche. Plus maintenant. La terre est émiettée, on doit creuser chaque année plus profondément pour trouver des gisements de gauche. Le RN, lui, n'a qu'à se pencher pour empocher. « Même plus besoin de ratisser », se désole le quadragénaire.

*

Un ancien bassin minier à présent : Annezin. Ici, un électeur sur deux a voté Jordan Bardella aux élections européennes.

L'histoire du bourg, c'est la perte d'un rêve, celui du charbon. On en découvre sous terre au milieu du XIXe siècle. La compagnie des mines de Béthune sonde. La compagnie des mines de Vendin exploite. La prospérité éclate. Puis s'essouffle. Des décennies d'agonie. Depuis, tout le monde pleure à la fois les dégâts et le réveil du lendemain social.

Aujourd'hui, à défaut de charbon, il y a loto dans la salle communale. À l'entrée du bâtiment, un monument représente quatre personnages sculptés dans le fer, des mineurs tournés vers un chariot rempli de faux charbon.

À l'intérieur de la salle des fêtes, déjà une centaine de participants sont sagement installés, la plupart à la retraite. Premier jour de l'été. Un vendredi après-midi généreux. Dehors, le soleil cuit la pelouse.

Trente-cinq euros l'admission pour l'après-midi. Premier lot : 500 euros de bons d'achat au supermarché du coin. La salle est pleine à craquer. On a dû installer plusieurs participants dans l'entrée, d'autres dans un local annexe qui sert habituellement de cuisine. Sur la deuxième table, mur de gauche, une femme à la retraite, blouse rouge et lunettes fines : « C'est mon petit plaisir du mois. J'ai économisé quatre semaines pour venir. » À sa grande copine, assise à côté, elle a aussi offert une place. « Un cadeau. » L'intéressée, émue, multiplie les remerciements. La politique, la dame en rouge en parle parce qu'on lui pose la question. Le reste du temps, elle « garde ça au fond, tout au fond ». Son constat actuel ? Elle qui vit « juste au-dessus du seuil de pauvreté », avec une pension qu'elle juge famélique, le résume en une phrase : « Faut mettre le bordel. » Elle parle très fort. « Rien à foutre de ce que pensent les autres. De toute façon, on dit tous pareil ici. Il faut du radical. Sur l'immigration, sur le pouvoir d'achat : du RADICAL ! » Pour elle, radical rime avec Rassemblement national. Dans la salle, après deux heures de discussion, on aura trouvé beaucoup de soutiens de « Marine » et « Jordan ». Jamais les noms de famille ne sont prononcés. Jamais les noms de parti ne sont évoqués.

À notre demande, entre deux séries de numéros de loto, l'animatrice interpelle l'assemblée. « Sans donner vos raisons politiques, levez la main ceux qui pensent que le climat est tendu ? »

Première seconde, aucune main levée.

Deuxième seconde, une dizaine de mains s'agitent.

Troisième seconde, quasiment tous les bras en l'air.

« Bon ben voilà, pour ceux qui en doutaient encore », conclut l'animatrice, qui a surtout hâte de poursuivre le tirage des numéros.

Au fond de la pièce, près de la porte de sortie : François, un ancien mineur. Son épouse à ses côtés. Le couple paraît soudé au fer. À intervalles réguliers, ils se tiennent la main, afin de rassurer l'autre, eux-mêmes aussi sans doute. Quand l'un parle, l'autre hoche la tête. Lui ne voulait pas parler politique, on insiste un peu, ses yeux s'humidifient, comme s'il allait révéler un secret enfoui ou qu'une insondable douleur se réactivait. « J'ai voté socialiste presque toute ma vie. J'ai arrêté. » Sa femme lui tient la paume de la main. Il regarde dans le vide. « Ils promettent tous tellement de choses. Mais ils ne tiennent pas parole. Or, quand on ne tient pas parole, si on ne peut pas donner ce que l'on promet, c'est de la fausse politique. C'est de l'arnaque. »

Suit un moment de silence intense. Les voisins écoutent, certains ont même arrêté de poser des jetons sur leurs grilles. « Les politiques, ajoute François, sont des gens qui nous détestent. Les personnes de la France d'en bas, ils ne nous aiment pas. » Rien d'autre ne sortira de sa bouche. Sa femme fait poliment signe pour dire de partir.

*

L'arrière-cour d'une maison à Lesquin (Nord). Une douzaine d'anciens potes de fac pour une soirée retrouvailles autour d'un match de l'équipe de France. L'apéro pour patienter. La table basse du salon a été transportée sur l'herbe. Les petits jouent dans la maison. Le plus jeune, dans une poussette, dort à côté de plusieurs packs de bière. Le rosé AOP Côte de Provence refroidit dans un seau à champagne. L'équipage constitue un panel rêvé de CSP+. Cadres, professions intellectuelles, carrières lancées, plus belle la vie.

Leur grille de lecture politique actuelle ? Flou comme un tableau de Richter. Plusieurs phrases se terminent par « on ne comprend rien » et « quel bordel ». « On a beau avoir de jolis diplômes, on est aussi paumés que les autres », s'excuse l'un des adultes, quand les autres se rassurent, voire gloussent devant l'opacité de la situation.

Dans une tribune au *Monde*, le professeur en sciences de gestion Karim Mignonac a dit que, « pour avoir envie de voter, pour croire dans l'efficacité politique, il est important d'avoir un travail décent[1] ». Ici, les conditions sont réunies, et ça bloque quand même.

Le premier tour des législatives a lieu dans deux semaines. Aucun des amis ne parvient à citer le nom d'un candidat de sa circonscription.

Un trentenaire, casquette, lunettes de soleil et maillot des Bleus : « Je croyais à tel programme il y a encore quinze jours, et là je ne sais plus. Tout est démonté. Où est la sincérité ? » Le mot « sincérité » fait sursauter autour de la table, notamment sa voisine aux faux airs de Meghan Markle : « On ne veut pas que celui qui nous fait peur passe. » Elle fait allusion au candidat RN. Mais se garde bien de le dire aussi nettement. Dans la conversation de groupe, là encore, aucun parti, aucun

1. *Le Monde*, 18 mars 2025.

nom n'est évoqué. Peur de heurter ceux qui auraient déjà franchi le Rubicon.

La bouteille de rosé est finie, une autre, débouchée, le match va commencer. On a déjà trop parlé politique. Seul l'adulte habillé aux couleurs de l'équipe de France paraît bloqué sur la conversation précédente. « Ça m'a troublé, cette idée de sincérité. »

*

Vingt minutes au sud de Lille. Un salon de coiffure, juste après la pause déjeuner. La patronne, polie mais cash : « Ici, pour le bien de tous, on ne parle jamais politique ni religion. » Une coiffeuse, cependant, profite d'un régime d'exception : Lyson, 21 ans, cheveux sagement attachés, maquillage discret. Dans la boutique, elle ne se fait pas remarquer. Sur les réseaux sociaux, c'est une autre affaire. Quatre-vingt-treize mille followers sur TikTok, qui suivent sa vision du foot et les commentaires piquants qu'elle délivre sur les Bleus. Face caméra, sa grande gueule fait des étincelles. Vingt-six millions de *likes*. Mais voilà quelques jours, en enregistrant sa dernière vidéo, elle ose ce qu'elle n'a jamais fait jusqu'alors : une allusion politique. « Genre, à partir du moment où on est fier d'être français, on est considéré comme facho. Et dans le même temps, tout le monde est fier d'être français quand on parle de foot. Je comprends pas le problème. » Des torrents d'insultes, des menaces en pagaille. On l'accuse d'être facho, raciste. Elle prend peur. Devant une cliente à qui elle prépare une coupe au carré, Lyson promet, le corps tremblant, qu'elle n'osera plus jamais le moindre propos politique. Aujourd'hui, elle met sciemment la tête sous la couette.

« J'aime pas l'ambiance actuelle. » La patronne fait semblant de ne pas entendre.

*

La dernière scène, dans le nord de la France, se déroule à nouveau à Lesquin, dans un quartier paisible où les maisons ont toutes un étage et les jardins, leur herbe impeccablement coupée. Patricia, 61 ans, promène son chien, accompagnée de sa fille. Cette dernière achève ses études en Île-de-France. Elle revient la voir presque tous les week-ends. « Je suis en insécurité politique », résume Patricia alors qu'elle regagne l'entrée de sa maison. Sur l'immense table de travail de la cuisine, un pot de fleurs et rien d'autre. Elle sort plusieurs bouteilles. Des bulles pour elle, du rouge pour sa fille. « Je suis la bonne citoyenne qui ne fait pas de bruit, assure-t-elle. J'ai toujours cotisé. C'est en bossant qu'on aide la France. » Politiquement, Patricia ne sait plus où elle habite. Ni qui a les clés. Elle évoque « le brouillard », cet épais manteau qui semble envelopper de plus en plus de Français. Dit qu'il n'y a plus de circonstances, en politique. Seulement des séquences subies. « Mes parents m'ont toujours dit : "Faut aimer le général de Gaulle." Mais il est où, le Général, aujourd'hui ? » Sa fille, brillant parcours scientifique : « Mais maman, ça n'existe plus. » « Ça », comme on parlerait d'un produit vintage introuvable dans les rayons. Elle développe : « Tu parles avec ces mots-là, ces références-là, parce qu'on te les a inculqués. Ça ne vient pas du fond de ton ventre. »

La mère fait tourner son verre, désormais vide. « C'est peut-être ça le problème, on n'inculque plus rien. »

*

Rien ne va mais tout continue comme avant. On annonce un manège qui déraille, mais pour l'heure, il reste de la place à bord. C'est à peu de choses près ce que pense le politologue Alain Duhamel. « Nous sommes dans la plus grande crise politique de la Ve République[1]. » Une crise ourlée de bascules. Un escalier dévalé, plusieurs marches à la fois. Les terres centristes méconnaissables, ambiance lendemain de tempête.

En Bretagne, c'est vertigineux. Entre le premier tour des législatives de 2022 et celui de 2024, le nombre de voix pour le RN a plus que doublé. Un gain de 330 000 électeurs.

Val-Couesnon (Ille-et-Vilaine) se vit comme un « territoire oublié ». De nombreux habitants de la commune jugent la République impuissante. Ici, les services publics ferment au même rythme que les restaurants, les boulangeries. Et ça inquiète pareillement. Pas de pôle d'attractivité. Pas de bûches pour réchauffer l'économie locale. « Ça tombe », dit le garagiste, présent depuis huit ans.

Yoann Simon a 41 ans. Avec sa femme, depuis le comptoir, il détient l'un des meilleurs postes d'observation du canton. Parce que la voiture est un objet contraignant et essentiel à la fois pour de plus en plus de citoyens. « Quand ils poussent la porte du garage, ils disent qu'ils n'y arrivent plus. Pour le moindre contrôle technique, le moindre changement de pneu, on me demande des règlements en cinq fois désormais. » Quand il faut, en urgence, changer la plaquette de freins, « des clients refusent et disent "tant pis" ».

1. Hors-série « La République sous tension », *Le Monde*, mars-avril 2025.

Yoann a longtemps cru à Macron. « Je pensais qu'il allait tout remettre en ordre. » Par « ordre », il entend : les finances publiques. Son obsession. « Je sais, c'est pas très à la mode. » Yoann a peur que les comptes de la France ne dérapent plus encore. Comme si c'étaient les siens. Lui, le « bon élève comptable », craint pour son pays autant que pour son commerce. « Macron était banquier, ç'aurait dû marcher. »

Le garagiste de Val-Couesnon a toujours voté. « Au milieu. » Dorénavant, c'est fini. Il rejette le centre, qu'il qualifie à demi-mot de terrain vague. Mais quel choix, alors ? À l'image du nord de la France, là encore, n'est exprimé aucun nom, pas la moindre étiquette. Pudeur ? Désintérêt ? Crainte d'être jugé ? Impossibilité de citer ?

Val-Couesnon glisse sur la pente de l'oubli, alors que les élus locaux avaient tout fait pour l'éviter. D'où la désillusion.

La ville naît en 2019, après que quatre bourgs ont été avalés pour – la digestion fut brutale – former une « commune nouvelle », celle qui nous intéresse aujourd'hui. Une sorte de fusion-acquisition avec une marque ombrelle, donc : « Val-Couesnon ». Pour se prémunir de tout danger, une « charte fondatrice » est rédigée et approuvée par les quatre conseils municipaux avant leur disparition. Parmi les principes auxquels les élus promettent de rester attachés, il y a le fait de « constituer un pôle rural dynamique et attractif », de « maintenir les services de proximité » et de « développer des projets ambitieux que les communes seules n'auraient pu porter ».

La concentration territoriale se produit dans la douleur. Aux yeux de beaucoup de riverains, le sentiment qui domine est celui du « perdant-perdant ». Une dilution, renforçant le sentiment d'abandon, ici où, pendant des décennies, on a vanté le discours républicain.

Bilan des courses ? Les boutiques à vendre sont plus nombreuses encore qu'auparavant. Pourtant, la nouvelle mairie multiplie les efforts à mesure que les défections s'enchaînent. Elle vante un accueil petite enfance, quatre écoles primaires, des activités périscolaires, deux collèges, des commerces – mais personne ne se risque plus à les compter – et une cinquantaine d'associations.

Les associations, justement. Fini le temps où, en Bretagne, celles-ci exprimaient librement ou à demi-mot leur refus des extrêmes. Dorénavant, les seniors les tiennent à bout de bras et on y passe pour se vider la tête, non pour réfléchir au vivre-ensemble. L'une de ces associations organise dans le bourg des cours de yoga.

Fin de matinée dans une salle des fêtes un brin fanée, une prof fait face à un public de retraités. Ils sont une quinzaine. Les élections ? « Si je bosse sur la tranquillité, explique la coach avec douceur, ce n'est justement pas pour parler politique. »

Respirations abdominales, on bloque le souffle, on relâche. Fin de l'exercice.

Thérèse, 68 ans, dont trente dans la restauration. Elle évoque son parcours professionnel en une phrase : « Le resto a fermé, j'ai dû arrêter. » Et poursuit : « On a du mal à vivre de nos salaires et de nos pensions de retraite. C'est normal que ça change. » Elle non plus, ne nomme pas. Ni ici, ni sur le parking, au moment de rejoindre sa voiture. « Les gens ont besoin de voir autre chose. » Presque comme s'il était question de paysages, au loin, en espérant qu'ils soient cléments.

Qu'il est éloigné, le souvenir des bonnets rouges qui, à travers la Bretagne, promettaient, en 2013, un bordel et des solutions.

Près de la place du marché, un retraité se promène à côté d'un stand de plats chauds et d'un autre de fromages locaux, hagard. Si une présidentielle était organisée demain, pour qui voterait-il ? « Je prendrais Macron. Tout le monde lui tombe dessus, mais moi je l'aime bien. » Sa femme surgit derrière lui. « Tu retires ce que tu as dit. » Puis, agrippant notre caméra :

– Vous effacez tout de suite.

– Mais enfin, réplique son époux, j'ai encore le droit de dire ce que je veux.

C'est maintenant le fils qui accourt, pas loin d'être menaçant. « Vous écoutez ma mère, vous effacez. » Il baisse les épaules. S'excuse, puis : « On en reste là. »

Dans le jardin d'en face, un monsieur observe les maigres mouvements de la ville. La Bretagne, « terre modérée » ? Pour ce riverain, ça ne veut plus rien dire. « Un slogan, un truc du passé. » Sa maison en pierres est superbe, mais il n'arrive plus à l'entretenir. Bourru, il parle en avalant certaines syllabes. « À la télé, Cyril [Hanouna] il a dit qu'on avait le droit de s'énerver, moi je veux m'énerver. » Son potager est en jachère. « Trop cher d'arroser. »

*

Châteaux, abbayes, sanatorium, usines... L'Oise collectionne les lieux abandonnés.

Politiquement aussi, l'abandon semble se répandre. Dans certains villages, six électeurs sur dix ne sont pas allés voter aux dernières européennes.

Dans les rues du vieux centre de Chambly, au pied de l'église gothique et de sa tour si curieusement penchée, Loïc sort d'un chantier de BTP. Pause déjeuner sur un banc. Cinq ans qu'il habite le coin. Il déteste les isoloirs. Ce qu'il voudrait : du bruit dans les rues. Le retour des ronds-points occupés. Les Gilets jaunes. Quand, tous les samedis, il bloquait la circulation. Ça paraît loin, il ne se rappelle plus très bien l'année.

Les souvenirs sont endormis, mais la colère reste la même : « On se faisait entendre pour la première fois. On manifestait pour un litre d'essence à 1,40 euro. Maintenant [juin 2024], il est à 2 euros. Et on n'est plus foutus de descendre dans la rue. Il y a un problème », enrage l'ouvrier. La solution ? « Le RN. Un vote d'adhésion, oui ! C'est comme ça ! Je ne changerai pas d'avis. » Il parle comme si une personne derrière lui allait lui tordre le bras, et qu'il convenait de résister.

Beaumont-sur-Oise, 9 500 habitants. Dans la permanence des employés syndicaux de l'hôpital local. Autocollants, affiches, messages de grève, appels à la mobilisation saturent les murs. Ils sont une demi-douzaine autour d'une table mais on ne voit qu'elle : Josette Aatillah, cosecrétaire départementale Sud Santé. Une grande gueule. Elle prend toute la bande passante. « La politique, y a que ça, tout est politique », dit-elle autour d'un café. Assis à côté, ses collègues et sa fille écoutent religieusement. « S'il faut remettre des barricades à Paris, on remettra des barricades. » Elle jure ne pas avoir peur d'être blessée par les forces de l'ordre. « Un peu de courage », ajoute-t-elle. On ne sait pas si elle parle à elle-même ou à ses proches. « La guerre a déjà démarré. » Quelle guerre ? « La guerre contre le RN. Ils sont aux portes du pouvoir. »

Josette regarde sur sa main. À chaque doigt correspond une bataille. « La réforme des retraites, bataille perdue. Les Gilets jaunes, bataille perdue. Le pouvoir d'achat, l'essence, bataille perdue. » Le dernier doigt, le cinquième : « l'immigration ». Elle désigne sa fille, timide, à côté d'elle, comme on tendrait un tract de campagne. « Je me suis mariée à un Marocain sans-papiers il y a quarante ans. Ma fille, c'est le fruit de tout ça. On va aller se battre », elle répète.

Josette, la syndicaliste, Loïc, le travailleur du BTP, se posent une question aux répercussions aussi multiples que l'explosion d'une bombe à sous-munitions : pourquoi se battre aujourd'hui en politique ?

Les candidats à la prochaine élection présidentielle s'en posent une autre : va-t-on se battre pour eux ?

*

Lors de la campagne présidentielle de 2022, un sondage resté dans les tiroirs a renseigné mieux que bien d'autres l'état d'esprit des Français.

Décembre 2021. L'institut Kantar Public interroge un millier de citoyens afin de savoir pour quel candidat ils souhaitent voter.

Une subtilité : dans le sondage, aucun nom n'a été glissé. Il ne faut pas choisir parmi une liste mais désigner spontanément celui ou celle vers qui on envisage de porter son vote. Dans la novlangue sondagière, on appelle cela une « question ouverte ».

Résultat : un électeur sur deux n'a aucune idée, aucun nom à proposer, aucune intention à formuler.

L'institut Kantar note que sur les 50 % des Français incapables de citer le moindre candidat, la moitié n'ira pas voter, l'autre est, pour l'heure, perdue... Les hommes ne souffrent pas, pour reprendre Épictète, de la réalité, mais de l'opinion qu'ils s'en font.

Aucun média ne reprend ce thermomètre pourtant éloquent de l'opinion publique. L'institut Kantar constate, embarrassé, que cette étude est impossible à feuilletonner. Puisque les Français sont paumés. Et que rien ne va changer dans une semaine.

Ce sondage apparaît alors pour ce qu'il est : le révélateur que même les candidats à la présidentielle sont, aux yeux de beaucoup, oubliés.

« On est toujours l'oublié de quelqu'un. »

Ce n'est pas le constat qui doit l'emporter. C'est ce qu'on en fait ensuite...

« Rien n’est plus gênant que les faits,
ils empêchent de croire ce qu’on veut. »

(Claude Roy, *Les Chercheurs de Dieu*)

Remerciements

Merci à tous ceux qui figurent dans ces pages, pour avoir accepté de livrer une partie d'eux-mêmes. Leurs mots, leurs actions résonnent.

Merci à mon éditeur Thierry Billard – meilleur aiguilleur de France – ainsi qu'à toute l'équipe de Robert Laffont. À Sophie Charnavel. Son énergie, toujours, restera.

Toute ma reconnaissance envers la rédaction de TF1, au sein de laquelle j'ai la chance de travailler.

À ma famille, ma femme, mes filles.

Et à ceux qui, de plus en plus, crachent sur les journalistes : gardez un peu de salive pour discuter.

Table des matières

SIXIÈME PARTIE

IMMIGRATION, TOUS PERDANTS

SEPTIÈME PARTIE

QUAND LA RÉPUBLIQUE FABRIQUE DES OUBLIÉS

Ce livre existe grâce au travail de toute une équipe.

Communication : Caroline Babulle, Sandrine Perrier-Replein, Sabrina Bendali, Inès Paulin, Adélaïde Yvert.

Coordination administrative : Martine Rivierre.

Studio : Pascaline Bressan, Barbara Cassouto-Lhenry, Joël Renaudat.

Fabrication : Muriel Le Ménez, Céline Ducournau, Bernadette Cristini, Sophia Paroussoglou, Isabelle Goulhot.

Commercial, relation libraires et marketing : Catherine Lauprêtre, Perrine Therond, Ombeline Ermeneux, Élise Iwasinta, Morgane Rissel, Arthur Rossi, Aurélie Scart.

Cessions de droits : Élisabeth Stempak, Benita Edzard, Lucile Besse, Sonia Guerreiro, Costanza Corri.

Gestion : Sophie Veisseyre, Chloé Hocquet, Isabelle Déxès, Camille Douin.

Services auteurs : Viviane Ouadenni, Jean-François Rechtman, Catherine Reimbold.

Ressources humaines : Mylène Bourreau.

Juridique : Laëtitia Doré, Anaïs Rebouh, Valérie Robe, Lucie Bergeras, Julia Crosnier.

Avec le soutien des équipes d'Interforum et d'Editis qui participent à la création, la diffusion et la distribution de ce livre.

Canoros Vehit Canentes

Impression réalisée par
CPI Firmin-Didot
en septembre 2025

Composition et mise en pages
par Facompo, Montrouge

Imprimé en France sur du papier issu de forêts gérées durablement
N° d'édition : 68937/01 – N° d'impression : 184961